Über die Autorin

Die Schreibkarriere von Aurora Rose Reynolds hat mit dem Versuch begonnen, zu viele sündhaft heiße Alphatypen aus dem Kopf zu bekommen, und hat sich zu einer Möglichkeit entwickelt, ihre Geschichten mit Leserinnen und Lesern auf der ganzen Welt zu teilen.

Für mehr Informationen zu Reynolds neusten Büchern oder um sich mit ihr in Verbindung zu setzen, kontaktiert sie auf Facebook unter www.facebook.com/AuthorAuroraRoseReynolds, auf Twitter (@Auroraroser) oder via E-Mail unter Auroraroser@gmail.com. Um signierte Bücher zu bestellen und die neuesten Neuigkeiten zu erfahren, besucht sie auf ihrer Webseite www.AuroraRoseReynolds.com oder https://www.goodreads.com/Auroraroser.

NEW YORK TIMES UND USA TODAY BESTSELLER AUTORIN

AURORA ROSE REYNOLDS

ROMANCE ♡ EDITION

Aurora Rose Reynolds

© Die Originalausgabe wurde 2022 unter dem
Titel Reckless (Adventures in Love Book 3) von Aurora Rose
Reynolds veröffentlicht. Diese Ausgabe wird im Rahmen einer
Lizenzvereinbarung ermöglicht, die von Amazon Publishing,
www.apub.com, in Zusammenarbeit mit der Agentur Hoffmann
stammt.

© 2023 Romance Edition Verlagsgesellschaft mbH
8700 Leoben, Austria

Aus dem Amerikanischen von Jennifer Kager

1. Auflage

Covergestaltung: © Sturmmöwen
Titelabbildung: © Vadymvdrobot (depositphotos)
Redaktion & Korrektorat: Romance Edition

Printed in Germany

ISBN-Taschenbuch: 978-3-903413-39-9
ISBN-EPUB: 978-3-903413-40-5

www.romance-edition.com

1. Kapitel

Jade

Es ist dunkel. Dicke Schneeflocken fallen vom Himmel. Den Blick auf die Straße gerichtet, konzentriere ich mich auf die Fahrbahnmarkierung, die kaum zu erkennen ist.

»Ich war so dumm«, murmle ich vor mich hin. Wenn ich unterwegs nicht angehalten hätte, um etwas zu essen, und anschließend so viel Zeit in einem Antiquariat vergeudet hätte, müsste ich jetzt nicht durch dieses Wetterchaos fahren.

Andererseits wusste ich, als ich von Oregon nach Montana aufbrach, dass die Nachrichtensender einen Schneesturm angekündigt hatten. Ein Sturm, vor dem mich nicht nur mein Dad, sondern auch Cybil, meine beste Freundin, und ihr Mann Tanner mehrfach gewarnt hatten. Nicht, dass ich auf einen von ihnen gehört hätte. Warum sollte ich den guten Rat von Leuten annehmen, denen ich vertraue? Das tue ich nie, weil ich manchmal wirklich stur sein kann. Deshalb stecke ich nicht nur mitten in einem Schneesturm, sondern muss mein ganzes Leben neu ausrichten, weil mein Buchladen geschlossen wurde und damit alles aus den Fugen geraten ist.

Okay, mein Geschäft hat nicht geschlossen, weil ich den Rat anderer nicht befolgt habe, sondern weil Mag McGregor entschieden hat, dass es absolut unheilig ist, in einem Buchladen in ihrer Stadt Bücher und zugleich Sexspielzeug anzubieten. Sie hat dafür gesorgt, dass sich sogar die Kunden unangenehm fühlten, die nur einen Ratgeber für die Gartenarbeit kaufen wollten.

Wie die Frau von dem versteckten Raum im hinteren Teil meines Ladens erfahren hat, in dem die Regale mit Sexspielzeug standen, weiß ich nicht. Aber ich würde meinen letzten Dollar darauf wetten, dass sie viel glücklicher wäre, wenn sie sich etwas ausgesucht und es ab und zu benutzt hätte.

Mein Leben geht auch in die Brüche, weil ich den Rat meiner besten Freundin nicht befolgt hatte. Sie meinte, ich solle mich nicht mehr mit Carl verabreden. Vor einer gefühlten Ewigkeit war ich mit ihm zusammen und trennte mich, nachdem er mich betrogen hatte. Als ich nun wieder Kontakt zu ihm hatte, nahm mich sogar meine Mom beiseite und redete mir ins Gewissen, ihm kein Geld zu leihen, damit er ein Malergeschäft eröffnen kann. Hätte ich auf Cybil oder meine Mom gehört, wäre ich jetzt vielleicht nicht arbeitslos, obdachlos, männerlos, pleite und würde vermutlich nicht mitten durch einen Schneesturm fahren.

Ein entgegenkommender Sattelschlepper blendet mich. Die hellen Scheinwerfer machen es noch schwieriger, auch nur ein paar Meter der Fahrbahn zu erkennen. Seufzend nehme ich den Fuß vom Gas, umklammere das Lenkrad etwas stärker und halte den Atem an, als der Sattelschlepper an mir vorbeifährt. Im Luftzug und wegen der schlechten Straßenverhältnisse haben die Reifen meines Autos kaum Halt auf der Fahrbahn. Doch auch ohne Gegenverkehr kann ich kaum die Spur halten, während ich einen Hügel hinauffahre.

Oben angekommen, atme ich tief durch und überlege, ob ich nicht einfach irgendwo anhalten und warten sollte, bis zumindest der Schneesturm vorübergezogen ist. Laut Routenplaner könnte ich in etwas mehr als einer Stunde bei Cybil und Tanner sein. Allerdings lässt das Schneetreiben nicht nach, um ehrlich zu sein, wird es von Minute zu Minute schlimmer.

Als hätte meine beste Freundin meine Gedanken erraten, unterbricht das Klingeln meines Handys das Lied im

Autoradio, das gerade läuft. Ich drücke einen Knopf am Lenkrad, um das Gespräch anzunehmen. »Hey«, zwitschere ich, in der Hoffnung, nicht so besorgt zu klingen, wie ich mich im Moment fühle.

»Bist du noch weit weg?«, fragt sie besorgt. »Bei uns schaffen es die Räumfahrzeuge nicht, die Straßen freizuhalten.«

»Ich brauche noch etwa eine Stunde. Die Sicht ist schlecht und die Straße kaum zu erkennen.« Ich schnaufe, als mein Auto ins Schlingern gerät.

»Jade? Was ist passiert? Alles okay?«

»Mir geht es gut. Es scheint auch an einigen Stellen glatt zu sein.« Ich halte das Lenkrad fester und wünschte, ich hätte den Rat meines Dads befolgt und nicht nur Winterreifen aufgezogen, sondern auch Schneeketten eingepackt.

»Halt irgendwo an. Ich komme dich holen.« Bevor ich ihr sagen kann, dass ich es allein schaffe, sind ein Rauschen und dann Tanners Stimme zu hören. Er scheint ihr zu erklären, dass er sie bei dem Sturm nicht allein vor die Tür lassen wird. Es knackt in der Leitung. Wie ich Cybil kenne, will sie nicht, dass ich ihre Auseinandersetzung mitbekomme, aber ich höre noch, wie sie darauf besteht, mich abzuholen, und er sie nicht fahren lassen will. Dann scheint sie den Ton vollständig abgestellt zu haben, und ich warte einfach ab. Kurze Zeit später höre ich ein Kussgeräusch und dann Cybils Stimme. »Also.« Sie räuspert sich und klingt ein bisschen verwirrt, was mich zum Lächeln bringt. »Tanner sagt, dass er Maverick anrufen wird. Er holt dich mit seinem Truck ab.

»Maverick?«

»Tanners bester Freund. Du kennst ihn doch.« Natürlich weiß ich, wer er ist, aber wir haben bei den wenigen Gelegenheiten, bei denen wir zusammen an einem Ort warnen, kaum ein Wort gewechselt. Ich habe mich immer für jemanden gehalten, der Menschen gut einschätzen kann. Bei ihm versagen meine Instinkte, und ich habe keine Ahnung, wie er tickt. Ich weiß, dass er mit Tanner, dem Mann meiner besten Freundin, befreundet ist, seit sie zusammen bei der Navy waren. Natürlich habe ich bemerkt, dass er ausgesprochen attraktiv ist, insbesondere, wenn er lächelt. Und Cybil sagt, er kann gut mit meiner Nichte Claire umgehen, der Tochter von Cybil und Tanner.

»Ich schaffe das schon. Falls es noch glatter wird, parke ich irgendwo und warte, bis die Schneepflüge und Streuwagen kommen.«

»Jade, bitte sei jetzt nicht so schwierig. Ich weiß, dass du in den meisten Situationen auf dich selbst aufpassen kannst, aber wir reden hier davon, dass du mitten in einem Schneesturm allein mit dem Auto unterwegs bist.«

»Okay, du hast recht.« Obwohl ich mich umstimmen lasse, ärgere ich mich, weil ich nicht gerne nachgebe. »Ich nehme die nächste Ausfahrt und suche mir einen Platz für die Nacht.«

»Wo bist du genau? Gibt es da eine Abzweigung?«, fragt sie, und in diesem Moment erscheint in der Ferne ein grünes Schild.

»Ja, oder ich glaube schon. Da kommt ein Schild.«

»Perfekt.« Sie klingt erleichtert. »Was steht auf dem Schild?«

»Ähm, das ist für einen Rastplatz. Ich fahre da ab und parke.«

»Wie lautet die Nummer der Ausfahrt?«

»Cybil, bitte, ich fühle mich nicht wohl dabei, wenn Tanner seinen Freund bittet, mich zu retten.«

»Das ist schade, denn ich fühle mich nicht wohl dabei, wenn du dein Leben aufs Spiel setzt und mitten im Schneesturm auf einem Rastplatz in deinem Auto übernachtest«, schnauzt sie.

»In Ordnung, beruhige dich.« Ich verfluche im Stillen mein Pech in letzter Zeit und nenne ihr die Nummer der Ausfahrt, die sie sofort an Tanner weitergibt, der vermutlich gerade mit

Maverick telefoniert.

»Okay, Mav weiß, wo du bist, und er hat gesagt, dass er sich gleich auf den Weg macht.«

»Klingt gut«, behaupte ich, als ich von der Autobahn abfahre und mich in eine lange Schlange mit Sattelschleppern und Autos an der Einfahrt zum Rastplatz einreihe.

»Wie geht es Pebbles?«, fragt sie, als ich eine Lücke finde und meinen Wagen parke, den Motor aber wegen der Standheizung laufen lasse. Nur die Scheinwerfer schalte ich aus. Ich schaue zu meinem Begleiter in seinem Hundebett hinüber, der sich seit meinem Stopp im Antiquariat kaum gerührt hat.

»Er schläft.« Ich streiche mit den Fingern über Pebbles' Kopf, und er öffnet kaum die Augen. Immerhin wedelt er mit seinem Schwanz. »Da wir schon mal angehalten haben, schaue ich mal, ob er pinkeln muss.«

»Okay, ruf mich an, sobald du wieder im Auto sitzt.«

»Klar, Mom«, entgegne ich spöttisch und höre ihr Lachen, das mich zum Schmunzeln bringt. Dann verabschiede ich mich mit dem Versprechen, mich in ein paar Minuten wieder zu melden. Nachdem wir aufgelegt haben, stecke ich Pebbles in seinen Pullover, schlüpfe in meine Jacke und setze meine Mütze auf.

Ich befestige Pebbles' Leine an seinem Halsband und nehme ihn auf den Arm. Dann öffne ich die Fahrertür und bereue die Entscheidung fast sofort. Trotz Wintermantel, Stiefeln und Mütze raubt mir die kalte Luft den Atem und lässt mich von innen heraus frieren, während Pebbles an meiner Brust von Kopf bis zum Schwanz zu zittern beginnt.

Zielstrebig gehe ich vorbei an einem großen Gebäude, das in goldenes, warmes Licht getaucht ist, zum Hundeplatz. Als ich die Stelle erreiche, an der ich Pebbles freilassen kann, bin ich komplett durchgefroren. Pebbles scheint es ebenso zu gehen. Er war der Kleinste seines Wurfes und wiegt nicht einmal zwei Kilogramm. Aber er ist mein Baby, neben meinem Dad der einzige Mann, um den ich mich kümmern kann.

Ich schiebe die Schneeschicht weg, die sich auf dem Gras angesammelt hat, küsse seine Nase und setze ihn ab. »Töpfchen«, sage ich zu ihm, ein Kommando, dass er immer ohne zu zögern befolgt. Und im Moment weiß er genau, dass wir danach wieder in die Wärme des Autos steigen werden.

Sobald er fertig ist, nehme ich ihn auf den Arm und gehe mit gesenktem Kopf zurück zu meinem Auto. Unter der Schneedecke hat sich eine Eisschicht gebildet, dass ich selbst mit meinen Stiefeln nur schwer vorankomme. Eine Minute später sitze ich hinter dem Lenkrad, starte mein Auto, nehme meine Mütze ab und werfe sie auf das Armaturenbrett. Dann befreie ich Pebbles von seinem durchnässten Pullover. Ich setze ihn auf das Hundebett und breite eine Decke über ihm aus.

Nachdem ich mich aus meinem Mantel geschält habe, halte ich meine Hände vor den Lüftungsschlitz der Heizung und bete, dass meine Fingerspitzen warm werden. Auch in Oregon ist es oft sehr kalt. Aber hier fühlt sich die Kälte viel intensiver an. Nach wenigen Minuten sind meine Finger so weit aufgetaut, dass ich Cybil eine kurze Nachricht schicken kann. Ich informiere sie, dass ich nicht entführt wurde. Dann schreibe ich meinen Eltern, dass es mir gut geht und ich von Maverick gerettet werde, bevor Cybil mir zuvorkommen kann. Eine Minute später piepst mein Handy mit einer Mitteilung von Cybil mit einem einfachen Herz. Eine Sekunde später antwortet mein Dad. Er schreibt, dass er mich lieb hat und ich ihn und Mom auf dem Laufenden halten soll.

Als ich meinem Dad geantwortet habe, atme ich tief durch, betrachte das Gebäude vor mir und frage mich zum millionsten Mal, ob es die richtige Entscheidung ist, nach Montana zu ziehen und meine Eltern in Oregon zurückzulassen. Intuitiv spüre ich, dass ein Neuanfang das Beste für mich ist. Trotzdem fühlt es sich nicht richtig an. Nachdem ich bei meinen Eltern auszog, habe ich eine Wohnung gefunden, die nur fünf Minuten entfernt lag. Und jetzt werden wir einen ganzen Tag fahren müssen, um uns sehen zu können. Ganz zu schweigen von der Tatsache, dass ich noch keinen Job habe und vorerst bei Cybil und Tanner wohnen werde – etwas, worauf ich mich nicht unbedingt freue.

Einerseits bin ich froh, viel Zeit mit Cybil verbringen zu können. Ich habe sie wahnsinnig vermisst. Einige meiner schönsten Erinnerungen stammen aus der Zeit, als wir uns ein Zimmer teilten, nachdem ihre Mom an Krebs gestorben war und sie bei uns einzog. Seither sind wir wie Schwestern.

Ich freue mich auch darauf, meiner Nichte näher zu sein, die so bezaubernd ist, und auf Tanner, der ein wirklich guter Kerl ist.

Andererseits wird es schwierig werden, mit meiner besten Freundin und ihrem Mann unter einem Dach zu leben, weil sie so schwer verliebt sind. Obwohl ihr Haus ziemlich groß ist, wird es kaum eine Möglichkeit geben, ihnen aus dem Weg zu gehen. Ich freue mich für Cybil, dass sie jemanden gefunden hat, der perfekt zu ihr passt. Aber sie so glücklich und verliebt zu sehen, erinnert mich in jeder Sekunde daran, was ich nicht habe und wahrscheinlich nie haben werde.

Falls ich nach der ewigen Pechsträhne nicht endlich mal etwas mehr Glück haben sollte.

Ich schüttle den Kopf und verdränge die deprimierenden Gedanken. Stattdessen schalte ich einen meiner Lieblings-Krimi-Podcasts ein, neige den Sitz in eine bequemere Position und breite meine Jacke als Decke über mich. Während ich der Sendung lausche, beobachte ich, wie der Schnee die Windschutzscheibe bedeckt und hoffe, dass Maverick bald kommt.

2. Kapitel

Jade

Ich öffne die Augen, als Pebbles winselnd auf meine Brust klettert und seine kleinen Pfoten in meine Haut gräbt. »Ist schon gut, Baby«, versuche ich, ihn zu beruhigen. Draußen heult der Sturm. Ich setze mich auf und schaue mich um. Die Autoscheiben sind mit einer dicken Schneeschicht bedeckt, sodass ich nicht raussehen kann. Ich greife nach meinem Handy, weil ich keine Ahnung habe, wie lange ich schon auf diesem Parkplatz stehe. Meine Augen weiten sich, als ich sehe, dass es fast ein Uhr morgens ist.

Es ist vier Stunden her, seit ich mit Cybil gesprochen habe, vier Stunden, seit Maverick auf dem Weg zu mir sein sollte. Ich wähle Cybils Nummer und fluche, als mein Telefon anzeigt, dass ich keinen Empfang habe. Keinen einzigen Balken. Wie kann das sein? Vorhin konnte ich doch auch telefonieren.

Ich lege mein Handy in den Becherhalter und setze Pebbles zurück auf sein Bett. Dann ziehe ich meinen Mantel an und greife nach meiner Mütze. Als ich hier ankam, standen schon einige andere Autos auf dem Parkplatz. Wenn mein Auto jetzt komplett mit Schnee bedeckt ist, kann Maverick es unmöglich zwischen all den anderen entdecken. Ich bin mir zwar nicht sicher, ob er weiß, welches Auto ich fahre, aber wie ich Cybil kenne, hat sie es ihm haargenau beschrieben.

Ich will die Tür öffnen, doch der Sturm drückt von außen dagegen. Immerhin rutscht der Schnee vom Fahrerfenster,

12

und ich kann nach draußen sehen. Allerdings erkenne ich nicht viel, denn sämtliche Straßenlampen, die den Rastplatz beleuchtet haben, sind jetzt dunkel. Da ist nur Schnee und noch mehr Schnee, der stetig vom Himmel fällt. Obwohl ich überhaupt keine Lust habe, das halbwegs warme Innere meines Wagens zu verlassen, schiebe ich die Tür so weit auf, bis ich aussteigen kann.

Ich schließe die Tür und ziehe meine Mütze so weit wie möglich über die Ohren. Der Schnee reicht mir bis zu den Waden. Mit vorsichtigen Schritten umrunde ich mein Auto. Ich weiß zwar nicht viel über Autos, aber immerhin so viel, dass ein blockiertes Auspuffrohr unter keinen Umständen eine gute Sache ist.

Der Schnee drum herum ist größtenteils geschmolzen. Ich schiebe ihn mit dem Fuß noch weiter weg und sehe mich dann um. Nicht weit entfernt stehen Sattelschlepper mit laufenden Motoren. Das Standlicht beleuchtet den Platz und die Zufahrt. Ich kann erkennen, dass längere Zeit kein Auto vorbeigefahren ist. Demnach ist Maverick noch nicht hier.

Ich atme tief durch und spüre, wie mir die Kälte in die Knochen kriecht. Mit einer Hand in der Manteltasche beginne ich, mein Auto vom Schnee zu befreien. Die Bürste, die ich dafür immer im Kofferraum aufbewahre, ist unter all den Kisten und Taschen begraben. Nach wenigen Minuten bin ich komplett durchgefroren, woran nicht zuletzt meine vom Schnee durchweiten Klamotten und meine nassen Stiefel schuld sind. Immerhin ist mein Wagen einigermaßen vom Schnee befreit, sodass mich Maverick finden kann.

Ich ziehe meinen Mantel aus und setze mich wieder hinters Lenkrad. Mit Entsetzen bemerke ich, dass ich kaum noch Benzin habe. Mein Tank war etwa halb voll, als ich von der Autobahn abfuhr, aber jetzt steht die Anzeige kurz vor null. Das bedeutet, dass der Motor bald ausgehen wird und damit auch die Standheizung. Ich werde in einem Schneesturm gefangen sein und kann nicht einmal telefonieren.

Pebbles winselt neben mir. Gedankenverloren streichle ich ihn und überlege, was ich tun soll. Ich habe keine Ahnung, wie lange mein Auto noch im Leerlauf läuft, und ich kann es nicht riskieren, es auszuschalten. Wenn ich das tue, weiß ich nicht, ob es wieder anspringt. Ich drehe mich um und betrachte meine Koffer auf dem Rücksitz. Bevor der letzte Rest Benzin verbraucht ist, sollte ich mir noch mehr anziehen. Und sobald der Morgen anbricht, werde ich mich zu einem der Lastwagen durchschlagen und hoffen, dass einer der Fahrer ein funktionierendes Telefon hat oder dass es eine andere Möglichkeit gibt, jemanden zu erreichen, der mir hilft.

Ich bin mir sicher, dass sich Cybil inzwischen große Sorgen macht. Wie ich sie kenne, hat sie mit meinen Eltern gesprochen. Demnach werden auch sie eine schlaflose Nacht haben. Ich schiebe meinen Sitz ganz nach hinten, ziehe meine Stiefel aus und kämpfe mich aus meinen nassen Jeans, was durch den Platzmangel nur noch komplizierter wird. Schwer atmend beginne ich anschließend, mir eine schwarze Leggings anzuziehen, bis ich eine dunkle, schattenhafte Gestalt vor meinem Fenster stehen sehe und laut aufschreie.

»Jade.« Eine tiefe Stimme überlagert das Geräusch meines pochenden Herzens. Ich konzentriere mich auf das Gesicht, oder das, was davon unter dem Hut und zwischen den Ecken des Jackenkragens zu erkennen ist. *Maverick*. Natürlich taucht er genau dann auf, wenn ich mit heruntergelassenen Hosen im Auto sitze.

»Ich ziehe mich nur um«, rufe ich, als er näher ans Fenster tritt, damit ich ihn besser sehen kann, und versuche, meine Leggings so schnell wie möglich über meine Oberschenkel zu ziehen, was in dem engen Raum gar nicht so einfach ist.

»Tut mir leid, dass ich so lange gebraucht habe.«

»Ach, ist schon okay.« Ich hebe meine Hüften an, um die Leggings über meinen Hintern zu zerren, dann öffne ich das Fenster einen Spalt. »Hey«, keuche ich. Obwohl ich Maverick nicht gut sehen kann, erkenne ich sein Lächeln.

»Hey.« Seine Stimme ist sanft. »Bist du bereit, von hier zu verschwinden?«

»Ja, ich muss nur noch meine Schuhe anziehen.« Ich lehne mich zurück, um Platz für Pebbles zu machen, der auf meinen Schoß gewandert ist, um Maverick zu begrüßen.

»Was willst du alles mitnehmen?«, fragt er. Pebbles streckt sich, stellt seine Vorderpfoten auf den Fensterrahmen und lässt sich vom Maverick den Kopf kraulen. »Du wirst vielleicht ein paar Tage bei mir bleiben müssen.«

»Was? Warum?« Obwohl sich mein Puls mittlerweile wieder beruhigt hatte, rast mein Herz nun erneut, allerdings aus einem anderen Grund. Ja, ich bin Maverick schon mehrmals begegnet, aber ich *kenne* ihn nicht wirklich. Und außerdem sieht er so unglaublich gut aus.

»Die Straßen sind eingeschneit, und die Räumfahrzeuge können bei dem starken Wind nur wenig ausrichten. Laut Wetterbericht soll es nach dem Sturm gefrieren.«

»Ich werde es also nicht zu Cybil schaffen?«

»Heute nicht und morgen auch nicht.«

»Oh.« Ich werfe einen Blick auf meinen offenen Koffer, aus dem die Kleidung quillt. »Ich musste meine nassen Klamotten wechseln und wollte dann noch ein paar Schichten anziehen, weil mein Tank fast leer ist«, erkläre ich ihm. Er lächelt wieder, diesmal aus nächster Nähe. Verdammt, ist der Mann attraktiv.

»Während du das Nötigste einpackst, fülle ich deinen Tank auf, damit die Benzinleitung in den nächsten Tagen nicht einfriert.«

»Okay, klar«, stimme ich zu, weil ich denke, dass er weiß, wovon er spricht.

»Schließ das Fenster«, fordert er mich auf, nimmt seine Finger von Pebbles' Kopf und tritt einen Schritt zurück. Ich tue, was er mir sagt, obwohl mich die kalte Luft zur Genüge daran erinnert.

Ich beobachte in meinem Seitenspiegel, wie Maverick zu einem riesigen Pickup geht, der hinter mir im Leerlauf dröhnt, bevor ich Pebbles auf sein Bett lege. Dann beginne ich den Kampf mit meinem Koffer, den ich zu Hause nur schließen konnte, weil ich mich draufgekniet habe. Als ich in ein trockenes Exemplar Stiefel geschlüpft bin, steht meine Tankanzeige wieder auf halbvoll. Maverick parkt seinen Truck direkt neben meinem Wagen, steigt aus und öffnet mir die Tür meines Autos.

»Danke für deine Hilfe«, sage ich ihm, als ich mit meinem Handy und Pebbles im Arm aussteige.

»Das ist keine große Sache.«

»Ich bin mir ziemlich sicher, dass es eine große Sache ist, mitten in einem Schneesturm zu fahren, um eine Tussi zu retten, die du nicht kennst.« Er grinst nur und öffnet mir die Beifahrertür des Trucks, um mich einsteigen zu lassen. Stattdessen setze ich Pebbles auf den Sitz und drehe mich um, weil ich Maverick mit meinem Gepäck helfen will. Zumindest war das mein Plan. In Wirklichkeit stoße ich mit dem Gesicht gegen seine breite Brust und halte mich instinktiv an ihm fest, weil meine Stiefel auf dem Eis keinen Halt finden und ich wegrutsche.

»Ich hab dich.« Seine Arme legen sich um mich, während der Duft von Kiefer und Moschus all meine Sinne erfüllt. Ich lehne meinen Kopf weit zurück, schaue zu ihm hoch und stelle fest, wie groß er ist. Nebenbei kommt mir der Gedanke, dass er aus diesem Blickwinkel noch viel besser aussieht. Sein Kiefer ist noch markanter, seine Lippen sind voller und seine Wangenknochen ausgeprägter. Normalerweise würde ich das

Wort *schön* nicht verwenden, wenn ich einen Mann beschreibe, aber er ist auf eine sehr maskuline Art schön.

»Danke.«

»Kein Problem.« Ich registriere, dass seine Hände zu meinen Schultern hinauf und dann meine Arme hinunter wandern. »Wie wäre es, wenn du es mir überlässt, deinen Kram aus dem Auto zu holen, und du bei deinem Hund bleibst?«

»Das ist kein Kram«, entgegne ich. Er verringert den Abstand zwischen uns und lässt mir keine andere Wahl, als zurückzuweichen, wenn ich mich nicht an ihn drücken will.

»Na gut, dein Gepäck.« Er rückt noch näher, und ich lehne mich so weit es geht nach hinten in die offene Beifahrerseite.

»Ich kann dir helfen«, biete ich an.

»Oder du setzt dich in meinen Truck.« Er schüttelt den Kopf. Ehe ich mich versehe, hebt er mich an der Taille hoch und platziert mich neben Pebbles auf dem Sitz.

»Du ... du hast mich gerade einfach so ...«, stottere ich, jetzt Auge in Auge mit ihm. Ich stelle erneut fest, wie groß dieser Mann wirklich ist.

»Willst du nur deinen Koffer, oder brauchst du noch etwas anderes?«, fragt er.

Ich schaue mich im Inneren seines Trucks um und nehme auch hier Mavericks Duft wahr. »Du hast mich einfach so ...« Immer noch verblüfft darüber, dass er mich einfach so hochgehoben und auf den Sitz verfrachtet hat, drehe ich mich wieder zu ihm um. Ich würde nicht von mir behaupten, dass ich großgewachsen bin, aber ich bin definitiv kein zartes Wesen.

»Pippi, was willst du nun aus deinem Auto mitnehmen?«

»Pippi?«

»Langstrumpf.« Er zupft an einem meiner roten Zöpfe, und ich blinzle ihn irritiert an. »Das ist eine alte Fernsehserie.«

»Oh.«

»Also, was willst du noch aus deinem Auto?«

»Meinen Koffer, mein Portemonnaie und die Tasche hinter dem Beifahrersitz. Da sind Pebbles' Sachen drin.«

»Okay. Und jetzt zieh deine Füße ein.« Er macht einen Schritt zurück, und ich schwinge meine Beine in den Truck, bevor er die Tür schließt und zu meinem Auto geht. Anstatt ihm beim Umladen zuzusehen, suche ich nach meinem Welpen. Er liegt zusammengerollt auf dem Fahrersitz und schläft tief und fest. Ich lasse ihn vorerst in Ruhe, ziehe meinen immer noch nassen Mantel und meine Mütze aus und drehe die Heizung höher.

»Brauchst du noch irgendetwas aus deinem Auto?«, fragt Maverick, als er mein Gepäck auf den Rücksitz legt.

»Nicht, dass ich wüsste.« Ich drehe mich um und schaue ihn fragend über die Schulter hinweg an. »Glaubst du, dass meine Sachen sicher sind, bis ich mein Auto abholen kann?«

»Hast du etwas Wertvolles da drin?«

»Mein ganzes Leben oder zumindest die wichtigsten Dinge«, gebe ich zu. Ohne ein weiteres Wort geht er zurück zu meinem Auto und öffnet den Kofferraum. Ich will ihm gerade sagen, dass er nicht alles einladen muss, doch ich weiß, dass ich am Boden zerstört wäre, wenn meinen Habseligkeiten etwas zustoßen würde. Alles, was in meinem Auto ist, hat für mich einen sentimentalen Wert. Meine Möbel, den Hausrat und die größeren Dinge habe ich in der Garage meiner Eltern eingelagert, bis ich einen Job und eine eigene Wohnung gefunden habe. Während Maverick meine Kisten in seinen Kofferraum stapelt und auch die wenigen Taschen danebenstellt, überprüfe ich, ob mein Telefon Empfang hat. Nichts. Kein Netz.

Maverick verriegelt mein Auto und schlägt die Heckklappe seines Trucks zu, bevor er seine Fahrertür öffnet. »Alles klar?«, fragt er mich. Ich nicke und nehme Pebbles auf den Schoß, der sich nicht über den Umzug zu freuen scheint.

»Ja, und nochmals vielen Dank.«

»Das ist keine große Sache.« Maverick nimmt seinen Hut ab, der mit Schnee bedeckt ist, und wirft ihn zusammen mit seiner Jacke auf die Rückbank. Ich stelle fest, dass die Fließjacke, die jetzt zum Vorschein kommt, seinen muskulösen Oberkörper betont. Pebbles' Versuche, auf Mavericks Schoß zu gelangen, unterbrechen meine seltsamen Gedanken, und ich halte ihn fester.

»Ich habe keinen Handyempfang, du etwa?«, frage ich, als wir losfahren.

»Keine Ahnung. Vorhin auf dem Berg gab es jedenfalls kein Netz.« Er reicht mir sein Handy aus dem Becherhalter, und ich starre es an. »Du kannst nachsehen. Der Code ist eins zwei drei vier.«

Ich entsperre sein Handy und sehe zumindest einen halbwegs stabilen Balken. »Hast du Cybils Nummer?«

»Nein, aber sie ist garantiert bei Tanner. Ruf ihn an.« Ich öffne die Kontakte und drücke auf den von Tanner. Statt eines Klingeltons höre ich nur ein Piepsen.

»Vermutlich ist ein Sendemast ausgefallen.« Ich lege sein Telefon zurück in den Becherhalter zwischen uns. »Hoffentlich flippt Cybil nicht aus, weil ich mich nicht melde.«

»Du kannst sie anrufen, wenn wir bei mir sind«, sagt er, und ich presse eine Hand gegen meinen Bauch, der bei der Erwähnung seiner Wohnung vor Nervosität flattert.

»Wie weit ist es bis zu dir?«, frage ich, als er auf den völlig leeren Highway fährt.

»An einem normalen Tag dreißig Minuten. Ich weiß nicht, wie lange es jetzt dauert, aber hoffentlich nicht wieder drei Stunden, die ich gebraucht habe, um zu dir zu kommen.«

»Drei Stunden.«

»Auf der Gegenfahrbahn gibt es keine Abfahrt zu dem Parkplatz, auf dem du gehalten hast. Deshalb musste ich bis zur nächsten Abfahrt weiterfahren und dann umkehren.«

»Ich weiß gar nicht, wie ich dir danken soll.«

»Du musst mir nicht danken. Ich helfe dir gern«, versichert er mir leise, bevor er das Radio aufdreht. Vermutlich ist das seine Art, mir mitzuteilen, dass alles gesagt ist. Ich versuche, mich auf die Fahrbahn zu konzentrieren und das beunruhigend warme Gefühl in meiner Magengegend zu ignorieren, das seine Anwesenheit in mir auslöst.

3. Kapitel

Maverick

Nachdem ich vor meinem Haus geparkt habe, stelle ich den Motor ab und betrachte Jade. Vor etwa einer Stunde ist sie mit ihrem dösenden Hund auf dem Schoß eingeschlafen. Bisher habe ich nie bemerkt, wie hübsch sie ist. Aber ich habe auch nur ein paar Stunden in Gesellschaft anderer mit ihr verbracht, und wir hatten nie Zeit zum Reden. Ich greife nach ihrem Oberarm und drücke ihn sanft. Ihre Lider öffnen sich, bevor sie ihren Kopf zu mir dreht.

»Wir sind da.«

»Ich bin wohl eingeschlafen«, sagt sie und setzt sich schläfrig auf. »Wie spät ist es?«

»Kurz nach drei.« Ich löse meinen Gurt und greife nach ihrem Mantel auf dem Rücksitz. »Du musst erschöpft sein.«

»Mir geht's gut.«

Ich ziehe meine Jacke an und warte, bis sie ihren Mantel angezogen hat, bevor ich die Tür öffne, um auszusteigen. In der offenen Tür bleibe ich stehen und schaue sie an. »Brauchst du heute Abend noch etwas anderes als deinen Koffer und die Tasche mit dem Hundefutter?«

»Nein, die anderen Sachen sind nicht so wichtig.« Sie gähnt, als ich meine Tür zuwerfe und zur Beifahrerseite gehe, um ihr beim Aussteigen behilflich zu sein. Sie ist gerade dabei, ihrem Hund einen lindgrünen Rollkragenpullover anzuziehen. Der Anblick bringt mich zum Lächeln. »Hey, sieh ihn nicht so an. Er kriegt sonst Komplexe.«

»Ich grinse nicht über ihn, sondern über dich«, entgegne ich und helfe ihr, als sie lacht.

»Er würde erfrieren, wenn ich ihm nicht etwas anziehe.«

»Was haben Hunde gemacht, bevor es Menschen gab?«

»Früher gab es nur Wölfe. Die waren es gewohnt, draußen zu leben. Aber Pebbles ist kein Wolf, und er hat zu wenig Fell, um sich warm zu halten. Dafür braucht er mich und den Pulli.« Sie nimmt den Kleinen auf den Arm und setzt ihn ein paar Meter weiter auf eine weitgehend schneefreie Fläche. Dann sagt sie etwas, das wie *Töpfchen* klingt, und er pinkelt auf ihr Kommando. »Hier wohnst du also?«, will sie wissen und zieht sich mit einer Hand die Mütze tiefer in die Stirn, während ich ihren Koffer und die Tasche vom Rücksitz nehme.

»Ja, das ist mein Haus.« Ich gehe voran auf die Veranda meines kleinen Blockhauses, wo sich durch meine Bewegung die Türbeleuchtung einschaltet. »Es ist nicht sehr groß, aber im Moment reicht mir der Platz. In den nächsten drei Jahren möchte ich ein zweites Haus weiter hinten auf dem Grundstück bauen und diese Hütte für Freunde und Familie nutzen, wenn sie zu Besuch kommen.«

»Wie viel Land hast du denn?«

»Etwas mehr als vier Hektar.« Ich lasse sie zur Vordertür rein und folge ihr ins Haus. Sie bleibt stehen, um ihre Stiefel und ihren Mantel auszuziehen, was sie problemlos schafft, ohne ihren Hund abzusetzen. »Eigentlich wollte ich ein größeres Grundstück haben, aber dann würde ich jetzt so weit außerhalb der Stadt wohnen, dass es mühsam wäre, am Samstagmorgen Milch zu holen.«

»Meine Eltern leben auf dreißig Hektar Land etwa dreißig Minuten außerhalb der Stadt. Es ist immer ein Abenteuer, wenn sie etwas einkaufen müssen.« Sie wartet, bis ich ihren Mantel neben meine Jacke gehängt habe, ehe sie mir durch den kurzen Flur in die Küche folgt.

»Da sind wir.« Ich deute auf die Küche und das angrenzende Wohnzimmer. »Wie ich schon sagte, es ist nicht sehr groß.«

»Aber gemütlich.« Sie schaut sich um und bleibt dann am Panoramafenster im Wohnzimmer stehen, wo man mit Hilfe der von mir installierten Scheinwerfer auch nachts rüber zum Wald hinter dem Haus sehen kann. »Ich wette, der Blick aus diesem Fenster ist tagsüber wunderschön.«

»Die Aussicht hier ist nicht so schön wie von dort, wo ich das andere Haus bauen will. Falls es morgen nicht zu kalt ist, könnten wir mit dem Schneemobil dorthin fahren«, schlage ich spontan vor und wundere mich über mich selbst. Niemandem, nicht einmal Tanner oder Blake, habe ich die Stelle gezeigt.

»Das würde mir gefallen.« Sie lächelt, bis Pebbles einen kurzen Laut von sich gibt. Zuerst schaut sie auf ihn und dann auf ihre Füße hinunter. Ich bin überrascht, dass sich Caz an ihre Knöchel geschmiegt hat und den Hund kaum zu beachten scheint. »Du hast eine Katze?«

»Nein.«

»Nein?« Sie wirft mir einen liebenswert verwirrten Blick zu, während Caz auf die Rückenlehne der Couch springt, um Jade näher zu kommen.

»Dieses Haus gehörte Caz, bevor ich es gekauft habe. Ich bekam sie zusammen mit dem Haus.«

»Im Doppelpack?« Jade lacht und tritt näher an die Couch, um Caz zu streicheln.

»Sei vorsichtig. Sie mag keine Fremden und schon gar keine Hunde.«

»Sie ist süß.« Jade lässt ihre freie Hand über den Rücken der Katze gleiten. Caz schnurrt und reibt sich an Jades Hand.

»Sie scheint dich zu mögen. Zu mir kommt sie nur, wenn sie Hunger hat.«

»Das liegt daran, dass sie ein kluges Mädchen ist.« Sie krault Caz hinter den Ohren. »Sie weiß, dass sie dir nicht zu viel

Aufmerksamkeit schenken sollte, weil du das als selbstverständlich hinnimmst und dann vergisst, dass du ihr auch etwas zurückgeben musst.«

»Das klingt, als würdest du aus Erfahrung sprechen«, sage ich, und Jade zuckt mit den Schultern, bevor sie meinen Blick erwidert.

»Stört es dich, wenn ich Pebbles frei herumlaufen lasse?«, fragt sie gähnend und hält sich den Mund zu.

»Von mir aus gern. Caz scheint er auch nicht zu stören.« Verwundert betrachte ich noch einen Moment meine Katze, bevor ich zur Tür des Gästezimmers gehe, das ans Wohnzimmer grenzt. »Ich habe leider nur zwei Etagenbetten in meinem Gästezimmer. Ich hoffe, das ist in Ordnung.«

»Ich würde notfalls auch im Stehen schlafen«, behauptet sie und sieht mich mit müden Augen an. Ich stelle ihre Tasche in das Zimmer, das auch meine Neffen nutzen, wenn sie mich besuchen.

»Das Badezimmer findest du den Flur runter, gleich neben der Haustür. Handtücher sind im Schrank, falls du duschen willst. Ich glaube, eine neue Zahnbürste ist auch da, aber ich bin mir nicht sicher.«

»Kein Problem, ich habe meine eigene dabei.« Sie klopft auf den Deckel ihres Koffers. »Nochmals vielen Dank. Ich werde dir ein Dutzend Kekse backen, sobald ich die Gelegenheit dazu habe.«

»Du kannst backen?«

»Nein.« Sie lacht und bringt mich auch zum Lachen. »Aber ich kann hervorragend mit gekauftem Teig umgehen.«

»Dann freue ich mich schon darauf, das zu erleben.« Ich lächle und schüttle den Kopf, als sie wieder gähnt. »Geh schlafen. Wir sehen uns morgen Früh.«

»Ich sollte noch Cybil anrufen. Sie macht sich bestimmt große Sorgen.«

»Das Haustelefon ist in der Küche an der Wand. Wir haben leider immer noch keinen Handyempfang.« Ich gehe zur Tür, bleibe dann stehen und drehe mich zu Jade um. »Wenn du Morgen vor mir aufwachst, mach es dir gemütlich. Der Kaffee steht im Schrank über der Espressomaschine, und im Kühlschrank gibt es Eier und ein paar andere Dinge. Mit etwas Glück bleiben wir von dem angekündigten Glatteis verschont. Dann kann ich dich zu Cybil und Tanner bringen.«

»Okay, danke. Wir sehen uns dann morgen Früh.«

»Ich lasse die kleine Lampe in der Küche an, falls du nachts rausmusst. Dann findest du dich besser zurecht.« Ich schalte die anderen Lichter aus und wünsche ihr eine gute Nacht, bevor ich in mein Zimmer gehe und leise die Tür hinter mir schließe. Nur mit Boxershorts bekleidet, lege ich mich ins Bett. Ich weiß nicht, wie lange ich wach liege, komme aber erst zur Ruhe, nachdem Jade telefoniert hat, die Dusche zu hören war und die Tür zum Gästezimmer mit einem leisen Quietschen geschlossen wurde.

»Pebbles, hör auf!« Jades Stimme und das Kläffen eines Hundes dringen an meine Ohren, und ich bin sofort wach. »Oh mein Gott, du wirst dich noch umbringen, du Idiot! Das ist ein Bär!«

»Was zum Teufel?« Ich knipse die Lampe neben meinem Bett an, stehe auf und ziehe mir eine Jogginghose an. Nachdem ich meine Pistole aus der obersten Schublade meiner Kommode geholt habe, laufe ich den Flur entlang zur Vorderseite des Hauses, wo ich Jade aus vollem Halse schreien und ihren Hund bellen höre.

Ich schiebe die Haustür auf und fluche. Jade, nur mit einem langen T-Shirt und einem übergroßen Flanellhemd bekleidet, läuft ihrem Hund hinterher, der einen Schwarzbären auf einem Baum anbellt. Der Bär klammert sich an einen der oberen Äste und ist so groß, dass er den Hund und Jade mit einem Hieb seiner Krallen erledigen könnte, wenn er die Chance dazu hätte.

Ohne nachzudenken, stürme ich durch den Schnee, lege einen Arm um Jades Taille und hebe sie vom Boden auf. Obwohl sie schreit und strampelt, trage ich sie zur Veranda. »Bleib hier«, fordere ich sie auf. Ihre Augen weiten sich, doch sie bleibt stehen. Ich drehe mich um und gehe ein paar Schritte auf den Baum mit dem Bären zu. »Pebbles«, rufe ich. Augenblicklich verstummt der Hund und lässt sich in den Schnee fallen, seinen Blick konzentriert auf mich gerichtet. »Komm.« Als wüsste er nicht, wofür er sich entscheiden soll, schwankt sein Blick zwischen dem Bären und mir hin und her. »Jetzt«, rufe ich schärfer. Mit gesenktem Kopf trottet er mir entgegen. Der Schnee liegt so hoch, dass er nur mühsam vorwärts kommt. Sobald er mich erreicht, hebe ich ihn hoch. Mit möglichst gleichmäßigen Bewegungen gehe ich zur Veranda und übergebe Pebbles an Jade, bevor ich sie ins Haus dränge und die Tür hinter uns schließe.

»Das hat er noch nie gemacht«, flüstert sie und drückt den Welpen an ihre Brust. Ihr Körper zittert, entweder von der Kälte oder vom Adrenalin. Wahrscheinlich beides.

»Was hast du dir dabei gedacht, halb bekleidet ohne Schuhe draußen rumzulaufen?«, frage ich, während ich meine Waffe auf das Regal über der Garderobe lege. Dann betrachte ich Jade prüfend.

»Mir geht es gut.«

»Du bist völlig durchgefroren«, stelle ich fest und genieße für einen Moment den Anblick ihrer Beine. Die Haut ist von der Kälte gerötet, und ihre Füße müssen eiskalt sein.

»Mir geht's gut«, wiederholt sie. Ich erwidere ihren Blick und spüre eine Wut, wie ich sie noch nie zuvor gespürt habe. Vielleicht ist es irrational, vielleicht aber auch nicht; wer weiß, was passiert wäre, wenn ich ihre Rufe nicht gehört hätte.

»Da draußen sitzt ein Bär im Baum, Jade. Was zum Teufel ist passiert?«, frage ich vorwurfsvoll und deute auf sie.

»Ich wusste nicht, dass es da draußen Bären gibt, Maverick, sonst hätte ich meinen Hund nicht rausgelassen«, schreit sie zurück und schlägt meinen Finger weg. »Und zeig nicht auf mich.«

»Benutz dein Gehirn.«

»Was hast du gerade gesagt?« Sie macht einen Schritt auf mich zu und bohrt einen Finger in meine nackte Brust. »Ich habe dich nicht darum gebeten, rauszukommen. Und du musst dich deswegen nicht wie ein Idiot aufführen. Glaubst du, ich wäre rausgerannt, wenn ich geahnt hätte, dass da draußen ein verdammter Bär wartet?« Sie schüttelt ihren Kopf, sodass ihre wilden roten Locken hin und her schwingen. »Natürlich nicht, aber ich wollte auch nicht, dass der Bär meinen Hund frisst.« Ihre Stimme bricht, und Tränen füllen ihre Augen. »Na toll, jetzt bringst du mich auch noch zum Weinen.«

Innerlich fluchend ziehe ich sie an meine Brust und schlinge meine Arme um sie. Ich ignoriere den Drang, meine Hand in ihr langes Haar zu schieben, ihren Kopf nach hinten zu beugen und sie zu küssen. »Es ist okay. Du bist in Sicherheit. Und Pebbles auch.«

»Da war ein Bär«, sagt sie mehr zu sich selbst, während sie ihr Gesicht an meiner Brust vergräbt. »Sollten die nicht Winterschlaf halten?«

»Erst in ein paar Wochen. Meist beginnen sie ihren Winterschlaf Ende November oder Anfang Dezember.«

»Oh.« Sie lehnt sich zurück und wischt sich die Tränen von

den Wangen, dann bleibt ihr Blick kurz an meinen Bauchmuskeln hängen und wandert dann hinunter zu meinen nackten Füßen. »Du bist auch ohne Schuhe rausgekommen.«

»Ich hatte keine Zeit, mir noch etwas anzuziehen. Du hast mich zu Tode erschreckt.«

»Das tut mir leid.« Sie tritt einen Schritt zurück, ihr Blick wandert erneut zu meinen Bauchmuskeln und dann zu meiner Brust, bevor er auf meinen trifft. Sie fummelt etwas unsicher am Saum ihres T-Shirts herum. »Ich glaube ... ich glaube, ich gehe duschen. Dann wird mir schneller wärmer.«

»Hast du schon gefrühstückt?«

»Nein.« Sie schüttelt den Kopf und blickt sich um. »Noch nicht. Ich bin gerade erst aufgestanden.«

»Ich mache uns Kaffee und etwas zu essen. Hast du gestern Abend mit Cybil gesprochen?«

»Ja, sie will einen Abschleppdienst beauftragen, mein Auto zu ihr zu bringen.«

»Okay, das klingt gut. Ich versuche mal, herauszufinden, wie die Wetterlage ist und ob die Straßen inzwischen geräumt sind.«

»Oh ... äh, fantastisch.« Sie befeuchtet ihre Lippen und tritt von einem Fuß auf den anderen. »Ich hole mir ein paar Klamotten, bevor ich ins Bad gehe.«

»Klar.« Ich beobachte, wie sie sich eilig entfernt, und beiße mir auf die Unterlippe, um nicht zu lachen. Verdammt, sie ist echt süß, wenn sie aufgeregt ist. Trotzdem werde ich ihr auf keinen Fall näherkommen.

4. Kapitel

Jade

Ich sitze an der Insel in Mavericks Küche und beobachte faszieniert das Spiel seiner Rückenmuskeln und die Art, wie sich sein Bizeps anspannt, wenn er die Pfannkuchen wendet oder seinen Kaffeebecher anhebt, um einen Schluck zu nehmen. Natürlich habe ich versucht, meine Augen von ihm abzuwenden, aber sein freier Oberkörper macht das fast unmöglich. Ich habe kein Problem damit, dass er kein T-Shirt trägt, nur das Gefühl, dass mein Gehirn einen Kurzschluss hat, wenn er uns barfuß und nur mit Jogginghosen bekleidet direkt vor meinen Augen ein Frühstück zubereitet.

»Jade«, ruft er, und ich löse meinen Blick von der Tätowierung auf seiner linken Schulter und konzentriere mich auf sein ebenmäßiges Gesicht, das ich genauso gern betrachte wie seinen Körper. Sein dunkles Haar ist ihm in die Stirn gefallen, und der leichte Schatten, der seinen Kiefer bedeckt, lässt seine Lippen noch voller aussehen. »Hast du mich gehört?«

»Was hast du gesagt?« Ich fühle mich ertappt, und seine Lippen verziehen sich zu einem schelmischen Grinsen.

»Ich habe dich gefragt, ob du Lust hast, nach dem Frühstück mit dem Schneemobil rauszufahren. Du wirst hier mindestens noch ein paar Stunden festsitzen.«

»Oh, klar, das klingt spannend.« Ich nehme meine Tasse Kaffee in die Hand und trinke einen Schluck. »Und danke, dass ich hierbleiben darf, bis die Straßen wieder frei sind.«

»Du musst dich nicht ständig bedanken.« Er stapelt die

fertigen Pfannkuchen auf einen Teller und stellt ihn vor mich.

»Hast du auch Honig?«

»Ich glaube schon.« Er öffnet einen der Schränke, nimmt ein Glas Honig heraus und bringt es mir.

»Danke.«

»Kein Problem.« Wieder am Herd füllt er einen weiteren Teller.

»Gibt es hier öfter solche Schneestürme?«, frage ich ihn, während ich Butter auf den ersten fluffigen Pfannkuchen streiche.

»Das ist vielleicht nicht normal für diese Jahreszeit, aber die Winter hier können sehr hart sein. Wenn du wirklich vorhast, hier zu bleiben, solltest du dir vielleicht ein anderes Auto anschaffen.«

»Mein Auto fährt sich auch bei Schnee ganz gut. Das Problem war nur, dass ich keine Schneeketten hatte.« Ich schneide in den Pfannkuchen, und mir läuft das Wasser im Mund zusammen. »Eigentlich hätte ich es gestern bis zu Cybil geschafft, wenn ich nicht unterwegs angehalten und die Zeit aus den Augen verloren hätte.«

Maverick setzt sich zu mir an die Insel und kippt eine unglaubliche Menge Sirup auf seine Pfannkuchen.

»Außerdem hat ein neues Auto im Moment keine Priorität. Zuerst muss ich einen Job und eine eigene Wohnung finden.«

»Ich dachte, du wolltest Cybil bei ihrer Handtaschensache helfen.« *Handtaschensache.* Ich muss über seine sehr männliche Beschreibung lächeln. Denn in Wahrheit ist Cybil eine echte Künstlerin. Vor ein paar Jahren beschloss sie, sich eine Handtasche aus veganem Leder zu nähen. Als sie sie das erste Mal trug, wurde sie von einigen Leuten angesprochen, woher sie das schicke Accessoire hatte. Kurz darauf begann sie, noch mehr Taschen zu entwerfen und zu produzieren und vertrieb sie zuerst regional und dann online. Inzwischen werden ihre

Designs überall getragen, sogar von einigen Prominenten.

»Cybil braucht meine Hilfe nicht wirklich, sie hat mir nur einen Job angeboten, um mir zu helfen. Ich weiß das sehr zu schätzen. Aber ich möchte lieber als Buchhändlerin arbeiten.« Ich zucke mit den Schultern und versuche, die Enge in meiner Kehle zu ignorieren. »Bis vor kurzem hatte ich meinen Traumjob. Ich war meine eigene Chefin und den ganzen Tag mit Büchern beschäftigt. Das wollte ich schon immer tun. Meinen eigenen Buchladen zu führen, ist immer noch mein Traum.«

»Das wirst du schaffen«, sagt er leise, und ich schaue ihn skeptisch an. Bei meinem Pech in der letzten Zeit hege ich keine allzu großen Hoffnungen, bald wieder in meinem eigenen Laden zu stehen.

»Vielleicht.« Ich nehme den ersten Bissen und kann mir gerade noch ein Stöhnen verkneifen, weil er so gut ist. Als Maverick anbot, uns Pfannkuchen zum Frühstück zu machen, dachte ich, dass er die fertigen aus dem Supermarkt aufwärmen würde. Umso überraschter war ich, als er den Teig selbst rührte.

»Gut?«, fragt er, als ich einen weiteren Bissen nehme. Ich kann nur nicken, weil ich den Mund so voll habe.

»Die stellen sogar die Pfannkuchen meiner Mom in den Schatten«, sage ich, nachdem ich geschluckt habe, und er grinst. »Aber das würde ich niemals vor anderen Leuten zugeben. Wenn du es also jemals erwähnen solltest, werde ich abstreiten, sowas behauptet zu haben.«

»Dein Geheimnis ist bei mir sicher«, verspricht er mir und legt beide Hände um seinen Kaffeebecher. »Wie geht es deiner Mom?«

»Es geht ihr gut.« Meine Mom hatte einen Herzinfarkt, ungefähr zu der Zeit, als Cybil und Tanner zusammenkamen. »Ihr Arzt meint, sie wäre auf einem guten Weg. Vermutlich liegt das daran, dass sie sich hauptsächlich pflanzlich ernährt.

Cybil bestand darauf.«

»Sie hat sich Sorgen um eure Mom gemacht«, sagt er, und ich nicke zustimmend, obwohl das eine Untertreibung ist. Cybil betrachtet meine Eltern als die ihren. Als meine Mom im Krankenhaus lag, traf das nicht nur mich, sondern auch sie. Sie vielleicht sogar noch mehr, denn sie hat ihre Mutter verloren, als wir noch Teenager waren. Deshalb ist die Vorstellung für sie unerträglich, unsere Mom zu verlieren. »Ich bin froh, dass es ihr wieder gut geht.«

»Ich auch.«

»Sind deine Eltern immer noch auf der Suche nach einem Grundstück hier oben?«

»Ja, vor allem mein Dad.« Ich seufze.

»Ich wette, dass sie nach deinem Umzug noch intensiver suchen werden.«

»Nein«, entgegne ich lachend. »Im Moment geht es ihnen nur darum, näher bei ihrem ersten Enkelkind zu wohnen. Cybil und ich spielen bei ihren Entscheidungen nur eine Nebenrolle.«

»Claire ist ja auch ein süßes Kind.«

»Sie ist das süßeste Mädchen, das ich je gesehen habe«, stimme ich zu. »Hast du gesehen, dass sie die ersten Zähne bekommen hat?«

»Tanner hat mir ein Dutzend Fotos geschickt, als sie zum ersten Mal zu sehen waren.«

»Oh, er ist ein stolzer Dad.«

»Das ist er«, stimmt mir Maverick lächelnd zu, und ich neige meinen Kopf zur Seite.

»Was ist mit dir? Wohnen deine Eltern auch in der Nähe?«

»Mein Dad lebt in New Mexico. Und zu meiner Mom habe ich seit Jahren keinen Kontakt.«

»Das tut mir leid.«

»So ist das Leben.« Er zuckt mit den Schultern. »Aber ich

habe eine Schwester in Seattle. Sie hat Zwillinge bekommen, zwei Jungs. Sie besuchen mich manchmal in den Schulferien, und dann unternehmen wir was zusammen.«

»Deshalb hast du Etagenbetten in deinem Gästezimmer aufgestellt. Ich dachte, dass du darin schläfst, wenn du dich an deine Zeit bei der Navy erinnern willst«, scherze ich, und er lacht.

»Nein, diese Jahre vermisse ich nicht.« Er deutet auf meinen Teller. »Bist du fertig?«

»Da es unangebracht wäre, den Teller abzulecken, ja.« Ich bekomme noch ein Lächeln, bevor er meinen und seinen Teller zur Spüle bringt.

»Sobald ich mich frisch gemacht habe, können wir losfahren.« Er sieht mich prüfend an. »Es ist kalt draußen, und durch den Wind kommt es dir noch kälter vor. Also zieh dich warm genug an.«

»Wie lange dauert die Fahrt dorthin, wo wir hinwollen?«

»Je nachdem, wie viel Schnee liegt und ob über Nacht Bäume umgestürzt sind, vielleicht zwanzig Minuten. Wenn wir zurückkommen, sind hoffentlich die Straßen geräumt. Dann kann ich dich zu Cybil und Tanner bringen.«

»Das klingt gut.« Ich rutsche von meinem Hocker und gehe ins Gästezimmer. Caz liegt schlafend auf dem oberen Bett. Bevor ich mir warme Klamotten anziehe, streiche ich ihr sanft über das Fell. Bekleidet mit einem Schlabber-Sweatshirt und einem langärmeligen Thermohemd suche ich nach Pebbles. Nach dem Schrecken heute Morgen schläft er friedlich auf der Couch. Ich wecke ihn und ziehe ihm seinen Wollpullover an, weil er noch mal pinkeln sollte, bevor ich mit Maverick losfahre. Diesmal achte ich darauf, Pebbles anzuleinen. Als ich wieder das Haus betrete, treffe ich auf Maverick, der eine Jeans und ein marineblaues Sweatshirt trägt. Obwohl er auch darin gut aussieht, bin ich enttäuscht, ihn nicht mehr in seiner ganzen Pracht ohne Hemd zu sehen.

»Bist du bereit?«, will er wissen und schaut mir zu, wie ich Pebbles den Pullover ausziehe.

»Ja.« Ich folge ihm zur Tür, schlüpfe erst in meine Stiefel, dann in meinen Mantel und setze meine Mütze auf. Maverick greift nach meinen Händen und erschreckt mich. »Was ...«

»Ohne Handschuhe frieren dir die Finger ab. Und einen Schal brauchst du auch noch«, unterbricht er mich, bevor ich fragen kann, warum er mich festhält. Er streift mir große Fäustlinge über die Hände und befestigt sie an meinen Handgelenken. Dann legt er mir einen Schal um und verknotet ihn unter meinem Kinn. »So. Jetzt können wir fahren.«

Er tritt zurück und öffnet die Haustür. Ich gehe an ihm vorbei, drücke meine Handfläche gegen meinen Bauch, der merkwürdig flattert, und steige die Stufen hinunter. Maverick um das Haus herum folgend, entdecke ich eine schneebedeckte Garage, die ich vorher nicht bemerkt habe. Er schiebt die Tore auseinander. Dahinter kommt ein riesiges Schneemobil zum Vorschein. Bis zu diesem Moment wusste ich nicht, dass diese Dinger so lang sind, ungefähr so groß wie die Jet-Skis meiner Eltern.

Maverick löst die Bremse und schiebt das Gefährt auf den kleinen Platz vor der Garage. Dann geht er noch einmal hinein und kommt mit zwei glänzenden schwarzen Helmen zurück. Ich nehme ihm einen ab und stülpe ihn über meine Mütze. Nur die Schnalle bekomme ich mit meinen dicken Fäustlingen nicht geschlossen. Doch Maverick zieht mir die Hände weg und klinkt den Verschluss ein.

»Ich hätte es auch selbst geschafft«, murre ich.

»Es geht einfacher, wenn ich dir helfe«, sagt er grinsend und deutet spielerisch einen Kinnhaken an. Ich versuche, beleidigt auszusehen, weil er diese *Großer-Bruder-kleine-Schwester*-Masche abgezogen hat. Aber es gelingt mir nicht, weil er ein echt heißer Mann ist. »Bist du bereit?«

»So bereit, wie ich nur sein kann.« Ich schaue ihm zu, während er auf die Maschine steigt, ehe er mir ein Zeichen gibt, hinter ihm Platz zu nehmen. Dankenswerterweise komme ich dabei ohne seine Hilfe aus. »Und was jetzt?«

»Jetzt musst du dich an mir festhalten.«

Ich schlinge meine Arme um seine Seiten und suche nach einer Möglichkeit, meine Hände irgendwo einzuhaken. Doch mit den viel zu großen Handschuhen ist das unmöglich.

»Du musst dich schon ein bisschen fester an mich klammern.« Er nimmt meine Hände, zieht sie nach vorne und legt sie sich um den Bauch. Dadurch werden meine Beine weiter gespreizt und mein Körper an seinen Rücken gepresst. Der Raum zwischen uns ist praktisch nicht mehr vorhanden. »Wenn du willst, dass ich anhalte, tippst du mich einfach an. Wegen des Motors werde ich dich nicht hören können.«

»Okay«, stimme ich zu, bevor er den Motor startet und den Gang einlegt. Als wir losfahren, schmiege ich mein Gesicht an seinen Rücken und lasse die eingeschneite Landschaft auf mich wirken. Mit dem frisch gefallenen Schnee, der die grünen Äste der Bäume bedeckt, sieht es aus wie im Märchen.

Wenn ich mit jemand anderem zusammen auf diesem Schneemobil sitzen würde, mit einem, der etwas mehr Interesse an mir gezeigt hätte, wäre es sehr romantisch. Aber darum geht es hier nicht. Mavericks Bemerkung vorhin hat das klar gemacht.

Vermutlich ist das auch besser so. Ich war schon immer sehr wählerisch, vor allem, wenn es um Männer geht. Und da ich absolut kein Glück bei der Partnersuche habe, würde es sowieso nicht lange dauern, bis wir uns nach einem dramatischen Streit trennen würden. Das möchte ich Cybil oder Tanner ersparen.

Nach einer Weile fährt Maverick langsamer, hält an und

schaltet den Motor aus. Ich löse meine Wange von seinem Rücken und schaue mich um. Er hatte recht, als er sagte, die Aussicht hier oben sei besser als die aus dem Wohnzimmerfenster seiner Blockhütte. Man kann sogar die Berge in der Ferne und das Tal davor sehen. Die Häuser stehen weit verstreut und sind nur durch den Rauch aus ihren Schornsteinen zu erkennen.

»Wir sind da. Du kannst absteigen.« Ich lasse ihn los und erhebe mich vom Sitz. Sobald ich die Füße auf den Boden setze, versinke ich knöcheltief im Schnee. Maverick steigt ebenfalls ab und stellt sich direkt vor mich. Wortlos hebt er mein Kinn an und nimmt mir den Helm ab.

Von diesem Großer-Bruder-Ding lasse ich mich diesmal nicht ablenken und genieße einfach nur die Landschaft. »Es ist einfach ... wow.« Ich folge ihm zu einer Baumgruppe, von der die Sicht noch besser ist. »Bitte sag mir, dass du genau auf diesen Punkt deine Badewanne ausrichten wirst.«

»Ich habe nicht vor, eine Badewanne einzubauen.« Enttäuscht rümpfe ich die Nase, denn es gibt nichts Schöneres als ein ausgiebiges Bad zu nehmen. Sogar Tanner, der ein ganz harter Kerl ist, badet mit Cybil und liest ihr dabei vor. »Hier an dieser Stelle wird die Terrasse sein.«

»Aber du stellst doch bestimmt einen Whirlpool auf die Terrasse?«, hake ich nach und schaue zu ihm auf. Er schüttelt stumm den Kopf.

»Solltest du aber.« Ich verschränke meine Arme vor der Brust, um mich warm zu halten. Es ist kalt, verdammt kalt, und ich weiß genau, dass meine Finger ohne die Fäustlinge schon längst abgefroren wären. »Stell dir vor, du liegst mit deiner Liebsten in einem herrlich warmen Schaumbad mit Blick auf diese wunderbare Landschaft. Das wäre doch toll, oder?«

»Wir könnten genauso gut auf der Couch im Wohnzimmer liegen.«

»Ernsthaft?« Ich rolle mit den Augen. »Du liegst lieber auf der Couch?«

»Wäre es besser, wenn ich sagen würde, dass davor ein Feuer im Kamin brennt?«

»Kaum.« Ich sehe ein Lächeln über sein Gesicht huschen und lächle zurück. »Was hast du noch geplant? Außer der nicht vorhandenen Badewanne. Wo wird die Küche sein?«

»Hier.« Er zeigt auf eine Stelle in der Nähe der schon erwähnten Terrasse. »Sie wird zum Wohnzimmer hin offen sein. So können wir, auch wenn Besuch da ist, alle zusammen sein. Oben wird es zwei Schlafzimmer geben, darunter das Hauptschlafzimmer mit einer eigenen Terrasse. Und dann noch ein Gästezimmer, dass ich nutzen werde, wenn ich zu alt bin, die Treppe hoch zu steigen.«

»Du willst also für immer hier leben?«

»Das ist mein Traum«, sagt er leise und dreht sich zu mir um. »Meine Eltern konnten meiner Schwester und mir nicht viel bieten. Außerdem sind wir oft umgezogen. Schon als Kind habe ich von einem eigenen Haus mit Garten geträumt. Es sollte groß genug sein, damit sich die Menschen, die mir wichtig sind, darin wohlfühlen.«

»Das ist ein schöner Traum.« Ich räuspere mich, um das Kratzen in meinem Hals loszuwerden.

»Es wird auch ein schönes Haus, wenn es fertig ist. Es dauert nur alles länger, als ich dachte. Zu viel Bürokratie.« Er seufzt und geht in Richtung des Schneemobils.

»Die besten Dinge im Leben brauchen Zeit«, entgegne ich und folge ihm.

»Du hast recht«, sagt er und hilft mir mit dem Helm, bevor er mir einen langen Moment in die Augen schaut. Mein Magen flattert, obwohl ich weiß, dass ich mir diesen Blick nur einbilde, denn er fühlt sich warm und gut an, wie solche, die man kurz vor einem Kuss bekommt. Ich trete einen Schritt zurück und warte, dass er auf das Schneemobil steigt.

»Ich denke immer noch, dass es besser wäre, wenn du wenigstens einen Whirlpool hättest.«

Er lacht und setzt seinen Helm auf. Ich nehme wieder meinen Platz hinter ihm ein, nur etwas dichter an seinem Rücken als vorhin. Dann schlinge ich meine Arme um ihn.

Als wir den Ort verlassen, an dem eines Tages sein Haus stehen wird, atme ich tief durch, schließe die Augen und bin überzeugt davon, dass es auch ohne Whirlpool oder Badewanne spektakulär sein wird.

5. Kapitel

Jade

Während Maverick am Steuer sitzt und Pebbles auf meinem Schoß schläft, schaue ich aus dem Fenster. Wir sind auf dem Weg zum Haus von Cybil und Tanner, das etwas außerhalb der Stadt liegt. Zum Glück ist der angekündigte Kälteeinbruch ausgeblieben und die Sonne ist gerade so weit herausgekommen, dass der Schnee und das Eis auf den Straßen geschmolzen sind. Je näher wir unserem Ziel kommen, desto mehr bedauere ich, nicht mehr Zeit mit dem Mann an meiner Seite verbringen zu können. Obwohl er nicht viel redet, fühle ich mich wohl in seiner Gesellschaft. Als wir auf die vertraute Straße einbiegen, die zum Haus von Tanner und Cybil führt, wird mir ganz schwindelig – das gleiche Gefühl, das ich jedes Mal habe, wenn ich meine beste Freundin besuche.

»Auf wen freust du dich mehr? Auf Cybil oder auf Claire?«, fragt Maverick und betrachtet einen Moment lang mein nervös hüpfendes Bein, bevor er sich wieder auf die Straße konzentriert.

»Alle beide«, antworte ich lächelnd, als wir das Haus fast erreicht haben.

»Warte einfach, bis ich den Truck geparkt habe, bevor du rausspringst. Ich will nicht, dass du überfahren wirst.«

»Ich würde nie aus einem fahrenden Auto springen. Und wenn, dann weiß ich, dass man sich abrollen muss, sobald man auf dem Boden landet.« Er lacht und biegt in die Einfahrt. Cybil betritt gerade mit meiner entzückenden Nichte auf dem

Arm und Tanner an ihrer Seite die Veranda.

»Gib mir deinen Hund.« Maverick streckt die Hand aus, und ich reiche ihm Pebbles.

»Es ist so schön, wieder hier zu sein, dass mir fast die Tränen kommen«, flüstere ich.

»Bitte nicht«, murmelt er und löst seinen Gurt, bevor ich die Tür aufstoße und aus dem Truck springe. Als ich auf die Treppe zusteuere, übergibt Cybil Claire an Tanner und stürmt auf mich zu. Wir umarmen uns, als hätten wir uns seit Jahren nicht gesehen, obwohl es erst ein paar Monate her ist.

»Du bist hier.« Ich höre die Tränen in ihrer Stimme, während sie mich hin und her schaukelt.

»Ich habe dich so sehr vermisst.« Ich umarme sie ganz fest, bevor ich mich zurücklehne, um sie anzuschauen. »Du siehst immer noch so rosig aus.«

»Das liegt vermutlich an dem Windeltuch, mit dem ich mir eben Claires Spucke aus dem Gesicht gewischt habe.« Sie lacht, und ich lache mit und schaue zu Tanner, der uns mit einem sanften Lächeln im Gesicht beobachtet.

»Hey.« Ich gehe zu ihm und umarme ihn kurz, dann strecke ich die Hand aus, um Claires weiche Wange zu berühren. »Erinnerst du dich an mich, Süße?«

»Natürlich erinnert sie sich an dich, wir chatten doch fast jeden Tag über FaceTime«, versichert mir Cybil, während sie Pebbles aus Mavericks Armen nimmt.

»Ta ma ka da baba«, brabbelt Claire und streckt ihre Hände nach mir aus. Ich nehme sie und drücke ihren kleinen Körper an meine Brust, schaukle sie hin und her, während ich ihre Pausbacken küsse.

»Sie ist so groß geworden.« Ich begegne Cybils Blick über den Kopf von Claire, der von einer rosa Mütze bedeckt ist. »Hast du ihr nicht gesagt, dass sie aufhören muss zu wachsen?«

»Wir haben das schon ein paar Dutzend Mal besprochen,

aber sie hört uns nie zu.« Sie lächelt und lehnt sich an Tanner, der seinen Arm um ihre Schultern legt. Ich bin fast ein wenig neidisch auf die beiden, werde aber von Claire abgelenkt, die vor sich hin plappernd über meine Schulter schaut. Ich drehe mich um. Hinter uns steht Maverick, die Hände in die Vordertaschen seiner Jacke gesteckt.

»Magst du ihn nicht?«, frage ich Claire, und sie strampelt mit den Beinen.

»Mav ist ihr Lieblingsonkel«, sagt Cybil. Ich schaue auf Claire hinunter und küsse ihre Wange, bevor ich sie zu dem Mann führe, den sie so sehr zu erreichen versucht. Maverick streckt seine Hände nach ihr aus. Sobald er sie im Arm hat, schmiegt sie sich an ihn und legt ihren Kopf auf seine Schulter. Ich rede mir ein, dass es mich völlig kalt lässt, ihn mit einem Baby zu sehen. Er küsst Claires Kopf und hält sie mit einer Sanftheit, die zeigt, dass er sie öfter im Arm hat. Ich kann mir nichts vormachen und muss mir eingestehen, dass er mit Claire noch besser aussieht als vorhin mit freiem Oberkörper. Und das will schon etwas heißen.

»Ich sollte meine Sachen holen«, sage ich zu Cybil.

Tanner schüttelt den Kopf. »Es ist einfacher, wenn wir beim Laden vorfahren.«

»Was meinst du damit?« Ich stemme die Hände in die Hüften. »Schmeißt ihr mich schon aus dem Haus, bevor ich meine Sachen ausgepackt habe?« Das muss ein Scherz sein, denn der Laden ist Cybils Atelier, ein Ort, den Tanner für sie eingerichtet hat.

»Natürlich schmeißen wir dich nicht raus.« Cybil stellt sich vor ihren Mann. »Du kannst auch bei uns im Haus wohnen, wenn du willst. Aber wir dachten, du wärst glücklicher, wenn du dein eigenes Reich hast. Tanner und die Jungs haben den Laden vor einer Woche um ein Bad und eine Küche erweitert. Du kannst dich dort richtig einrichten und hast keinen Stress, bis du eine Wohnung gefunden hast.«

»Und was ist, wenn du arbeiten willst? Ich weiß, dass du dann gern allein bist.«

»Der Wohnbereich ist komplett von meinem Atelier abgetrennt. Außerdem weckt dich Claire dort nicht mitten in der Nacht auf, wie bei uns im Haus.«

»Es macht mir nichts aus, von ihr geweckt zu werden.«

»Ich weiß. Aber ich will, dass du dich wohlfühlst und bei uns bleibst«, sagt sie leise. Ich schüttle den Kopf und umarme sie ganz fest. Mir ist bewusst, wie sehr sie ihre Familie vermisst, obwohl sie neben Tanner und Claire von vielen Freunden umgeben ist.

»Dann hast du mich jetzt länger am Hals«, flüstere ich und küsse sie auf die Wange, bevor ich sie loslasse.

»Tut mir leid. Die Hormone. Ständig breche ich in Tränen aus«, schnieft sie und sucht nach einem Taschentuch.

»Du brauchst dich nicht zu entschuldigen. Ich habe heute Morgen auch geweint.«

»Warum denn?« Sie hakt sich bei mir unter und führt mich die Treppe hinauf ins Haus.

»Weil Maverick mich angebrüllt hat.«

»Er hat was?«, fragt sie entrüstet, bis sie meinen schelmischen Gesichtsausdruck bemerkt.

»Er hat sich aufgeregt, weil ich barfuß im Schnee einen Bären vertrieben habe«, erzähle ich ihr und sehe, wie Maverick grinst.

»Was?«, fragt sie und klingt nun entsetzt.

»Als ich heute Morgen aufgestanden bin, habe ich Pebbles zum Pinkeln rausgelassen. Dann kam ein Schwarzbär um die Hausecke, und Pebbles, der sich für einen sehr großen Hund hält, rannte bellend auf ihn zu und jagte ihn auf einen Baum. Auf meine Rufe hat er nicht reagiert. Deshalb bin ich wie eine Idiotin durch den Schnee hinter ihm her gerannt. Mein

Geschrei hat wohl Maverick geweckt. Jedenfalls war er plötzlich auch da und hat mich einfach auf die Terrasse verschleppt und dann Pebbles gerettet.«

»Oh mein Gott.« Sie lacht, und ich lasse mich auf einen der Hocker in der Küche sinken. »Gott sei Dank geht es dir und Pebbles gut.«

»Ich weiß.«

»Vielleicht sollten wir darüber nachdenken, den Laden einzuzäunen. Dann kann Pebbles frei rumlaufen, ohne dass du dir Sorgen um ihn machen musst.«

»Ich nehme ihn einfach an die Leine. Er ist sonst ziemlich brav, wenn ich mit ihm rausgehe.« Ich schaue zu Maverick, der sich mit Claire im Arm neben mich stellt. »Willst du zu Tante Jade?«, frage ich Claire und strecke meine Hände nach ihr aus. Sie schüttelt den Kopf und klammert sich fester an Maverick. »Wolltest du nicht schon gehen?«, frage ich ihn grinsend und schaue ihn herausfordernd an. Statt zu antworten, schenkt er mir ein strahlendes Lächeln.

»Du kannst sie nehmen, während Tanner und ich deine Sachen ausladen«, schlägt er vor und schaut Tanner an. »Wann wird Jades Auto hier sein?«

»In den nächsten zwei Stunden. Der Typ, der es abgeholt hat, sagte, dass er vor drei Uhr hier sein würde«, antwortet er. Maverick nickt und übergibt mir Claire, der das überhaupt nicht gefällt. Sie strampelt und will offensichtlich lieber bei Maverick bleiben. Ich küsse sie auf die Wangen und kitzle sie, bis sie lacht, um sie abzulenken. Tanner nimmt das als sein Stichwort, geht zu Cybil und gibt ihr einen kurzen Kuss, bevor er zusammen mit Maverick das Haus verlässt.

»Wie ist es zwischen dir und Maverick gelaufen?«, fragt Cybil, sobald sich die Tür hinter den Männern schließt.

»Gut. Er ist nicht der gesprächigste Mann, den ich je getroffen habe, aber er hat mir Frühstück gemacht und mir die Stelle gezeigt, an der er sein neues Haus bauen will.«

»Er ist ein netter Kerl. Das sind sie aber alle. Es wird dir hier gefallen, sobald du dich eingelebt hast.«

»Mir gefällt es jetzt schon, mit dir und Claire. Mach dir bitte keine Sorgen, dass ich nicht glücklich bin. Ich werde schon klarkommen«, versichere ich ihr. Sie schaut mich prüfend an.

»Das weiß ich.« Ihre Züge werden sanfter, als sie ihre Tochter ansieht. »Vielleicht findest du ja auch bald deinen Traumprinzen.«

Das glaube ich eher nicht, bei der Pechsträhne, die offensichtlich durch mein Leben läuft. Immerhin hat Cybil mit Tanner das ganz große Los gezogen. Obwohl ihr Leben auch nicht immer einfach war. Ihr Dauer-Verlobter hat wenige Wochen vor der Hochzeit mit ihr Schluss gemacht. Deshalb ist sie allein zu einem *Couple Retreat* gefahren, das sie eigentlich mit ihrem Ex besuchen wollte. Dort hat sie Tanner kennenlernt und sich Hals über Kopf in ihn verliebt, und er sich in sie. Dann wurde sie ungeplant schwanger. Wenige Monate später haben sie geheiratet. Ich kenne solche Geschichten, aber nur aus Büchern oder aus dem Fernsehen. Im wirklichen Leben passiert so etwas definitiv nicht, und mir schon gar nicht. Bei meinem Glück würde ich den falschen Mann heiraten und mich den Rest meines Lebens fragen, warum ich nicht das Weite gesucht habe, als ich es noch konnte. »Ich bin eigentlich gar nicht auf der Suche nach einem Partner. Viel lieber möchte ich einen guten Job finden und dann irgendwann meinen eigenen Buchladen hier in der Gegend eröffnen. Wenn ich beides schaffe, werde ich verdammt glücklich sein.«

»Ich habe vielleicht gute Nachrichten für dich.« Sie nimmt mir Claire ab, als die Kleine nach ihr greift. »Erinnerst du dich an Blake, den anderen Partner von Tanner?«

»Ja, sein anderer bester Freund, richtig?«, frage ich und denke an den blonden Typen, den ich bei meinem letzten

Besuch in der Stadt getroffen habe. Er und seine Verlobte waren so verliebt.

»Der Vater von Everly hat eine Anwaltskanzlei in der Main Street. Weil er bald in den Ruhestand geht, will er sein Büro aufgeben und von zu Hause arbeiten. Wenn du Interesse hast, könnten wir uns die Räumlichkeit vielleicht mal ansehen. Sie ist nicht sehr groß, aber gut geeignet für einen Buchladen. Und die Lage ist perfekt, weil es viel Laufkundschaft gibt.«

»Ich habe im Moment wirklich nicht das Geld, um einen weiteren Laden zu eröffnen.«

»Du vielleicht nicht, aber ich.«

»Du kannst mir doch nicht meinen neuen Laden finanzieren.« Ich schüttle vehement den Kopf.

»Ich würde es auch für mich selbst machen. Du verkaufst Bücher und ich biete meine Taschen an. Vielleicht finden wir noch andere Kleinunternehmer, die ihre Stücke bei uns ausstellen wollen. Es wäre doch cool, nicht nur Bücher, sondern auch ein paar Sachen von lokalen Herstellern zu verkaufen.«

»Hm, ja, das wäre cool«, stimme ich zu und versuche, mir keine zu großen Hoffnungen zu machen. »Aber wie soll das funktionieren, die Sachen anderer Leute zu verkaufen?«

»Sie würden uns einen Prozentsatz von dem geben, was sie beim Verkauf jedes Artikels in unserem Laden verdienen. Dann haben sie auch ein persönliches Interesse daran, dass die Kunden wiederkommen. Das wäre für uns alle von Vorteil. Denk mal darüber nach.«

»Die Idee gefällt mir.«

»Mir auch.« Sie lächelt mich freudig an. »Inzwischen müssten die Männer mit dem Ausladen fertig sein. Willst du dir dein neues Zuhause mal ansehen?«

»Ja.« Ich erhebe mich von meinem Hocker und leine Pebbles an, der es sich unter einer der Wandheizungen bequem gemacht hat. Gemeinsam verlassen wir alle durch die

Hintertür das Haus und gehen den kurzen Weg hinüber zum Laden. Eigentlich handelt es sich dabei um ein großes Metallgebäude mit einem Rolltor und einem Nebeneingang.

In dem Gebäude bewahrte Tanner früher einen Teil der Ausrüstung für die Lodge auf, deren Mitbesitzer er ist. Als Cybil bei ihm einzog, renovierte er die Hälfte des Gebäudes für sie und richtete ihr eine Werkstatt ein. So hatte sie einen Ort, an dem sie ihre einzigartigen veganen Ledertaschen herstellen konnte, die inzwischen von Menschen aus der ganzen Welt bestellt werden, weil sie echte Kunstwerke sind.

Ich hänge mir Pebbles' Leine über die Schulter und öffne die Tür für Cybil, die Claire zu besänftigen versucht. Die Kleine scheint genau zu wissen, dass wir zu ihrem Dad gehen. Wir betreten die Werkstatt, in der Cybil ihre Nähmaschine und die Materialien aufbewahrt, und wenden uns nach links zu einer weiteren Tür. Sobald wir eintreten, unterbrechen Tanner und Maverick ihr Gespräch.

»Habt ihr etwa über uns geredet?«, fragt Cybil ihren Mann und übergibt ihm Claire, die sich offensichtlich freut, ihren Dad zu sehen. Ich dagegen verbringe einen kurzen Moment damit, die gemütliche Wohnung zu betrachten, in der ich plötzlich stehe.

»Nein, wir haben über Blake gesprochen.«

»Ist alles in Ordnung?«, fragt sie.

»Ja, alles okay. Blake fragt, ob wir Ende nächsten Monats zum Haus am See kommen können. Er und Everly haben beschlossen, das ganze Wochenende mit der Familie und Freunden zu verbringen. Wir würden schon am Freitag hinfahren. Am Sonntag wäre dann die Hochzeit.«

»Oh«, sagt Cybil und sieht mich an. Ich hebe beide Hände hoch, weil ich weiß, dass sie meinetwegen die Einladung ablehnen will.

»Bitte mach dir keine Sorgen um mich. Ich komme auch

allein zurecht.« Ich sehe mich in dem Raum um, der nicht mehr wiederzuerkennen ist, und lächle Tanner an. »Du hast handwerkliches Talent. Als ich das letzte Mal hier war, waren die Wände kahl und der Betonboden mit Maschinen vollgestellt.«

»Ich hatte Hilfe«, sagt Tanner mit einem stolzen Lächeln.

»Ehrlich gesagt ist diese Wohnung schöner als die, die ich in Oregon hatte, vielleicht sogar etwas größer. Allerdings hat sie nur ein Zimmer.« Ich deute auf das Bett, das sich hinter der Couch und dem Fernseher befindet, die in der Mitte des Raumes stehen.

»Deshalb haben wir das hier eingebaut.« Er geht quer durch den Raum zum Bett und zieht an einem Griff an der Wand. Dabei entfaltet sich eine Trennwand, die die Schlafnische vom Rest der kleinen Wohnung abschottet. »Du kannst die Wand komplett ausziehen oder nur teilweise oder gar nicht. Wie es dir lieber ist.«

»Das ist so cool. Hast du das gebaut?«, frage ich überrascht, weil mir sofort klar ist, dass das eine Sonderanfertigung sein muss.

»Nein, ein Freund von uns, Mason. Er ist Barkeeper in einem Restaurant in der Stadt, aber früher war er Schweißer an der Pipeline. Du wirst ihn demnächst kennenlernen.«

»Falls euer Geschäft mit der Lodge nicht gut läuft, könntet ihr mit dem Umbau von Garagen ein Vermögen verdienen.« Tanner, Maverick und Blake betreiben zusammen eine Firma. Sie bieten Abenteuerurlaube für Pärchen und Gruppen an, die sie zwecks Teambuilding durch die Wälder schicken. Das ist nicht gerade das, was ich mir unter Urlaub vorstelle, aber Cybil hat Tanner bei einer dieser Touren kennengelernt, die sie eigentlich mit ihrem Ex geplant hatte.

»Also, was sagst du?«, fragt Cybil.

»Es ist wunderschön.« Ich gehe in die Küche und öffne den

Kühlschrank, der natürlich schon mit meinen Lieblingsgetränken und einem größeren Vorrat meiner Lieblingsspeisen gefüllt ist. Ich drehe mich zu meiner besten Freundin um und schüttle den Kopf. »Du wirst mich derart verwöhnen, dass ich nie wieder ausziehen werde.«

»Das ist der Plan.« Sie kommt zu mir und legt ihren Arm um meine Schulter. »Willst du den besten Teil der Wohnung sehen?«

»Gibt es noch mehr?«

»Nur noch eine Kleinigkeit.« Sie zieht mich mit sich zu einer Tür auf der gegenüberliegenden Seite des Schlafzimmers und öffnet sie.

»Wow!« Ich eile zu der Badewanne, die am Ende einer langen, teilweise geschlossenen Glasdusche steht, und setze mich hinein. »Eine Badewanne.«

»*Fast* nur für dich, denn ich würde sie gern auch manchmal benutzen.« Sie setzt sich mir gegenüber in die Wanne. »Claire weiß immer genau, wann ich ein Bad nehmen will, und quengelt dann so lange, bis ich keine Lust mehr darauf habe. Deshalb komme ich viel zu selten in den Genuss von einem gemeinsamen Bad mit Tanner.«

»Du kannst hier baden, oder ich nehme Claire zu mir, damit du dein Bad und die Zeit mit deinem Mann genießen kannst«, flüstere ich und lächle, als sich Cybils Gesicht rötet.

»Vielleicht komme ich auf dein Angebot zurück«, flüstert sie und sieht zur Tür, als Tanner und Maverick den Raum betreten.

»Mav und ich gehen zurück zum Haus, falls der Typ mit Jades Auto auftaucht«, informiert uns Tanner und hilft Cybil, aus der Wanne zu steigen. »Ich könnte Claire mitnehmen. Dann kannst du Jade beim Auspacken helfen.«

»Ich kann später auspacken«, sage ich schnell und steige ebenfalls aus der Badewanne. Nebenbei registriere ich

Mavericks amüsierten Blick.

»Wie wäre es, wenn wir heute Abend alle zusammen essen? Ich hätte Lust auf Tacos.« Cybil schaut zu Maverick. »Willst du dich uns anschließen?«

»Das würde ich gern, aber ich habe andere Pläne«, erwidert er, und ich frage mich, ob seine Planung eine Frau beinhaltet. Ich frage mich auch, warum mich das interessiert. Es geht mich nichts an, und ich sollte nicht darüber nachdenken. Trotzdem würde ich gern wissen, wie er den Abend verbringen will.

»Okay, dann nächstes Mal.« Cybil hakt sich bei mir ein. Als wir zurück zum Haus gehen, ignoriere ich das seltsame Gefühl in meinem Magen. Mir sollte es egal sein, ob sich Maverick mit jemandem trifft. Immerhin kenne ich ihn kaum und habe bisher nur ein paar Stunden in seiner Gegenwart verbracht.

6. Kapitel

Jade

Ich fahre mit Cybil auf dem Beifahrersitz durch die Main Street der nahegelegenen Stadt und suche nach einem freien Parkplatz. Halloween steht vor der Tür, und alles scheint für den Feiertag herausgeputzt zu sein. Die ganze Straße sieht aus wie auf einer Postkarte. Auf beiden Seiten stehen Backsteingebäude mit antik anmutenden Schildern über den Türen, auf die Fensterscheiben sind Kürbisse gemalt, und Geister hängen an den schwarzen Laternenpfählen, die die Straße säumen.

»Oh, da wird ein Platz frei.« Cybil zeigt auf ein Auto, das ein paar Meter vor uns ausparkt. Ich setze den Blinker und warte, bis ich in die leere Lücke fahren kann.

»Wie weit ist es bis zur Kanzlei?«, frage ich Cybil, die sich in der Stadt schon ganz gut auskennt.

»Nur eine Minute zu Fuß die Straße runter«, antwortet sie und deutet nach links. Ich setze meine Wollmütze auf und hänge mir meine Handtasche über die Schulter. Dann steigen wir aus. Es ist kalt, und wir gehen schnellen Schrittes den Bürgersteig entlang, um der Kälte zu entkommen.

»Können wir später noch einen Kaffee zusammen trinken?«, frage ich, als wir an einem einladend aussehenden Coffeeshop vorbeikommen. In das große Glasfenster direkt an der Straße ist ein gold-schwarzer Bär eingraviert.

»Ja, das ist eine gute Idee.« Cybil bleibt vor einer schlichten weißen Tür direkt daneben stehen und dreht den Griff. »Und wenn wir hier unseren Laden eröffnen, können wir jeden Tag den besten Kaffee der Stadt trinken.«

»Sind wir schon da?« Ich schaue auf das Fenster neben der Tür und bemerke, dass die Jalousien heruntergelassen und geschlossen sind und kein Schild im Fenster hängt.

»Ja, hier ist es.« Sie öffnet die Tür, und wir treten ein. Eine ältere Frau, die am Schreibtisch sitzt, schaut auf.

»Cybil«, begrüßt sie meine Freundin mit einem warmen, vertrauten Lächeln. »Wo ist denn Claire?«

»Zu Hause bei ihrem Dad«, antwortet Cybil und deutet auf mich. »Sandy, das ist meine beste Freundin Jade. Jade, das ist Sandy, Blakes Grandma.«

»Es ist schön, Sie kennenzulernen.« Ich lächle.

»Freut mich auch. Aber du kannst mich gern duzen.« Sie stößt sich von ihrem Stuhl ab, schnappt sich dann ihre Strickjacke von der Rückenlehne und zieht sie an. »Gene hat mir gesagt, dass ihr euch hier umsehen wollt. Ich gehe solange nach nebenan und trinke einen Kaffee. Dann seid ihr ungestört.«

»Okay, aber du kannst auch gern bei uns bleiben«, bietet Cybil an. »Wirst du weiterhin für Gene arbeiten, wenn er sein Büro in sein Haus verlegt?«

»Nein, ich werde mich zur Ruhe setzen und die Zeit mit meinem neuen Mann genießen.« Sie lächelt. »Wir überlegen, uns ein Wohnmobil zu kaufen und ein paar Monate im Jahr durch die USA zu reisen.«

»Das klingt spannend.«

»Das finde ich auch.« Sie drückt zwinkernd Cybils Arm. »Kommt nach nebenan, wenn ihr fertig seid.«

»Okay, machen wir«, entgegnet Cybil.

Dann richtet sich Sandys Blick auf mich. »Es war schön, dich kennenzulernen, Jade.«

»Mich hat es auch gefreut.« Ich lächle zurück und sehe ihr nach, bis sie die Tür hinter sich schließt.

»Das ist es also.« Cybil umrundet den Schreibtisch und verschwindet durch eine Tür, die ich bisher nicht bemerkt habe, ins Nachbarzimmer. Es ist nicht viel größer als das vordere. »Also, was denkst du?«, fragt sie, während ich zurück zum Eingang gehe und dort eine weitere Tür öffne, hinter der sich ein kleines Bad befindet.

»Es gefällt mir, und es ist größer als der Laden, den ich zu Hause hatte.« Der Raum ist nicht übermäßig groß, aber er hat Potenzial.

»Mir gefällt es auch. Ich frage mich gerade, ob es schwierig wäre, die Wand zwischen den beiden Zimmern einzureißen und damit den Raum zu vergrößern.« Sie stellt sich in die Tür zwischen den Zimmern und schaut von einer Seite zur anderen. »Wenn das ohne allzu große Probleme funktioniert, würde uns das viel mehr Möglichkeiten bei der Gestaltung geben.«

»Können wir das einfach so tun?«

»Was meinst du?« Sie sieht mich stirnrunzelnd an.

»Wir würden den Raum ja nur mieten, und das Gebäude ist alt. Ich weiß nicht, ob wir einfach eine Wand herausnehmen können.«

»Oh.« Ihr Stirnrunzeln wird noch tiefer, als sie sich ein weiteres Mal umsieht. »Wenn das nicht geht, könnten wir hier hinten eine Couch und ein paar Bücherregale aufstellen, dann noch eine Regalwand vorne und den Rest des Raumes und das Schaufenster für die Präsentation nutzen.«

»Weißt du schon, wie hoch die Miete im Monat ist?« Ich gehe zum Fenster, das auf die Straße hinaus zeigt, und öffne die Jalousien.

»Ich glaube, es sind nur etwa zweitausend Dollar, inklusive Strom, Wasser und Müll.«

»Das ist eine Menge Geld, Cybil«, gebe ich leise zu bedenken und drehe mich zu ihr um, während mir der Magen knurrt.

»Ja, aber der Laden hat auch eine tolle Lage.«

»Ich weiß nicht«, entgegne ich kopfschüttelnd.

»Was gefällt dir daran nicht?«

»Es gibt nichts, was ich auszusetzen hätte. Aber ich weiß, was es mich gekostet hat, mein Geschäft in Oregon zu betreiben. Selbst mit den Sachen, die ich im Hinterzimmer verkauft habe, blieb am Monatsende kaum etwas übrig. Mein Gehalt war dementsprechend dürftig. Ich kam gerade so über die Runden, und meine Miete war halb so hoch wie die Kosten für diesen Laden.«

»Aber das war dort, und das ist hier. Wir werden ja nicht nur Bücher verkaufen, sondern auch viele andere tolle Dinge.«

»Das verstehe ich, aber ich weiß nicht, ob ich mich ohne einen soliden Plan wohl fühle. Im Moment wissen wir nicht, was wir hier außer deinen Taschen und meinen Büchern noch vertreiben könnten. Wir müssen mit den Verkäufern sprechen, von denen du mir erzählt hast, und herausfinden, was sie anbieten wollen, damit wir einen Finanzplan erstellen können. Wenn wir nach den Gesprächen sicher sind, dass wir die Miete jeden Monat mit einem kleinen Gewinn abdecken können, planen wir weiter. Bis dahin müssen wir wohl noch abwarten.« Ich atme tief durch. »So sehr ich mir einen eigenen Laden mit dir auch wünsche, ich will nicht riskieren, alles wieder zu verlieren, weil wir uns die Miete und die Nebenkosten nicht leisten können. Außerdem muss ich mir von den Einnahmen eine kleine Wohnung finanzieren. Daran muss ich denken.«

Ich balle meine Hände zu Fäusten, während mein Magen vor lauter Angst schmerzt. Ich hatte in den letzten Monaten so viel Pech und weiß nicht, was ich tun würde, sollte das hier schiefgehen. Als ich meinen Buchladen eröffnete, war ich mir so sicher, dass er ein Erfolg werden würde, dass ich nicht an all die Was-wäre-wenn-Fälle gedacht habe. Aus Erfahrung weiß ich, wie schnell man von einem profitablen Geschäft in die roten Zahlen abrutschen kann. Ich könnte der Frau, die von dem Hinterzimmer in meinem Laden erfahren und die halbe Stadt gegen mich aufgebracht hat, leicht die Schuld zuschieben. Aber es gab viele Faktoren, die dazu geführt haben, dass ich meinen Buchladen nicht länger halten konnte. Einschließlich der Tatsache, dass ich meinen Notgroschen meinem Ex gegeben hatte und er sich weigerte, ihn mir zurückzuzahlen, als ich ihn brauchte, um die Miete für den Laden zu bezahlen. Vermutlich hätte das auch nicht genützt, denn am Ende kam ich jeden Monat kaum noch über die Runden.

»Du kannst so lange bei uns wohnen, wie du willst«, sagt Cybil und reißt mich aus meinen trüben Gedanken.

»Ich weiß, und ich bin dir auch dankbar dafür, aber ich will nicht für immer Claires seltsame Tante sein, die in der Garage hinter dem Haus ihrer Eltern wohnt.«

»Es ist keine Garage mehr.«

»Das war ja nur ein Scherz. Du weißt schon, was ich meine.« Ich zucke mit den Schultern. »Wenn ich mein Leben weiterhin so planlos gestalte wie in den letzten fünf Jahren und nur hoffe, dass alles gut geht, besteht die reale Möglichkeit, dass ich als verrückte Tante in deiner Garage ende. Und das will ich wirklich nicht. Ich möchte mir eine schöne Wohnung und mindestens einmal im Jahr einen Urlaub leisten können. Es wird Zeit, dass ich erwachsen werde und aufhöre, im Heute zu leben, wenn die Zukunft andere Möglichkeiten bietet«, entgegne ich. Cybil starrt mich an, als wäre mir ein weiterer Kopf gewachsen, nickt dann aber. »Ist es für dich in Ordnung, wenn wir mit den Händlern, die du kennst, reden und dann erst weiter planen?«

»Natürlich.«

»Fantastisch.« Die Muskeln in meinem Nacken entspannen sich ein wenig. »Wenn der Laden dann noch frei ist, überlegen wir, wie es weitergeht.«

»Du weißt, dass ich dich sehr lieb habe, oder?« Sie hält mich auf, als ich die Tür öffnen will, und ich drehe mich wieder zu ihr um. »Ich habe dich immer darum beneidet, dass du nie Angst hattest, Risiken einzugehen und den Sprung ins Ungewisse zu wagen.«

»Cybil.«

»Hör nicht damit auf, nur weil eine Sache nicht so gelaufen ist, wie du es dir vorgestellt hast.«

»Das tue ich nicht. Ich bin nur vorsichtiger geworden und prüfe, was mich aufspießen könnte, wenn ich springe«, entgegne ich, und sie nickt.

»Was hältst du davon, wenn wir essen gehen? Gleich um die Ecke gibt es ein tolles Restaurant mit hervorragender Küche. Cocktails haben sie auch.« Sie grinst mich verschwörerisch an. »Tanner vergnügt sich mit Claire, und wir genießen die Zeit miteinander.«

»Perfekt, und wenn wir schon mal da sind, kann ich gleich mal nachfragen, ob sie Leute einstellen.«

»Du wirst doch nicht in einem Restaurant arbeiten wollen.« Sie bleibt vor mir stehen und rollt mit den Augen.

»Warum nicht?«

»Weil du ein Problem damit hast, anderen zuzuhören, und weil du eine große Klappe hast. Du würdest es höchstens eine Woche aushalten, bevor du kündigst oder gefeuert wirst.«

»Wie auch immer«, murmle ich, denn sie hat nicht unrecht.

Wie vereinbart, gehen wir kurz nach nebenan, um Sandy zu sagen, dass wir mit der Besichtigung fertig sind. Bevor wir das Café verlassen, fülle ich ein Bewerbungsformular aus und lasse es für den Inhaber hinterlegen. Ebenso im Restaurant, in dem wir unser verspätetes Mittagessen einnehmen. Keiner der beiden Orte wäre mein Traumjob, aber Geld ist Geld, wenn man pleite ist.

Ich sitze auf der Couch in meiner vorübergehenden Wohnung und zappe durch die Fernsehkanäle, um eine Sendung zu finden, die mich ablenkt, bis ich mich schlafen lege. Das wird eher früher als später der Fall sein, so müde wie ich bin. Ich habe ein paar verrückte Tage hinter mir. Neben der Zeit, die ich mit meiner Nichte und Cybil verbracht habe, war ich mit meiner Jobsuche beschäftigt und habe mit einigen potenziellen Verkäufern für unseren Laden gesprochen. Es kommt mir so vor, als hätte ich nonstop gearbeitet.

Nachdem ich mich für einen Dokumentarfilm über eine uralte Volksgruppe im Amazonas-Regenwald entschieden habe, stecke ich meine Hand in die Tüte mit dem Popcorn. Im selben Moment piept mein Handy. *Perfektes Timing*, denke ich mir und wische mir die fettigen Finger an einer Serviette ab. Dann greife ich zum Handy und schaue auf das Display, wo unter einer mir unbekannten Nummer eine Nachricht erscheint, in der ich gefragt werde, ob es mir gut geht.

Ich: *Wer bist du?*

Einen Moment später sehe ich drei kleine Punkte auf dem Bildschirm.

Unbekannte Nummer: *Maverick*

Sofort flattert mein Magen, und ich setze mich kerzengrade auf. Ich starre auf mein Handy und weiß nicht, was ich antworten soll. Es ist drei Tage her, seit ich ihn gesehen habe.

Nachdem er mich und mein Gepäck zu Cybil und Tanner gebracht hatte, habe ich nicht damit gerechnet, ihn so schnell wiederzusehen. Bis Tanner und Cybil auf die Idee kamen, mal wieder eines dieser Treffen zu organisieren, zu denen regelmäßig sämtliche Freunde eingeladen werden.

Ich: *Woher hast du meine Nummer?*

Ich gehe zu meinen Kontakten und speichere seine Daten in meinem Telefon.

Maverick: *Tanner hat sie mir gegeben. Hast du dich gut eingelebt?*

Ich: *Ja, zum größten Teil jedenfalls.*

Maverick: *Warum nicht ganz?*

Ich: *Weil ich noch keinen Job habe. LOL*

Maverick: *Hast du in der Stadt nachgefragt?*

Ich: *Ja.*

Maverick: *Hat sich noch niemand bei dir gemeldet?*

Ich: *Nein.*

Maverick: *Tanner hat erwähnt, dass du dir mit Cybil einen Raum für einen Buchladen angesehen hast. Wie ist das gelaufen?*

Ich: *Warum sind Männer immer größere Klatschtanten als Frauen?*

Maverick: *Wie ist es gelaufen?*

Klar, dass er meine Frage ignorieren würde.

Ich: *Es lief gut.*

Maverick: *Hat es dir nicht gefallen?*

Ich: *Das habe ich nicht gesagt. Der Raum ist toll, nur die Miete ist viel zu hoch für mich. Wir sprechen gerade mit einigen lokalen Anbietern, um zu sehen, ob wir einen Teil der Kosten ausgleichen können.*

Maverick: *Es wird schon alles klappen. Und was machst du heute Abend?*

Ich: *Ich sitze in meinem Pyjama auf der Couch, sehe fern und esse Popcorn.*

Maverick: *Es ist Freitag.*

Ich: *Stimmt.*

Maverick: *Wie lange dauert es, bis du dich angezogen hast?*

Ich: *Ich bin schon angezogen.*

Maverick: *Gut. Ich bin auf dem Weg zu dir. Wir gehen noch was trinken.*

Ein Mitleidsdrink mit ihm? Auf keinen Fall.

Ich:	*Nein danke. Wie schon erwähnt, sitze ich im Pyjama vor dem Fernseher. Ich werde bald ins Bett gehen.*
Maverick:	*Bin in fünfzehn Minuten da.*
Ich:	*Brauchst nicht zu kommen, denn ich werde mein Haus nicht verlassen.*
Maverick:	*Sieh zu, dass du angezogen bist.*
Ich:	*Ich meine es ernst, Maverick. Komm nicht her, denn ich ziehe mich nicht an und gehe auch nicht mit dir aus.*

Leicht nervös drücke ich auf *Senden* und starre auf mein Handy. Als er nicht antwortet, schüttle ich den Kopf und versuche, mich zu beruhigen. Er mag ein Typ sein, der es gewohnt ist, dass Frauen ohne Widerworte tun, was er sagt. Aber ich werde auf keinen Fall meinen Hintern heute Abend von dieser Couch bewegen. Und zwingen kann er mich nicht.

Minuten vergehen und ich versuche, mich auf den Fernseher zu konzentrieren, doch ich kann nur daran denken, dass er auf dem Weg hierher ist, meine Haare nicht gerade frisch gewaschen sind und ich ungefähr fünf rote Punkte im Gesicht habe. Und je mehr Zeit verstreicht, desto mehr ärgere ich mich über mich selbst.

»Scheiße«, rufe ich, springe von der Couch auf und gehe ins Bad. Umziehen werde ich mich garantiert nicht. Aber ich bin zu eitel, mir nicht noch etwas die Haare zu richten. Mit der Schnelligkeit jahrelanger Übung stecke ich meine Locken zu einem unordentlichen, aber niedlichen Dutt zusammen, entferne die Pickelpflaster und trage Feuchtigkeitscreme auf mein Gesicht. Dann betrachte ich mich im Spiegel und stelle fest, dass ich zwar nicht toll aussehe, aber immerhin besser als vorher. Auf dem Weg zurück zur Couch klopft es an der Tür. Maverick. Ich mache auf und frage mich, wie ein Typ in weniger als zweiundsiebzig Stunden noch heißer aussehen kann.

»Du bist noch nicht angezogen?« Sein Blick fällt auf mein Tanktop und meine Schlafhose.

»Ich habe dir gesagt, dass ich heute Abend nicht ausgehen werde.«

»Du musst aber mal was erleben.«

»Muss ich nicht.« Ich verschränke die Arme vor der Brust, als die kalte Luft von draußen durch mein dünnes Hemd dringt und mir bewusst wird, dass ich keinen BH trage.

»Zieh dich an, Jade.«

»Nein, Maverick.« Ich mache auf dem Absatz kehrt und gehe zurück in die Wärme meiner Wohnung. »Du bist umsonst hergekommen.«

»Wenn du nicht mit mir ausgehst, bleibe ich eben hier bei dir«, sagt er und folgt mir bis zur Couch. Seinetwegen kribbelt mein ganzer Körper bis hinunter in die Zehenspitzen. »Möchtest du einen Film sehen?«, fragt er und nimmt Pebbles auf den Arm, der ihn stürmisch begrüßt.

»Du gehst wieder und triffst dich mit deinen Freunden, und ich bleibe hier, sehe fern und lege mich dann ins Bett.«

»Bist du immer so stur?«

»Nein. Bist du immer so nervig?«, erwidere ich, und er lacht, als wäre das witzig.

»Komm schon, ich weiß, wie es ist, wenn man neu an einem Ort ist und niemanden kennt. Als ich beim Militär war, ging es mir auch so. Zum Glück hatte ich Tanner und Blake.«

»Ich habe Cybil.«

»Ja.« Er setzt sich neben mich auf die Couch. »Aber sie ist frisch verheiratet und hat ein Baby. Ihr Leben und deines sind im Moment nicht dasselbe.«

»Danke, dass du mich darauf hingewiesen hast.« Ich werfe

ihm einen flüchtigen Blick zu und greife nach meiner Tüte Popcorn und deponiere sie auf meinem Schoß.

»Ich will damit nur sagen, dass du am Freitagabend nicht allein zu Hause sitzen musst. Du könntest auch etwas die Stadt erkunden und neue Leute kennenlernen.« Er lehnt sich zurück und schlägt ein Bein über das andere.

»Ich weiß dein Angebot zu schätzen. Vielleicht ein andermal. Jedenfalls nicht heute Abend.« Ich habe wirklich keine Lust, mit ihm eine Bar zu betreten und dann erleben zu müssen, wie sich sämtliche Frauen um seine Aufmerksamkeit reißen.

»Na gut.« Er greift nach der Tüte auf meinem Schoß, nimmt sie ohne zu fragen und schnappt sich eine Handvoll Popcorn.

»Ich teile gern mein Popcorn mit dir«, sage ich spöttisch und beobachte, wie er grinst, bevor er sich auf den Fernseher konzentriert.

»Was zum Teufel sehen wir da?«

»Eine Dokumentation.« Ich nehme ihm das Popcorn wieder ab. »Und wenn du schon da bist, dann lass mich bitte in Ruhe meine Sendung sehen.« Ich mache es mir so weit entfernt von ihm wie möglich auf der Couch bequem und versuche, mit aller Kraft zu ignorieren, dass er hier ist und es mir gefällt. Das lächerliche Gefühl in meiner Magengrube ist wieder da, und ich weiß, dass er es verursacht. Es ist so dumm, in jemanden verknallt zu sein, der mich nur als seine Bekannte betrachtet. Das fühlt sich an wie damals an der Highschool, als ich mich in einen Typen verknallt habe, der nicht einmal wusste, dass es mich gibt.

»Siehst du dir gern sowas an?« Seine Frage unterbricht meine Gedanken, und ich konzentriere mich auf ihn.

»Ja.«

»Es ist langweilig.«

»Es ist interessant. Ich liebe Geschichtsdokus.«

»Warum schauen wir uns nicht einen Film an?«

»Gibt es keine andere Frau, die du nerven könntest?«

»Nö.« Er zuckt mit den Schultern und greift nach der Fernbedienung.

»Untersteh dich, umzuschalten.«

»Heute Abend läuft noch ein Superheldenfilm auf einem anderen Sender.« Er ignoriert meine Drohung und zappt durch die Programme. Ich stürze mich spontan auf ihn und versuche, an die Fernbedienung zu kommen. Er hat meinen Angriff kommen sehen und hält sie hoch über seinem Kopf. Obwohl ich mich an ihn drücke und mich strecke, habe ich keine Chance, sie ihm abzunehmen.

»Gib sie mir zurück«, maule ich und setze mich auf seinen Schoß. Aber entweder sind seine Arme ungewöhnlich lang oder meine einfach zu kurz. Mit einem frustrierten Schnauben stoße ich mich von seiner Brust ab, sodass ich über ihm knie. »Du bist gemein«, sage ich schwer atmend. Durch das Gerangel hat sich mein Haargummi gelöst, sodass meine Locken schräg zu einer Seite hängen. Kurzerhand ziehe ich es ganz heraus.

Als er auf meine vorwurfsvolle Bemerkung nicht reagiert, konzentriere ich mich auf sein Gesicht. Er sieht mich an, wie er es noch nie zuvor getan hat. Mein Magen hüpft, und ich lecke mir über die Lippen. Sein Blick bleibt kurz an meinem Mund hängen, bevor er wieder meine Augen fixiert.

Ich mag, wie er mich ansieht, fast ein bisschen zu sehr. Meine Muskeln spannen sich wie von selbst an, weil mir klar ist, was als Nächstes kommen wird. Doch der Moment wird vom Klingeln seines Handys unterbrochen.

»Verdammt.« Er schüttelt den Kopf, holt sein Telefon aus der Tasche und wirft einen Blick auf das Display. Dann sieht er wieder zu mir. »Ich gehe dann mal.«

»Ja, okay.« Ich lasse mich seitwärts auf die Couch fallen, dass er aufstehen kann.

»Du hast meine Nummer. Ruf mich an, wenn du etwas brauchst.« Ich nicke und beobachte, wie er zur Tür geht und sie öffnet, bevor er sich noch einmal zu mir umdreht. »Man sieht sich.«

»Ja.« Ich schaue ihm nach und stütze mein Gesicht in die Hände, nachdem er gegangen ist. Keine Ahnung, was das für ein Gefühl zwischen uns war, aber er hat es auch gespürt. Ich bin mir auch ziemlich sicher, dass wir in diesem Moment knutschend auf der Couch liegen würden, wenn sein Telefon nicht geklingelt hätte.

7. Kapitel

Jade

Mein ganzes Leben lang habe ich mich für jemanden gehalten, der leicht mit neuen Situationen umgehen kann. Doch ich habe mich geirrt. Ich fühle mich fehl am Platz, während ich hinter dem Tresen des *Bear* stehe, dem Café, bei dem ich mich beworben habe und das sich gleich neben den Räumlichkeiten befindet, die hoffentlich eines Tages meinen Buchladen beherbergen. Zuerst dachte ich, dass Liam, der Besitzer, der so alt ist, dass er mein Großvater sein könnte, Mitleid mit mir hatte, als er mich für diesen Job einstellte. Inzwischen glaube ich, dass er mich nur eingestellt hat, um auf seine Urenkel Tony und Katie aufzupassen. Die zwei Teenager verbringen hier die Nachmittage mit Schulaufgaben.

»Was hältst du hiervon?«, fragt Tony und hält mir sein Handy vor die Nase, während er sich eine Tasse Kaffee einschenkt. In dem Video führt er einen seltsamen Tanz auf. »Ist das nicht geil?«

»Total geil.«

»Wir sollten ein Video zusammen machen. Du hast diese *Heiße-ältere-Frau*-Sache echt drauf. Er schaut wieder auf sein Handy und bemerkt nicht den finsteren Blick, den ich ihm zuwerfe. »Wir könnten ein paar tausend Likes bekommen.« Er sieht zu mir auf. »Kannst du tanzen?«

»Nein.« Ich wende mich von ihm ab und hole den Besen, um den Kaffeesatz und die Bohnen zusammenzufegen, die in den letzten Stunden auf den Boden gefallen sind.

»Tony bringt es dir bei«, bietet Katie an und schwingt auf dem Tresen sitzend mit den Beinen. »Er ist wirklich ein guter Tänzer.« Ich bin mir sicher, dass sie das glaubt. Sie scheint Tonys größter Fan zu sein und umgekehrt.

»Die Idee ist nicht schlecht. Aber ich habe im Moment so viele andere Dinge zu tun.«

»Bitte sag mir, dass du nicht zu den alten Leuten gehörst, die Social Media doof finden.« Katie hüpft vom Tresen, als es an der Tür klingelt. »Du kannst Millionen von Dollar im Jahr verdienen, wenn die Leute deine Inhalte mögen.«

»Erstens bin ich nicht alt, und zweitens: Ist das wirklich wahr?«

»Äh, ja«, sagt Tony, während Katie die Bestellung des Paares aufnimmt, das gerade reingekommen ist. »Unser Cousin Micky filmt sich beim Spielen von Videospielen. Er verdient damit echt viel Kohle. Und eine Freundin von uns postet einfach Bilder von sich, auf denen sie verschiedene Produkte in die Kamera hält.«

»Offensichtlich habe ich den falschen Beruf gewählt«, murmle ich vor mich hin, während ich mir die Kehrschaufel schnappe und Tony die Espressomaschine einschaltet. Nachdem ich den Inhalt der Schaufel in den Müll gekippt und mir die Hände gewaschen habe, stelle ich mich neben Tony und höre ihm aufmerksam zu, als er mir Schritt für Schritt die Zubereitung der bestellten Getränke erklärt.

In zwei Tagen werde ich vom frühen Nachmittag an allein im Café stehen, bis Tony und Katie aus der Schule kommen. Daher muss ich lernen, wie man die Kaffeemaschine bedient und die unterschiedlichsten Getränke herstellt. Nachdem die zwei fertigen Kaffees dampfend vor mir stehen, bringe ich sie zu Katie, die sie dem Pärchen überreicht und sich von ihnen verabschiedet. Ich muss zugeben, dass sowohl Katie als auch Tony wissen, was sie tun, und ziemlich professionell agieren.

»Wenn du nicht tanzen kannst, was kannst du sonst so?«, fragt mich Katie und nimmt das Trinkgeld aus dem Glas, um es zu zählen.

»Was ich kann?«

»Ja, was kannst du gut, worauf stehst du? Kannst du singen?«

»Nein.«

»Witze erzählen?«

»Nein.«

»Dich mit Make-up in eine Göttin verwandeln?« Sie stemmt die Hände in die Hüften, als würde ich sie nerven.

»Noch mal, nein. Ich lese gerne«, entgegne ich schulterzuckend.

»Du könntest Bücher rezensieren«, schlägt sie vor.

»Was?«

»Wenn du einen Social-Media-Account haben willst, könntest du Bücher vorstellen.«

»Das will doch keiner sehen.« Ich schüttle den Kopf.

»Anscheinend schon«, sagt Tony und reicht mir sein Handy. »Tippe einfach auf den Bildschirm und drücke auf *Play*.« Das tue ich, und eine hübsche Blondine erscheint, die ein bekannt aussehendes Buch in der Hand hält. Eine Minute lang erzählt sie ihre Lieblingsszene und schwärmt von der Autorin. »Das Video hat über eine Million Aufrufe, und sie verdient sicher viel Geld damit.«

»Wirklich?« Ich studiere das Mädchen und schaue mir das Video noch einmal an. »Das könnte ich auch.«

»Super, aber du solltest es besser machen.« Tony nimmt sein Telefon zurück. »Ich könnte dir die angesagtesten Tanztrends zeigen, damit du mehr Follower bekommst.«

»Das glaube ich nicht.« Ich halte meine Hand hoch und schüttle den Kopf.

»Komm schon, wir könnten ein Video drehen, und wenn

du es nicht magst, verliere ich nie wieder ein Wort darüber.«

»Ich weiß nicht ...«

»Wo ist dein Handy?«, unterbricht er mich, und ich zeige auf die Ladestation neben der Kasse.

»Perfekt.« Er schnappt es sich und will es mir bringen. Doch er hält inne und schaut auf den Bildschirm. »Wer ist Maverick?«

»Was?« Ich entreiße es ihm und stelle fest, dass Maverick mir vor zwei Stunden eine Nachricht geschickt hat.

»Ist das dein Freund?«, fragt Katie.

»Nein.« Ich entsperre mein Handy und lese seine Nachricht. Er fragt mich, wie mein erster Tag im neuen Job läuft. Weil ich seit unserer letzten seltsamen Begegnung nicht mehr mit ihm gesprochen habe, muss er es von Tanner erfahren haben.

»Aber wer ist er dann?«, hakt Katie nach und schaut über meine Schulter auf den Bildschirm.

»Niemand.« Ich schließe die App und gebe mein Telefon an Tony weiter.

Während er tut, was auch immer er tut, wische ich den kleinen Tisch ab, auf dem Milch, Sahne, Zucker und andere Zutaten stehen, die die Gäste für ihren Kaffee bevorzugen. Währenddessen frage ich mich, ob Maverick Tanner gefragt hat, wie es mir geht, oder ob Tanner nur nebenbei erwähnt hat, dass ich einen Job habe. Ich vermute Letzteres, weil Maverick nicht der Typ zu sein scheint, der so etwas fragen würde, selbst wenn er neugierig wäre.

»Also gut. Zuerst einmal brauchst du einen Namen für deinen Account«, ruft Tony und reißt mich aus meinen Gedanken.

»Ich weiß keinen. Denk dir was aus.«

»Wie wäre es mit *Rote Bücher*? Du weißt schon, weil du rote Haare hast und gerne liest.«

»Das gefällt mir.« Katie nickt begeistert, und ich muss

zugeben, dass ich den Namen auch ziemlich cool finde.

»Also gut, ich mache ein Foto von dir, und dann nehmen wir dein erstes Video auf«, schlägt Tony vor, und ich schüttle den Kopf. »Du brauchst aber Inhalte. Das ist besonders wichtig bei dem ersten Video. Du wirst sehen, es wird dir gefallen.«

»Okay«, gebe ich widerstrebend nach, weil ich weiß, dass Tony mich so lange nerven wird, bis ich zustimme.

»Hast du ein Buch dabei?«

»Auf meinem Handy.«

»Das wird funktionieren.« Er konzentriert sich wieder auf mein Telefon. Eine Sekunde schaut er mich an. »Fertig. Und jetzt lass uns tanzen.«

»Jetzt gleich?«

»Ja.«

»Aber ich muss doch arbeiten«, wende ich ein, und er rollt mit den Augen.

»Siehst du hier irgendwo Gäste? Im Moment ist doch niemand hier. Ab fünf brummt der Laden wieder. Bis dahin sind wir längst fertig.«

»In Ordnung.« Ich gebe nach und folge ihm in den vorderen Teil des Ladens, wo es mehr freien Platz gibt als hinter dem Tresen.

»Mach mir einfach alles nach.« Er tanzt vor mir herum und erklärt mir dabei jede einzelne Bewegung. Ich komme mir vor wie eine Idiotin, die auf zwei linken Füßen herumstolpert. Wenn Cybil mich so sehen würde, würde sie sich kaputtlachen.

»Ich glaube nicht, dass Tanzen ihr Ding ist«, bemerkt Katie, die uns die ganze Zeit beobachtet hat.

»Vielleicht brauchen wir etwas Musik. Wirf mir mal mein Handy rüber«, sagt Tony zu ihr. Sie lässt es durch die Luft fliegen, und er fängt es mit Leichtigkeit auf. Nachdem er ein Lied ausgewählt hat, das ich schon ein paar Mal im Radio gehört habe, zeigt er mir weitere Bewegungen. Ich bin so sehr damit beschäftigt, ihm zu folgen, dass ich nicht höre, wie die Glocke über der Eingangstür klingelt und jemand hereinkommt. Als ich mich umdrehe, um zu sehen, was meine Sinne beunruhigt, sehe ich Maverick, der mich mit verschränkten Armen beobachtet, und mir fällt fast das Herz in die Hose.

»Was machst du denn hier?«, frage ich, richte mich auf und reibe meine feuchten Hände an der Vorderseite meiner Jeans.

»Du hast nicht auf meine Nachricht geantwortet. Ich war zufällig in der Stadt und wollte nach dir sehen.«

»Wie du siehst, geht es mir gut.« Ich streiche mir eine Strähne aus dem Gesicht, die sich gelöst hat. Tony schaltet die Musik aus und stellt sich neben Katie an den Tresen, um uns ungeniert zu beobachten. »Hat Tanner dir erzählt, dass ich hier arbeite?«

»Nein, das war Cybil.«

»Oh.« Ich stecke meine Hände in die Gesäßtaschen meiner Jeans und fühle mich irgendwie unbehaglich.

»Du hast dich seit Freitagabend nicht gemeldet«, sagt er leise.

»Tut mir leid. Aber du hast dich auch nicht gemeldet.«

»Stimmt«, gibt er zu. Ich würde gern wissen, warum er sich erst jetzt gemeldet hat.

»Willst du mein Versuchskaninchen sein und dir von mir einen Kaffee machen lassen?«, frage ich stattdessen und verschwinde hinter dem Tresen. »Ich brauche noch etwas Übung.«

»Klar«, sagt er knapp und stellt sich neben Katie und Tony, die noch immer schweigend die Szene verfolgen.

»Such dir was richtig Kompliziertes aus«, bitte ich Maverick und versuche ihn über die Kaffeemaschine hinweg anzusehen, die größer ist als ich selbst.

»Normalerweise trinke ich nur Kaffee mit etwas Milch. Aber es kann auch etwas anderes sein, etwas, von dem du denkst, dass ich es mögen könnte.«

»Mach ihm einen Flat White mit Sahne und Vanillesirup«, schlägt Katie vor.

»Magst du Vanille?«, frage ich Maverick.

»Karamell ist eher mein Ding«, antwortet er, und ich könnte schwören, dass er meine roten Locken betrachtet. Aber vermutlich bilde ich mir das nur ein.

»Ein Flat White mit Karamell, kommt sofort.« Ich werfe ihm einen kurzen Blick zu, während ich die Milch zum Aufschäumen in ein Metallkännchen gieße. »Warum bist du in der Stadt?«

»Ich mache ein paar Besorgungen«, sagt er nur und lehnt sich mit der Hüfte gegen den Tresen. Statt etwas zu erwidern, schaue ich zur zischenden Kaffeemaschine, spüre aber sehr genau, dass er mich aus welchem Grund auch immer beobachtet. Bestimmt nicht, weil er mehr als eine Bekannte in mir sieht. Vielleicht hat er Mitleid mit mir, weil ich neu in der Stadt bin und noch niemanden kenne, wie er neulich festgestellt hat.

Sobald sein Kaffee fertig ist, reiche ich ihm den Becher. Als er den ersten Schluck nimmt, halte ich den Atem an. »Und?«

»Schmeckt gut.« Maverick schenkt mir ein kleines Lächeln. »Wie viel schulde ich dir dafür?«

»Der geht auf mich.« Ich winke ab, als er sein Portemonnaie herausholt.

»Danke.«

»Kein Problem«, sage ich und schaue zur Tür, weil eine Gruppe von Leuten das Café betritt.

»Du hast zu tun.« Er deutet einen Gruß an. »Man sieht sich.«

»Man sieht sich.« Bevor er geht, steckt er einen Schein in das Glas mit dem Trinkgeld. Ich schaue ihm nach, bis sich hinter ihm die Tür schließt, und atme tief durch.

»Ist er also nicht dein Freund, weil du ihn nicht willst? Oder ist er nicht dein Freund, weil er so dumm wie alle Kerle ist?«, fragt Katie, nachdem wir der Gruppe ihre Getränke gebracht haben, und ich zucke mit den Schultern.

»Weder noch. Er ist nur ein Bekannter.«

»Ich habe gesehen, wie er dich angeschaut hat, bevor du ihn bemerkt hast. Das war nicht die Art, wie sich Bekannte ansehen.« Es liegt mir auf der Zunge, sie zu fragen, wie er mich angeschaut hat, aber ich weigere mich, mir das anzutun: mir Hoffnungen zu machen und die Dinge zwischen uns für mehr zu halten, als sie tatsächlich sind.

»Du hast nicht auf seine Nachricht geantwortet, also ist er hergekommen, um nach dir zu sehen. Als Kerl sage ich dir, das bedeutet, dass er dich mag«, erklärt mir Tony und lehnt sich lässig gegen den Tresen.

»So sehr ich eure Sorge um Mavericks Gefühle für mich auch zu schätzen weiß, sage ich euch, dass er nur ein Bekannter ist. Sein bester Freund ist der Ehemann meiner besten Freundin. Weil ich gerade erst in die Stadt gezogen bin, passt er auf mich auf.«

»Genau, rede dir das nur ein«, erwidert Katie und stellt sich hinter den Tresen, als eine weitere Gruppe von Kunden das Café betritt.

Zum Glück endet damit das Gespräch über Maverick. Weder Katie noch Tony erwähnen ihn noch einmal. Trotzdem gehe ich in Gedanken jeden einzelnen Satz, den Maverick gesagt hat, noch einmal durch. Wie gern würde ich wissen, was er wirklich über mich denkt.

8. Kapitel

Jade

Hinter mir höre ich Sirenen. Ich werfe einen Blick in den Rückspiegel und schaue dann auf den Tacho. Auf dem letzten Schild stand ein Tempolimit von siebzig. Wenn ich also kein weiteres Schild übersehen habe, wird der Polizist, der mich gerade zum Anhalten auffordert, einen anderen Grund haben.

Ich verlangsame mein Auto und halte am Straßenrand an. Dann stelle den Motor ab und greife ins Handschuhfach nach meinen Papieren. Als ich mich wieder in meinem Sitz aufrichte, beobachte ich, wie ein großer, athletischer Mann in einer gut sitzenden Uniform aus dem Streifenwagen steigt und einen großen, cremefarbenen Cowboyhut aufsetzt, der sein blondes Haar verdeckt. Er kommt näher, und ich öffne mein Fenster.

»Ich bin doch nicht zu schnell gefahren, oder? Auf dem letzten Schild stand siebzig«, sage ich und schaue zu ihm auf. Ich weiß, dass er gut aussieht, obwohl seine Augen mit einer silbernen Pilotenbrille verdeckt sind.

»Sie sind zu langsam gefahren.«

»Was?« Ich sehe ihn stirnrunzelnd an und bin mir sicher, dass ich ihn falsch verstanden habe.

»Das Tempolimit liegt seit etwa drei Kilometern bei hundert. Haben Sie nicht bemerkt, dass Sie von allen anderen Autos überholt wurden?«

»Sie halten mich an, weil ich zu langsam gefahren bin?« Das kann ich mir nicht vorstellen. So etwas habe ich noch nie in meinem Leben gehört.

»Ja, Ma'am.«

»Ist das ein Scherz?« Ich schaue hinter mich, um zu sehen, ob es Kameras oder so etwas gibt. Ich meine, wer wird schon angehalten, wenn er zu langsam fährt?

»Das ist kein Scherz. Genau wie zu schnelles Fahren ist auch zu langsames Fahren gefährlich.«

»Klar, ich habe auch schon eine Million Schilder gesehen, auf denen *Fahr schneller, denn zu langsames Fahren tötet Menschen* steht.« Ich schüttle ungläubig den Kopf. »Wollen Sie mir deshalb einen Strafzettel verpassen?«

»Ich werde Ihren Führerschein überprüfen müssen.«

»Super.« Ich reiche ihm meine Papiere, nehme meine Sonnenbrille ab und reibe mir den Nasenrücken. »Wie hoch ist das Bußgeld für zu langsames Fahren?«, frage ich leicht genervt.

»Ich habe nicht gesagt, dass ich Ihnen einen Strafzettel gebe, ich muss nur Ihren Führerschein überprüfen.«

»Natürlich. Könnte ja sein, dass ich schon öfter auffällig wurde, weil ich im Schneckentempo unterwegs war«, brumme ich, und er lacht. »Ich bin so froh, dass ich Sie zumindest amüsiere.«

»Ich auch«, sagt er und klopft auf das Dach meines Autos. »Ich bin gleich wieder da. Bleiben Sie hier.«

»Oh, das werde ich, und selbst wenn ich losfahren würde, könnten Sie mich ganz leicht wieder einholen«, murmle ich mehr zu mir selbst und höre, wie er sich lachend entfernt.

Seufzend hole ich mein Handy aus der Tasche und tippe eine kurze Nachricht an Cybil. Sie soll sich keine Sorgen um mich machen, weil ich mich verspäte. Denn für heute Abend haben wir potentielle Mitstreiterinnen eingeladen, die möglicherweise ihre Produkte in unserem Laden verkaufen werden. Wir wollen sie etwas näher kennenlernen und besprechen, was wir von ihnen erwarten und was sie dafür bekommen werden.

Everlys Vater ist heute offiziell aus seinem Büro ausgezogen. Er hat uns bis zum Wochenende Bedenkzeit gegeben, dann müssen wir ihm sagen, ob wir den Mietvertrag übernehmen wollen. Das ist nicht besonders lange, und ich will nichts überstürzen. Ich bin nervös, viel nervöser als Cybil, weil ich weiß, wie es sich anfühlt, wenn etwas scheitert, für das man so hart gearbeitet hat. Nachdem ich das schon einmal erlebt habe, fällt mir die Entscheidung für oder gegen den Laden wirklich schwer. Außerdem geht es diesmal nicht um mein Geld, sondern um Cybils.

»Sie können weiterfahren.« Eine tiefe Stimme lässt mich aufschrecken. Ich drehe mich zu dem Beamten um und nehme meine Papiere, die er mir durch das Fenster reicht. »Achten Sie bitte besser auf die Straßenschilder.«

»Das werde ich. Und danke, dass Sie mir keinen Strafzettel verpasst haben.« Ich stecke meinen Führerschein zurück in die Brieftasche und bemerke einen Zettel mit dem Namen Ken und einer Telefonnummer.

»Ruf mich an, falls du Lust hast, mal mit mir auszugehen«, sagt er und nimmt seine Sonnenbrille ab. Verdammt, ich hatte recht, er sieht wirklich gut aus. Nicht so gut wie Maverick, aber trotzdem sehr gut. »Einen schönen Abend noch, Miss Jade Thurman.«

Er klopft zum Abschied auf das Dach meines Wagens, ehe er zu seinem Streifenwagen zurückkehrt. Ich beobachte ihn noch einen Moment im Rückspiegel und stecke seine Nummer in meine Tasche. Vielleicht gehe ich ja mit ihm etwas trinken oder essen. Vermutlich ist es klüger, mich mit einem Mann zu treffen, der an mir interessiert ist, als meine Zeit damit zu verbringen, über einen Mann nachzudenken, der mich immer wieder verwirrt.

Nachdem ich meine Sachen sortiert habe, fahre ich vorsichtig zurück auf die Straße und beschleunige. Officer Ken folgt mir, bevor er bei der nächsten Möglichkeit umkehrt.

Etwa fünfzehn Minuten später erreiche ich meine Wohnung und stelle den Karton mit den Verkaufsmustern aus meinem eigenen Sortiment auf die Kücheninsel. Cybil und ich haben uns darauf geeinigt, dass wir unsere Gäste bei mir empfangen. So kann sich Tanner um Claire kümmern, und Cybil bekommt die dringend benötigte Pause von ihrer Rolle als Mutter.

»Klopf, klopf«, ruft Cybil und kommt mit einer Kiste mit Fingerfood und einer weiteren mit Weingläsern herein.

»Du siehst toll aus«, sage ich bewundernd und lächle sie an, woraufhin sie einen Knicks andeutet.

»Ich hatte schon ewig keinen Grund mehr, mich etwas aufzubrezeln. Warum also nicht heute Abend?«

»Ich bin überrascht, dass Tanner dich so aus dem Haus gehen lässt.«

»Er wollte nicht, dass ich gehe, aber er weiß, dass ich nach ein paar Gläsern Wein wieder nach Hause komme.« Sie nimmt die Dosen mit dem Fingerfood und die Gläser aus den Kartons und stellt sie auf die Insel.

»Er ist ein schlauer Kerl.«

»Oh ja.« Sie kommt zu mir herüber und hilft mir, die Fleischspieße, den Käse, die Cracker und das geschnittene Gemüse anzurichten.

»Hast du meine Nachricht gelesen, dass ich angehalten wurde?«, frage ich, während sie sich eine Babymöhre nimmt.

»Du wurdest angehalten? Warum das denn? Ich habe seit Stunden nicht auf mein Handy geschaut.«

»Weil ich zu langsam gefahren bin«, sage ich, und sie blinzelt mich an. »Ich konnte es auch nicht glauben. Ich meine, wer wird schon angehalten, wenn er zu langsam fährt.«

»Ich wusste gar nicht, dass es so etwas gibt.«

»Das wusste ich auch nicht. Anscheinend ist das möglich.«

»Hast du einen Strafzettel bekommen?«

»Nein, aber eine Telefonnummer.«

»Echt? Der Polizist hat dir seine Nummer gegeben?«, fragt sie lachend.

»Das hat er.«

»Hat er gut ausgesehen?«, will sie wissen und hebt die Brauen.

»Ziemlich gut.« Ich lasse weg, dass Maverick besser aussieht, denn sie weiß ja nicht, dass ich in ihn verknallt bin.

»Wirst du ihn anrufen?«

»Ich weiß nicht, vielleicht.« Ich zucke mit den Schultern, stelle das Tablett beiseite und hole mir ein Schneidebrett. »Du weißt ja, dass ich immer Pech mit Männern habe. Im Moment genieße ich mein dramatisches Singledasein.«

»Nicht alle Typen sind Arschlöcher.« Sie lehnt sich an mich. »Ich denke, du solltest ihn anrufen. Du könntest wenigstens einen Abend mit ihm verbringen. Immerhin sieht der Kerl gut aus und hat einen Job.«

»Irgendwas Positives wird er haben«, entgegne ich und höre ihr Telefon klingeln. »Das ist wahrscheinlich Tanner, der dich fragt, ob du schon betrunken bist und nach Hause kommen willst.« Ich lache, als sie sich das Telefon ans Ohr hält.

»Hey Schatz«, sagt sie und lacht dann. »Nein, wir wollen keine Pizza. Wir essen heute Abend ganz vornehm Fingerfood.« Sie schüttelt den Kopf. »Okay, dann grüß ihn von mir. Wir sehen uns später. Oh, warte.« Sie hält Tanner auf, bevor er das Gespräch beenden kann. »Jade hat gerade erzählt, dass sie angehalten wurde, weil sie zu langsam gefahren ist. Kannst du das glauben?« Sie hält inne. »Ich weiß, stimmt, aber das Lustigste ist, dass der Beamte ihr seine Nummer gegeben hat.« Sie lacht. »Stimmt, das ist wirklich verrückt. Ich liebe dich. Gib Claire einen Kuss von mir und sag ihr, dass ich bald zu Hause bin.« Sobald sie das Gespräch beendet hat, legt sie das Handy achtlos auf die Kücheninsel. »Mav und Tanner bestellen Pizza und wollten wissen, ob wir auch welche wollen.«

»Mav ist da?« Mein Herz flattert ein wenig. Das dumme Ding weiß es wirklich nicht besser. Um die Situation zu überspielen, nehme ich den Wein aus dem Kühlschrank.

»Ja«, antwortet sie, während sie die Gläser auf die Insel stellt. »Er ist in letzter Zeit viel öfter hier. Ich finde das gut. Tanner hat sich eine Zeit lang Sorgen um ihn gemacht. Und nicht nur er.«

»Warum?«, frage ich neugieriger, als ich sein sollte.

»Er hat sich von uns ferngehalten, als ich mit Claire schwanger war und Blake mit Everly zusammenkam.« Sie lächelt. »Ich persönlich glaube, dass er eine Freundin hat, von der er uns, warum auch immer, nichts erzählt.« Sie zuckt mit den Schultern. »Dass er wieder öfter zu Besuch ist, bedeutet hoffentlich, dass wir sie bald kennenlernen werden.«

»Hoffentlich«, stimme ich zu, obwohl mir bei dem Gedanken, dass er eine Freundin hat, übel wird.

»Also gut, genug von den Jungs.« Sie füllt zwei Gläser mit Rosé und reicht mir eins davon. »Lass uns auf den heutigen Abend trinken. Wenn der Abend gut läuft, können wir morgen den Mietvertrag unterschreiben.«

»Darauf werde ich auf jeden Fall anstoßen. Cheers.« Wir lassen unsere Gläser klingen und nehmen beide einen Schluck, bevor wir die restlichen Vorbereitungen treffen, da unsere Gäste in etwa vierzig Minuten kommen.

Als sie drei Stunden später wieder gehen, bin ich ein bisschen mehr davon überzeugt, dass wir unsere Idee von einem eigenen Laden umsetzen müssen.

Heather, eine alleinerziehende Mom aus der Stadt, verdient ihren Lebensunterhalt mit dem Online-Verkauf von handgefertigtem Schmuck. Jedes Stück, das sie uns gezeigt hat, würde ich mir selbst kaufen. Lonnie, ein Mädchen aus der Gegend, stellt Keramik her, bemalt sie von Hand und hat ebenfalls

Erfahrungen mit dem Online-Geschäft. Jede Tasse, jeder Teller und jede Schale kostet mehr als fünfundsechzig Dollar. Zuerst hielt ich ihre Preise für verrückt, bis ich die Stücke in natura sah und erkannte, dass es sich wirklich um Kunstwerke handelt, die man jeden Tag benutzt. Und Mary, eine nicht mehr ganz so junge Frau, die mich an eine elegante Göttin erinnert, verziert alle erdenklichen Materialien mit coolen Sprüchen. Jede der Frauen war nicht nur handwerklich begabt. Man merkte ihnen auch an, dass sie lieben, was sie tun. Als ich das sah, wurde mir klar, dass wir damit nicht nur einen meiner Träume verwirklichen, sondern auch ihre.

Cybil ist vor zwanzig Minuten gegangen. Seitdem liege ich auf meiner Couch und versuche mich zu einer Dusche zu motivieren. Ich trinke nicht sehr oft. Deshalb sind mir die vier Gläser Wein, die ich getrunken habe, total zu Kopf gestiegen. Als ich ein Klopfen an der Tür höre, runzle ich die Stirn und richte mich etwas auf, um nachzusehen, wer es ist. Leider habe ich keine Superkräfte und kann also nicht durch Wände sehen. Immerhin habe ich es versucht. Das allein zählt. Als die Person erneut klopft, stoße ich mich von der Couch ab und versuche, in einer geraden Linie zur Tür zu gehen, aber am Ende laufe ich, gefolgt von Pebbles, in einer Zickzacklinie durch den Raum.

»Mir geht es gut«, versichere ich meinem Welpen und hebe ihn hoch, um ihn nicht versehentlich zu treten. Ich drücke ihn an mich und öffne die Tür. Mein Herz macht einen Schlag zu viel, als ich Maverick gegenüberstehe, die Hände in die Manteltaschen gesteckt. »Willst du wieder nach mir sehen?«

»Nachdem Cybil ziemlich betrunken nach Hause kam, dachte ich, ich sollte es tun.«

»Das hättest du nicht tun müssen.« Ich bleibe vor meiner Tür stehen und mache ihm klar, dass er nicht hereingebeten wird. »Wie du sehen kannst, geht es mir gut. Als du geklopft hast, war ich gerade auf dem Weg zur Dusche.«

»Willst du Gesellschaft?«

»Unter der Dusche?«, scherze ich, und er leckt sich über die Unterlippe, dann lächelt er.

»Ich habe eher an einen Film gedacht.« Er streckt seine Hand aus, um Pebbles' Kopf zu streicheln.

»Ich werde einfach ins Bett gehen.«

»Arbeitest du morgen?«

»Nein.« Ich lehne mich gegen den Türrahmen, weil ich mich nicht mehr aufrecht halten kann. »Ich habe frei und verbringe den Tag mit einem heißen russischen Gangster im Bett.«

»Mit wem?«

»Einem russischen Mafioso.« Ich wedle mit der Hand durch die Luft, als er mir einen *Wovon zum Teufel redest du da?*-Blick zuwirft. »Der kommt in einem Buch vor, das ich gerade lese. Liest du gerne?«

»Ich lese nur, was ich für die Arbeit brauche. Also nein, nicht wirklich.«

»Das ist nicht gut. Tanner liest Cybil in der Badewanne vor. Das ist süß.« Meine Augen weiten sich, als ich merke, was ich gerade gesagt habe. »Sag ihm nicht, dass ich dir davon erzählt habe.«

»Das werde ich nicht«, beruhigt er mich lächelnd, als mich ein Windstoß frösteln lässt. »Geh lieber rein. Es ist kalt hier draußen.«

»Ja.« Ich trete einen Schritt zurück. »Du musst wirklich nicht ständig nach mir sehen«, sage ich, und er sieht aus, als wolle er etwas darauf erwidern.

»Gute Nacht, Jade«, verabschiedet er sich stattdessen.

»Gute Nacht, Maverick.« Ich beobachte, wie er zu seinem Truck geht, bevor ich die Tür schließe und warte, bis der Motor anspringt. Dann kehre ich in meine Wohnung zurück.

Weil ich schon mal stehe, entschließe ich mich, endlich unter die Dusche zu gehen. Eine halbe Stunde später liege ich grübelnd in meinem Bett, starre an die Decke und denke über Maverick und Cybils Worte nach. Sie meinte, dass er sich von seinen Freunden zurückzieht, weil er eine Freundin hat. Das glaube ich nicht, weil er sie mitbringen würde, wenn er sich mit seinen besten Freunden trifft. Immerhin betrachtet er Tanner und Blake als seine Familie, und ihre Frauen gleich mit. Ich glaube eher, dass er sich zurückgezogen hat, weil sich seine Freunde verliebt haben und mit ihren Partnern glücklich sind.

Wenn das der Grund sein sollte, kann ich ihn gut verstehen. Es ist nicht leicht zu ertragen, wie sich die Menschen, die einem am nächsten stehen, verlieben, heiraten und Kinder bekommen, während man selbst immer noch single ist. Vielleicht interessiert er sich für mich, weil er und ich im selben Boot sitzen, und vielleicht, nur vielleicht, braucht er eine gute Freundin, die ihn versteht.

9. Kapitel

Jade

Am nächsten Morgen klopfe ich an Cybils Haustür. »Hallo?«, rufe ich in den Flur hinein.

»In der Küche«, ruft Cybil zurück. Ich stelle meine Tasche auf das Sideboard im Eingangsbereich. »Hast du einen Kater?«, fragt sie mich, sobald ich die Küche betrete.

»Nein«, antworte ich. Cybil ist gerade dabei, Claire mit einem Brei zu füttern. »Ich habe vor dem Schlafengehen etwa einen halben Liter Wasser getrunken und ein Aspirin genommen.« Ich küsse zur Begrüßung Cybils Wange und beuge mich dann hinunter, um einen klebrigen Kuss von Claire zu bekommen, der nach Orange und Banane schmeckt. »Und du?«

»Nein, zum Glück nicht, obwohl ich davon ausging. Ich bin heute Morgen aufgewacht und habe mich fabelhaft gefühlt.«

»Fabelhaft?« Ich lache und wackle mit den Brauen. Cybil zuckt mit den Schultern, während ihre Wangen erröten.

»Es war ein wirklich schöner Abend.«

»Das finde ich auch.« Ich setze mich und stütze meine Arme auf die Kücheninsel. »Also, was denkst du über letzte Nacht? Nicht über den Teil, der passiert ist, nachdem du nach Hause gekommen bist.«

»Ich bin jetzt sogar noch mehr davon überzeugt, dass wir den Laden eröffnen sollten.« Ihr Blick trifft den meinen. »Ich weiß, dass du viele Zweifel daran hattest, aber ich glaube, dass wir alle gemeinsam den Laden erfolgreich führen werden. Die drei anderen Frauen werden, so wie wir beide, alles dafür tun, die Leute in den Laden zu locken.«

»Das habe ich auch gerade gedacht.«

»Wirklich?«, hakt sie nach, und ihre Augen leuchten.

»Ja, obwohl ich immer noch ein bisschen Angst habe, dass wir es nicht schaffen. Andererseits weiß ich, dass ich es bereuen würde, wenn wir es nicht versuchen würden.«

»Dann rufen wir Gene an und sagen ihm, dass wir seinen Mietvertrag übernehmen?«, fragt sie aufgeregt.

»Ja«, antworte ich mit fester Stimme. Cybil quietscht vor Freude, während sie durch die Küche tanzt und Claire zum Kichern bringt.

»Ich bin so aufgeregt. Das wird der Wahnsinn«, sagt sie mit einem strahlenden Lächeln.

»Das glaube ich auch«, stimme ich zu und ignoriere den letzten Rest Sorge in meiner Brust. Ich bin überzeugt davon, das Richtige zu tun, obwohl mich der Gedanke, wieder zu versagen, nicht ganz loslässt.

»Sobald Claire satt ist, rufe ich Gene an und erzähle ihm die gute Nachricht.«

»Welche gute Nachricht?«, fragt Tanner, der die Küche betritt.

»Wir haben gerade beschlossen, unseren Laden zu eröffnen«, erklärt Cybil. Ein Blick von ihm verrät mir, wie stolz er auf seine Frau ist und wie sehr er sich für sie freut. Gott, ich freue mich für die beiden, wünsche mir das aber auch für mich. Jemanden, mit dem ich große und kleine Dinge teilen kann, jemanden, der mich so ansieht, wie Tanner Cybil ansieht.

»Das sind tolle Neuigkeiten, Sunny.« Er gibt ihr einen Kuss und sieht zu mir. »Ich freue mich für euch beide.«

»Du wirst vielleicht nicht so glücklich sein, wenn dir deine Frau von all der Arbeit erzählt, die auf dich zukommt.«

»Die Jungs und ich haben im Moment viel Freizeit. Ist doch toll, wenn wir euch helfen können«, sagt er leichthin. Natürlich hat er kein Problem damit, alles zu tun, um seine Frau zu unterstützen. Manchmal frage ich mich wirklich, von welchem Planeten Tanner kommt, denn er ist so anders als die meisten Männer, die ich kenne. Ich konnte meinen Ex nicht einmal dazu bringen, mir beim Abwasch zu helfen, nachdem ich das Abendessen gekocht hatte. Dabei habe ich nicht einmal von ihm verlangt, dass er alles allein macht.

»Wir müssen uns überlegen, wie wir all deine Bücher und die anderen Sachen aus deinem Laden hierher bekommen, und zwar eher früher als später«, sagt Cybil. Das komplette Angebot aus meinem Hinterzimmer, also die Spielsachen für Erwachsene, habe ich inzwischen online verkauft, sodass nur noch das Inventar des Buchladens und die Bücher selbst übrig sind. Was auch nicht gerade wenig ist.

»Wenn ich Dad bitte, bringt er uns bestimmt alles hierher. Du weißt doch, dass sich Mom nicht beschweren würde, Zeit mit Claire zu verbringen.«

»Das ist eine gute Idee.« Cybil nimmt die Kleine aus ihrem Sitz, setzt sie auf die Insel und wischt ihr den letzten Rest Brei aus dem Gesicht. »Oh.« Sie schaut mich über Claires Schulter hinweg an. »Hast du den Typen angerufen, der dich gestern angehalten hat?«

»Nein.« Ich schüttle den Kopf.

»Warum nicht?« Claire greift nach ihrem Dad, woraufhin Cybil sie an Tanner übergibt.

»Keine Ahnung ... Beziehungen sind so zeitaufwendig. Ich weiß einfach nicht, ob ich dafür bereit bin.«

»Du musst ja nicht gleich eine Beziehung mit ihm eingehen«, mischt sich Tanner ein, und Cybil rümpft die Nase. »Triff dich einfach auf einen Drink mit ihm. Das würde dir guttun. Du weißt schon, ein paar Leute kennenlernen und Freunde finden.«

»Ich glaube nicht, dass der Typ eine Freundin zum

Quatschen sucht, Schatz«, wendet Cybil ein. Tanner richtet seinen Blick für einen Moment auf sie, bevor er mich ansieht.

»Ich glaube, ich werde mir lieber mit meiner Tochter einen guten alten Zeichentrickfilm anschauen«, murmelt er und verlässt die Küche. Cybil und ich grinsen uns an.

»Ich denke immer noch, dass du ihn anrufen solltest. Das Schlimmste, was passieren kann, ist, dass dass ihr beide nichts gemeinsam habt, er dich langweilt und du ihn nicht wiedersehen willst.«

»Du erzählst aber Tanner nichts davon, okay?«

»Nein, werde ich nicht.« Sie kommt zu mir und lehnt sich vor mir gegen die Insel. »Ich möchte, dass du findest, was ich habe.« Ihre Miene wird zarter. »Dein Traummann ist irgendwo da draußen. Aber du wirst ihn nicht finden, wenn du nicht vor die Tür gehst.«

»Dir ist doch klar, dass das, was du mit Tanner hast, sehr selten ist, oder?«, frage ich. »Ich bin schon mit vielen Männern ausgegangen und habe mich auf einige eingelassen, von denen ich dachte, dass sie der Richtige sein könnten. Trotzdem habe ich bisher nicht das ganz große Glück gefunden. Es ist wahnsinnig lieb von dir, dass du mir das wünschst. Aber ich weiß nicht, ob das jemals passieren wird.«

»Warst du nicht diejenige, die mir gesagt hat, dass mein Märchenprinz da draußen ist und ich die Liebe finden werde, wenn ich sie am wenigsten erwarte?«

»Ja, da ging es um dich. Natürlich würdest du einem Mann begegnen, der dich umhaut und der sich mit dem ersten Blick in dich verliebt.«

»Jade, du weißt gar nicht, wie toll du bist.« Sie stößt sich von der Insel ab und legt ihren Arm um meine Schulter. »Dein Traummann wartet da draußen auf dich. Ich weiß nicht, ob er dieser Polizist ist, aber ich weiß, dass du das nicht herausfinden wirst, wenn du dich nicht mit ihm verabredest.«

»Wenn er für mich bestimmt ist, werden wir uns zufällig wiedersehen«, wende ich ein und merke, dass mir die Argumente ausgehen. Cybil zieht die Stirn kraus. »Gut, ich werde ihn anrufen«, gebe ich schließlich nach und umarme sie.

»Juhu«, jubelt Cybil. »Ich habe ein wirklich gutes Gefühl dabei.«

»Ich hole mein Telefon.« Tief einatmend, verschwinde ich in Richtung Flur. »Wenigstens eine von uns hat ein gutes Gefühl dabei«, murmle ich und höre ihr Lachen. Mit dem Zettel aus meinem Portemonnaie und dem Handy in der Hand gehe ich zurück in die Küche.

»Du schaffst das«, sagt Cybil, als ich Kens Nummer in mein Telefon eintippe und auf *Anrufen* drücke. Mein Magen verkrampft sich zu einem festen Knoten, sobald ich das Klingeln höre. *Zum Glück nur die Mailbox*, denke ich erleichtert und überlege fieberhaft, was ich raufsprechen soll.

»Ähm, hey, Ken, hier ist Jade, die Frau, die viel zu langsam gefahren ist ...« Ich rolle mit den Augen und komme mir richtig blöd vor. Gott, ich klinge wie eine Idiotin. »Ruf mich zurück ... oder lass es bleiben.« Ich lege auf und wünschte, ich hätte daran gedacht, die hinterlassene Nachricht zu löschen, bevor ich den Anruf beendet habe.

»Vielleicht sollten wir deine Kompetenzen beim Telefonieren etwas verfeinern«, meint Cybil amüsiert. Ich schaue sie fragend an und dann auf mein Telefon, als es zu klingeln beginnt.

Auf dem Display steht die Nummer, die ich gerade gewählt hatte, und ich starre entsetzt auf mein Telefon. »Er ruft mich zurück.«

»Geh ran«, ermuntert mich Cybil. Nach dem fünften Klingeln streiche ich mit dem Finger über den Bildschirm und halte das Handy an mein Ohr.

»Hallo«, sage ich zaghaft.

»Schön, dich zu hören«, entgegnet Ken mit seiner sehr

schönen Stimme, tief und voll. »Ich habe deine Nachricht bekommen.«

»Ja, das tut mir leid.«

»Das war süß«, meint er und fügt dann hinzu: »Ehrlich gesagt, hätte ich nicht gedacht, dass du dich meldest.« *Das hätte ich auch nicht*, denke ich, spreche es aber nicht aus.

»Ich war ... von mir selbst überrascht«, entgegne ich, und er lacht.

»Was machst du heute Abend?«

»Heute Abend?«, wiederhole ich, und Cybil beginnt, wie eine Verrückte zu nicken. »Nichts.«

»Möchtest du mit mir essen gehen? Ich habe um sechs Uhr Feierabend und könnte dich gegen sieben treffen.«

»Klingt gut.« Ich schließe die Augen, um meine beste Freundin nicht sehen zu müssen, die mit den Armen in der Luft herumfuchtelt. »Und wo?«

»Magst du Italienisch?«

»Ja.«

»In der Main Street gibt es einen tollen Italiener, *Amico's*. Wir könnten uns dort treffen.«

»Klingt gut.«

»Dann sehen wir uns dort um sieben«, sagt er, und ich nicke, bevor mir einfällt, dass er mich nicht sehen kann.

»Sind wir jetzt verabredet?«, frage ich, und er lacht wieder, bevor er sich verabschiedet und auflegt.

»Wow, er muss dich wirklich mögen, wenn er dich schon heute Abend sehen will.« Cybil klatscht freudig in die Hände. Ich stecke mein Telefon zurück in die Tasche und wundere mich über mein Verhalten. Was zum Teufel tue ich da? Ich habe keine Lust, mich mit Ken zu verabreden, auch wenn er noch so gut aussieht. »Ich habe ein wirklich gutes Gefühl dabei«, flötet Cybil in mein Ohr und grinst mich verschwörerisch an.

»Das hast du schon gesagt«, versuche ich, ihre unnatürliche Freude zu dämpfen.

»Sei keine Debbie Downer. Du hast doch selbst gesagt, dass der Typ gut aussieht. Falls er nicht sehr unterhaltsam sein sollte und ein totaler Langweiler ist, hast du heute Abend etwas Schönes zum Anschauen.«

»Es gibt immer etwas Positives.«

»Immer.« Sie grinst. »Wo trefft ihr euch?«

»Im *Amico's*.« Ich zucke mit den Schultern. »Irgendein Italiener in der Stadt.«

»Es ist nicht irgendein Italiener, sondern ein wirklich gutes italienisches Lokal.« Sie schaut auf ihre Uhr. »Wir müssen uns überlegen, was du anziehen wirst. Sobald Claire ihr Nickerchen macht, können wir zu dir gehen und deine Sachen durchsehen. Hast du irgendwelche Kleider mitgebracht?«

»Ich trage definitiv kein Kleid zum Abendessen.« Ich winke ab, und sie schiebt ihre Unterlippe vor. »Wir beide wissen, dass man sich hier nur mit einem schönen Pullover, einer dunklen Jeans und vielleicht noch mit Stöckelschuhen einkleidet, wenn man verabredet ist, aber nicht mit einem schicken Kleid.«

»Gut.« Sie gibt nach, weil sie weiß, dass ich recht habe. »Kein Kleid. Aber wir werden das perfekte Outfit für dich finden.«

»Klingt nach richtig viel Spaß«, behaupte ich, denn alles, was ich heute tun wollte, war, etwas Zeit mit meiner Freundin zu verbringen. Dann wäre ich wieder zu mir nach Hause gegangen, hätte meinen Pyjama angezogen und den Rest des Tages mit einem Buch im Bett verbracht.

»Außerdem müssen wir über den Namen für unseren Laden reden. Ich dachte an *Second Chapter*, aber ich bin auch für etwas anderes offen.«

»Das klingt schön.« Ich spüre, wie meine Kehle eng wird. »Er ist geradezu perfekt.«

»Fang nicht an zu weinen, denn wenn du das tust, fange ich

auch sofort an«, sagt Cybil und sieht mich unglaublich warmherzig an.

»Ich werde nicht weinen.« Ich stehe auf, gehe zu ihr und
schlinge meine Arme um sie. »Hab dich lieb.«

»Ich dich auch«, flüstert sie zurück. Obwohl ich weiß, dass
sie es nicht will, hoffe ich, dass ich mich eines Tages bei ihr
dafür revanchieren kann, dass sie mir eine zweite Chance für
meinen Traum vom eigenen Geschäft gegeben hat.

10. Kapitel

Jade

Ich fahre auf den Parkplatz hinter dem *Amico's* und brauche eine geschlagene Minute, um eine Lücke zu finden. Nachdem ich mein Auto abgestellt habe, klappe ich den Innenspiegel aus und überprüfe meinen Lippenstift. Mein Make-up ist sehr dezent. Daher habe ich mich für einen roten Lippenstift entschieden, um etwas mehr Farbe ins Gesicht zu bekommen. Allerdings erfordert ein roter Lippenstift besondere Aufmerksamkeit, da er dazu neigt, auf die Zähne abzufärben, wenn man nicht aufpasst.

Nach einem letzten prüfenden Blick in den Spiegel steige ich aus dem Wagen und binde mir den Gürtel meines knielangen beigen Mantels um die Taille. Er verdeckt zwar fast den cremefarbenen Pullover, sodass nur noch der Rollkragen rausschaut, erlaubt aber einen Blick auf meine engen Jeans mit Schlag, zu denen ich beinahe elegante Stiefeletten trage. Mit meiner Tasche – eine von Cybils Kreationen – über der Schulter, folge ich dem schmalen Bürgersteig zum Eingang des Restaurants, der direkt an der Hauptstraße liegt.

Ich bin nicht wirklich nervös wegen des heutigen Abends, aber definitiv ein wenig unsicher, weil sich Ken nach unserem Gespräch nicht noch einmal gemeldet hat. Ob er wirklich kommen wird, um sich mit mir zu treffen? Eigentlich wollte ich dieses Date gar nicht. Nur Cybil zuliebe habe ich mich verabredet. Deswegen wäre es kein großes Unglück für mich, wenn mich Ken versetzen würde.

Als ich um die Hausecke biege, bleibe ich abrupt stehen. Maverick steht vor dem Restaurant und unterhält sich mit niemand anderem als Ken. Die beiden Männer zusammen zu sehen, fühlt sich wie ein Schlag in die Magengrube an. Sie könnten nicht gegensätzlicher sein, selbst wenn sie es versuchen würden. Maverick hat dunkles Haar, markante, elegante Gesichtszüge und eine warme, mandelfarbige Haut, die ganz im Gegensatz zu Kens stereotypen amerikanischen Gesichtszügen steht. Das Einzige, was die beiden gemeinsam haben, ist ihre Körpergröße.

Als würde Maverick meine Anwesenheit spüren, dreht er seinen Kopf in meine Richtung. Er lässt seinen Blick über mich schweifen, bevor er mich direkt anschaut. Ich weiß nicht, was er denkt, als er mich sieht, aber ich spüre, wie mein Körper auf ihn reagiert.

»Jade«, ruft Ken. Widerwillig löse ich meinen Blick von Maverick und setze ein Lächeln auf, während ich fast automatisch meine Füße in Bewegung setze.

»Hey.« Ich stelle mich auf die Zehenspitzen, als Ken seine Hand um meine Taille legt, und lasse es zu, dass er mich auf die Wange küsst. Der Geruch seines Aftershaves überwältigt mich, was nicht unbedingt gut ist.

»Du siehst wunderschön aus.«

»Danke.« Ich lehne mich zurück und versuche, nicht nach Maverick Ausschau zu halten, der plötzlich nicht mehr neben Ken steht. Ich bemerke ihn etwas abseits mit einer mir unbekannten Frau. Seine gesamte Aufmerksamkeit scheint auf sie gerichtet zu sein. Vielleicht habe ich mich geirrt, und er hat doch eine Freundin, wie Cybil gesagt hatte, und er ist noch nicht bereit, sie seinen Freunden vorzustellen.

»Bist du hungrig?«, fragt mich Ken, und ich schüttle die Enttäuschung ab, die ich wegen Maverick empfinde, um mich auf mein Date zu konzentrieren. »Unser Tisch sollte inzwischen für uns bereit sein.«

»Toll«, sage ich knapp, obwohl mein Magen knurrt. Es fällt mir wahnsinnig schwer, nicht an Maverick zu denken.

»Gut.« Ken berührt mich an meinem Ellenbogen, geleitet mich zur Tür und öffnet sie für mich. Seine Geste fühlt sich irgendwie falsch an. Ein Eindruck, der sich bestätigt, sobald wir drinnen sind. Ken nimmt mir meinen Mantel ab und nennt der Angestellten, die uns willkommen heißt, seinen Namen. Sie nickt und führt uns durch das dezent erleuchtete Restaurant zu einem Tisch mit einer einzelnen Kerze in der Mitte. Wie ein Gentleman tritt Ken zur Seite und rückt mir den Stuhl zurecht. Erst dann setzt er sich viel zu nah neben mich.

Abwesend höre ich der Kellnerin zu, die uns die Speisekarten reicht und das Tagesmenü erklärt. Eigentlich gilt meine Aufmerksamkeit dem anderen Ende des Restaurants, wo sich Maverick mit der Unbekannten an die Bar begibt. Die beiden lächeln sich an, die Vertrautheit zwischen ihnen ist selbst aus einiger Entfernung offensichtlich. Als würde er spüren, dass ich ihn beobachte, richtet er seinen Blick zuerst auf mich und dann auf Ken. Ich könnte schwören, dass in seinen Augen Eifersucht aufblitzt.

»Möchtest du ein Glas Wein?«, fragt Ken und erregt meine Aufmerksamkeit, indem er meine Hand berührt. Ich ziehe sie weg und lege meine Hände in den Schoß.

»Ich hätte gern ein Glas Merlot.« Ich lächle ihn an und bemerke eine Kellnerin, die neben unserem Tisch steht und mich geduldig ansieht. Wow, ich war wirklich einen Moment weggetreten und habe nicht einmal bemerkt, dass sie auf unsere Bestellung wartet.

»Kommt sofort. Sie können inzwischen gern einen Blick in die Speisekarte werfen«, sagt sie, entfernt sich und nimmt ein paar Tische weiter Bestellungen auf, bevor sie zur Bar geht.

Weil ich keine andere Wahl habe, konzentriere ich mich auf

den Mann, mit dem ich verabredet bin, und wünsche mir, ich hätte mich nicht von Cybil zu diesem Date überreden lassen. »Du hast also heute gearbeitet?«, frage ich Ken, um das Schweigen zu brechen. Er lehnt sich zurück und legt seine Hand auf meine Rückenlehne, seine Finger viel zu nah an meiner Schulter.

»Ja, so wie fast immer. Manchmal habe ich einen Tag am Wochenende frei, aber das ist selten. Und meist gibt es noch Überstunden obendrauf.«

»Das muss schwer sein.«

»Manchmal, ja, aber ich liebe meinen Job.«

»Das ist immer gut«, sage ich und danke meinen Glückssternen, als unsere Kellnerin mit einem Glas Wein für mich und einem halb gefüllten Becher mit Eis und einer dunklen Flüssigkeit für Ken erscheint.

»Erzähl mir von dir«, fordert er mich auf. Ich nehme einen Schluck Wein, bevor ich mein Glas abstelle und seinem Blick begegne. Schon jetzt nervt mich diese ganze Smalltalk- und Kennenlern-Sache. Doch Cybil meinte, es sei möglich, dass Ken mein perfekter Partner ist.

»Ich bin erst vor ein paar Wochen aus Oregon hierher gezogen.«

»Wirklich? Ich liebe Oregon. Es ist wunderschön dort.«

»Das ist es.«

»Was hat dich nach Montana verschlagen?«

»Meine beste Freundin, die wie eine Schwester für mich ist, lebt hier mit ihrem Mann.«

»Du bist also umgezogen, um näher bei ihr zu sein?«

»Nein.« Ich nehme noch einen Schluck Wein. »Ich bin umgezogen, weil mein Leben in Oregon irgendwie in sich zusammengefallen ist. Ich hatte einen Buchladen, der pleite gegangen ist, und dann hat mich der Typ, mit dem ich zusammen war, betrogen. Ich hatte nur zwei Möglichkeiten: dort bleiben und versuchen, neu anzufangen, oder woanders einen Neustart wagen.« Die Worte sprudeln nur so aus mir heraus. Normalerweise bin ich Fremden gegenüber nicht so offen. Jetzt denke ich, dass ich Ken auch gleich alles Mögliche erzählen kann, um diesen Teil des Gesprächs hinter mich zu bringen. Dann weiß er wenigstens sofort, wie chaotisch mein Leben bisher verlaufen ist.

»Tut mir leid«, erwidert er leise.

»Sowas passiert, oder?«

»Stimmt. Ich glaube, dass alles aus einem bestimmten Grund geschieht. Demnach bist du genau da, wo du jetzt sein solltest.«

»Das ist eine gute Art, das Leben zu betrachten«, entgegne ich lächelnd und spüre, wie mich der Wein entspannt und meinen Magen wärmt.

»Wissen Sie schon, was Sie bestellen möchten?«, unterbricht uns die Kellnerin. Ich schaue auf die Speisekarte vor mir und merke, dass ich sie noch nicht einmal überflogen habe.

»Ich bin bereit, wenn du es bist«, sagt Ken, und ich nicke. *In einem italienischen Restaurant wird es Spaghetti geben*, denke ich mir und bestelle das erstbeste Gericht, das mir einfällt. Ken hingegen hat irgendwelche Sonderwünsche und beschreibt detailliert, was er gerne möchte. Die Kellnerin bemüht sich, höflich und zuvorkommend zu sein, was ihr sichtlich schwerfällt. Nachdem sie gegangen ist, klingelt Kens Handy. Ich beobachte wie er es umständlich aus der Tasche zieht. »Tut mir leid, es ist die Arbeit. Ich muss rangehen.« Mit dem Telefon in der Hand steht er auf und sieht mich erwartungsvoll an.

»Kein Problem. Ich warte hier«, versichere ich ihm und beobachte, wie er das Restaurant verlässt, bevor er das Gespräch entgegennimmt.

Ich schaue zur Bar, wo Maverick noch vor wenigen Minuten mit seinem Date saß. Doch die beiden Hocker sind leer. Ich weigere mich, darüber nachzudenken, wo er gerade ist und was er macht, und beschließe, die Zeit, bis Ken wieder auftaucht, für einen Blick in den Spiegel zu nutzen. Ich nehme meine Handtasche und gehe zur Damentoilette. Als ich kurz darauf wieder das Restaurant betrete, halte ich inne. Ken sitzt schon wieder an unserem Tisch und Maverick auf dem Platz, auf dem ich vorher saß.

Wie jede kluge Frau überlege ich, wie hoch die Wahrscheinlichkeit ist, dass mich einer von ihnen entdeckt, wenn ich versuche, unbemerkt das Restaurant zu verlassen.

»Jade«, sagt eine weibliche Stimme hinter mir. Ich drehe mich um und entdecke ein paar Meter entfernt die Frau, mit der Maverick ein Date hatte. Sie hat ein breites Lächeln im Gesicht und sieht aus der Nähe sehr attraktiv aus.

»Hm.« Ich spüre, wie sich meine Brauen zusammenziehen, denn ihr Lächeln macht deutlich, dass sie mich zu kennen glaubt, obwohl ich keine Ahnung habe, wer sie ist.

»Ich bin Margret«, stellt sie sich vor. »Ich habe dich auf den Fotos erkannt, die Cybil mir gezeigt hat. Ich bin Blakes Schwester.« Sie schenkt mir ein schiefes Lächeln, bevor sie nach vorne tritt, um mich zu umarmen. »Tut mir leid, ich habe schon so viel von dir gehört, dass ich das Gefühl habe, dich zu kennen, obwohl ich dich noch nie getroffen habe.«

»Es ist schön, dich auch endlich kennenzulernen. Cybil spricht ständig von dir und deiner Tochter«, entgegne ich höflich und verdränge meine aufkeimende Eifersucht, weil sie heute Abend mit Maverick ausgeht. Im nächsten Moment ist mir klar, warum er seine Freundin noch nicht vorgestellt hat: Weil er mit der Schwester einer seiner besten Freunde zusammen ist.

»Ich habe schon so lange vor, Cybil zu besuchen und dich kennenzulernen. Aber immer kommt was dazwischen. Du weißt ja, die Arbeit und meine kleine Tochter ...«, erklärt sie.

Ich versuche, mich zu entspannen, nestle jedoch nervös an meiner Tasche. »Ist Cybil auch hier?«, fragt Margret und schaut sich um.

Ich schüttle den Kopf. »Nein. Sie ist zu Hause bei Tanner und Claire«, antworte ich und deute quer durch den Raum, wo Ken immer noch mit Maverick zusammen an unserem Tisch sitzt. »Ich bin eigentlich wegen eines Dates hier.« Sie schaut in die Richtung, in die ich gezeigt habe, und zieht kurz die Brauen zusammen, bevor sie mich mit einem seltsamen Blick ansieht.

»Und ich habe mich mit Maverick unterhalten, während ich darauf gewartet habe, dass mein Freund von der Arbeit kommt.«

»Freund?«, frage ich spontan und beiße mir sofort auf die Zunge. Ich kann nicht leugnen, wie erleichtert ich bin, dass sie nicht Mavericks Freundin ist.

»Ja, Mason arbeitet nicht weit von hier als Barkeeper.« Ihre Augen leuchten auf, als sie seinen Namen sagt. »Mav hat mich gefragt, ob ich noch etwas trinken gehen will, bevor ich mich mit Mason treffe. Du kennst doch Maverick, oder?«

»Ja, wir sind uns schon begegnet«, antworte ich vage.

»Offensichtlich kennt er dein Date«, bemerkt sie, nachdem sie noch einmal in diese Richtung geschaut hat. Ich drehe mich ebenfalls zu den beiden Männern um, die über etwas lachen.

»Offensichtlich«, murmle ich. Sie greift nach meinem Handgelenk und zieht mich mit sich durch das Restaurant. Ich lasse es zu, kämpfe aber innerlich gegen den Drang, einfach zu gehen und nach Hause zu fahren. Als wir den Tisch erreichen, lenken die beiden Männer ihre Aufmerksamkeit auf uns.

»Tut mir leid, dass ich euch störe, Jungs«, sagt Margret, bevor sie mich dazu zwingt, mich neben Ken an den Tisch zu setzen, ehe sie neben mich rutscht. »Jade hat mir gerade erzählt, dass sie ein Date mit dir hat, Ken.« Sie sieht ihn an. »Und ich dachte, das ist ziemlich verrückt, weil ich zur gleichen

Zeit hier mit Mav verabredet bin.« Sie deutet auf ihn, und er wirft ihr einen nicht sehr freundlichen Blick zu. »Die Welt ist klein, oder?« Sie stupst mich an der Schulter an und ignoriert Maverick völlig.

»Wirklich klein«, stimme ich zu und frage mich, was sie vorhat. Denn es ist ganz klar, dass sie einen Plan verfolgt.

»Ihr habt doch nichts dagegen, wenn wir uns zu euch setzen, oder?«, fragt sie an Ken gewandt. Er scheint nicht gerade begeistert von der Idee zu sein, bei seinem Date mit mir Gesellschaft zu haben.

»Natürlich nicht.« Er legt seinen Arm um meine Schulter, und ich zucke zusammen. Mavericks Kiefermuskeln arbeiten heftig.

»Das klingt nach dem Beginn eines wundervollen Abends.« Margret zerrt mich von Ken weg und zwingt ihn, mich loszulassen. »Habt ihr schon etwas zu Essen bestellt?«

»Das haben wir.« Ich greife über den Tisch hinweg nach meinem Wein. Wenn ich jemals ein Bedürfnis nach Alkohol hatte, dann genau in diesem Moment.

»Wir noch nicht.« Sie schaut zu Maverick. »Weißt du schon, was du essen willst, Schatz?«

»Ich habe keinen Hunger«, antwortet er und klingt leicht verärgert.

»Natürlich bist du hungrig. Warum sonst wolltest du dich hier mit mir treffen? Sonst hätten wir ja auch auf einen Drink in die Bar ein paar Meter die Straße runter gehen können, wie ich dir vorgeschlagen habe.« Sie lacht. »Du hast sogar darauf bestanden, hierher zu kommen. Vermutlich hattest du Appetit auf italienisches Essen.« Mein Blick trifft auf Mavericks, und meine Haut kribbelt. Er wusste, dass ich hier sein würde, von wem auch immer er das erfahren hat. Mein Herz klopft so heftig, dass ich mich frage, ob man den Puls an meinem Hals sehen kann.

»Scheiße«, flucht Ken, sodass wir alle es hören können. Ich schaue zu ihm und bin mir sicher, dass etwas nicht stimmt. Ken fixiert etwas auf der anderen Seite des Restaurants. Ich drehe mich um und entdecke eine langhaarige Blondine mit viel Dekolleté und einem mörderischen Gesichtsausdruck, die auf uns zukommt.

»Das nennst du Überstunden?«, ruft die Blondine und zeigt mit dem Finger auf Ken. »Verdammt, ich wusste es.« Ihre Stimme wird lauter und ihr Gesicht läuft rot an. »Du bist ein verdammter Lügner.«

»Oh mein Gott«, hauche ich und drehe meinen Kopf zu Ken, der aussieht, als wolle er flüchten. »Du hast eine Freundin?«

»Nein, du Schlampe, er hat eine Ehefrau«, schreit die Blondine und präsentiert mir einen großen Diamanten an ihrem Ringfinger.

»Ich wusste nicht, dass du verheiratet bist«, sage ich und bemerke, dass es im Restaurant still geworden ist und uns alle beobachten.

»Genau, das behaupten sie alle. *Das wusste ich nicht*«, äfft sie mich nach. »Mach mal halblang.«

»Ich habe ihn gestern erst kennengelernt. Wir haben nur einmal telefoniert. Ich hatte keine Ahnung, dass er eine Frau hat. Ich weiß nichts über ihn.«

»Du musst dich nicht rechtfertigen«, mischt sich Maverick ein. Ich wünschte, der Boden würde sich öffnen und mich verschlucken. Wie kann es sein, dass ich so viel Pech habe? Und natürlich ist Maverick live dabei und kann hautnah erleben, wie schlecht meine Menschenkenntnis in Bezug auf Männer ist.

»Oh doch«, unterbricht ihn die Blondine. »Sie muss sich erklären und mir auch sagen, wo sie meinen Mann kennengelernt hat.«

»Donna, lass uns draußen darüber reden«, versucht Ken, die

Situation zu verbessern, und erhebt sich von seinem Platz.

»Das ist eine tolle Idee«, stimmt Margret zu. »Ihr zwei geht vor die Tür und nehmt euer Drama mit nach draußen.«

»Wer zum Teufel ist denn diese Schlampe?«, zischt Donna und beugt sich zu Margret vor.

»Hör auf, in diesem Ton mit mir zu reden. Nimm deinen Mann und deine Eheprobleme und verschwinde«, sagt Margret mit leicht drohendem Unterton. Sie will aufstehen, aber ich halte sie fest.

»Lass uns gehen. Wir reden zu Hause«, bittet Ken seine Frau und will nach ihrem Arm greifen. Doch sie weicht ihm aus, dreht sich zu ihm um und stößt ihn so fest vor die Brust, dass er einen Schritt zurückweichen muss.

»Fass mich nicht an!« Sie schubst ihn erneut, lässt die Arme sinken und schreit ihn an. »Ich will die Scheidung. Ich habe deine Lügen so satt.« Ihre Stimme bricht, und ich weiß, wie sie sich fühlen muss, wie sich diese Art von Schmerz anfühlt. »Du tust mir das immer wieder an, und ich vergebe dir jedes Mal. Ich bin so eine Idiotin.«

»Babe, ich liebe dich«, sagt Ken ihr mit einem Seufzer.

»Das ist eine Lüge«, murmelt Margret, und ich stoße ihr mit dem Ellenbogen in die Seite.

»Du liebst dich selbst, mich jedenfalls nicht, sonst würdest du mir das nicht immer wieder antun. Ich scheine dir überhaupt nichts zu bedeuten«, sagt Donna traurig.

»Natürlich liebe ich dich, und ich sorge mich um dich.«

»Wenn das wahr wäre, würdest du mir nicht so wehtun«, flüstert sie, während Tränen über ihre Wangen laufen. »Ich kann das nicht mehr ertragen.«

»Wir gehen nach Hause und reden«, schlägt Ken vor und versucht, sie zu packen, aber sie schüttelt den Kopf und weicht einen Schritt zurück.

»Nein, ich gehe nicht nach Hause. Ich fahre zu meinen

Eltern. Und morgen, wenn du auf der Arbeit bist, hole ich alle meine Sachen.«

»Du kannst mich nicht verlassen.«

»Oh doch, das kann ich, und ich werde es tun.« Sie wischt sich die Tränen weg. »Ich bin fertig mit dir.«

»Du hast nicht einmal einen Job. Wovon willst du ohne mich leben?«, entgegnet er, und ich sehe, dass diese Aussage Wirkung zeigt. So ein Mistkerl.

»Du kannst bei mir arbeiten«, biete ich Donna an. Sie schaut zu mir und blinzelt. »Meine beste Freundin und ich eröffnen einen Laden in der Stadt. Wir stellen dich ein, sobald wir eröffnen.«

»Jesus«, murmelt Maverick, aber ich ignoriere ihn und richte meine ganze Aufmerksamkeit auf Donna.

»Ich arbeite im Moment im *Bear*. Vielleicht könnte ich dir dort einen Job besorgen«, schlage ich vor. »Die Trinkgelder sind ziemlich gut«, füge ich dann dummerweise hinzu.

Sie starrt mich einen Moment lang an und scheint mich fragen zu wollen, ob ich etwas genommen habe. Stattdessen schaut sie zu ihrem Mann auf. »Siehst du, ich kann mir sogar einen Job aussuchen. Ich brauche dich nicht.« Sie sieht mich wieder an und schluckt. »Danke.«

»Gern geschehen«, flüstere ich. Dann dreht sie sich auf dem Absatz um und verlässt das Restaurant, während Ken ihr wie ein Hündchen folgt.

»Ich hoffe wirklich, dass sie diesen Idioten nicht zurücknimmt«, sagt Margret, sobald die beiden das Restaurant verlassen haben und sich die anderen Gäste wieder ihren eigenen Gesprächen widmen.

»Das hoffe ich auch.« Ich fahre mir mit den Fingern durch die Haare. »Ich kann nicht glauben, dass er eine Frau hat und mich trotzdem zu einem Date einlädt.«

»Woher solltest du das wissen?« Margret legt ihren Arm um

meine Schultern.

»Ich hätte ihn fragen können.«

»Glaubst du wirklich, er hätte dir gesagt, dass er verheiratet ist?« Sie lacht. »Ich nicht. Er trug keinen Ring und hat ihn offensichtlich schon länger nicht getragen, sonst hätte ich das an seinem Finger gesehen. Wie solltest du also herausfinden, dass er verheiratet ist, ohne dass er es dir erzählt? Ein ehrlicher Typ scheint er jedenfalls nicht zu sein.«

»Du hast ja recht.« Ich seufze, als unsere Kellnerin mit dem bestellten Essen an den Tisch kommt. »Es tut mir so leid, aber könnten Sie das bitte für mich einpacken?«, frage ich.

»Natürlich.« Sie schenkt mir ein Lächeln. »Kann ich noch etwas für Sie tun?«

»Ja, die Rechnung bitte.« Ich lache laut auf, weil ich sonst vor Scham in Tränen ausbrechen würde. Das war das schlimmste Date meines Lebens, und das will schon etwas heißen, denn ich hatte schon einige richtig krasse Verabredungen. Und jetzt muss ich auch noch dafür bezahlen.

»Ich bin gleich wieder da.« Die Kellnerin nimmt die Teller und geht weg. Ich ignoriere das Interesse der anderen Restaurantbesucher und vermeide auch, Maverick anzusehen, obwohl ich seine Blicke wie eine körperliche Berührung auf mir spüre. Ich krame in meiner Tasche nach dem Portemonnaie. Je schneller ich bezahlt habe, desto eher kann ich von hier verschwinden und mich zu Hause vergraben. Wenn es nicht schon so spät wäre, würde ich bei Cybil vorbeischauen und ihr erzählen, was passiert ist. Und ihr versichern, dass ich mich nie wieder zu einem Date überreden lasse.

»Jade«, sagt Maverick leise.

»Ja?« Ich schaue ihn nicht an, sondern betrachte meine Kreditkarten und versuche, mich zu erinnern, wie viel Geld ich auf welchem Konto zur Verfügung habe. Bevor ich mein Geschäft verloren habe, habe ich versucht, nicht ins Minus zu rutschen oder zumindest nur die Hälfte des Kreditlimits auszuschöpfen. Aber in den letzten Wochen war ich gezwungen, die Karten weiter zu belasten, bis ich meinen ersten Gehaltsscheck vom Coffeeshop bekomme. Vermutlich werde ich die Restaurantrechnung auf mehrere Karten aufteilen müssen.

»Jade, sieh mich an.«

Meine Augen füllen sich mit Tränen. Gott, ich will nicht weinen, nicht jetzt und nicht hier.

»Jade.« Margret legt tröstend ihre Hand auf meinen Rücken.

»Mir geht es gut«, versichere ich ihr und erhebe mich von meinem Platz. Kaum dass ich stehe, werde ich herumgedreht, Arme legen sich um mich, und ich werde an eine warme, harte Brust gedrückt.

»Du bezahlst dieses verdammte Essen nicht«, knurrt Maverick. Ich komme mir wie eine Idiotin vor, weil ich meine Tränen nicht mehr zurückhalten kann. »Und hör bitte auf zu weinen. Sonst spüre ich den Kerl auf und bringe ihn um.«

»Ich weine ja gar nicht«, behaupte ich, schiebe meine Hand zwischen uns und wische mir mit dem Ärmel meines Pullovers die Tränen weg.

»Sieh mich an.« Er legt seine Finger unter mein Kinn und lässt mir keine andere Wahl, als seinem Blick zu begegnen. »Keine Tränen mehr. Okay?« Er streicht mit seinen Daumen unter meinen Augen entlang. Ich atme tief durch und trete einen kleinen Schritt zurück. Viel lieber würde ich weiterhin seine Nähe genießen, doch ich weiß, dass ich das nicht tun sollte.

»Lasst uns an die Bar gehen und etwas trinken«, schlägt Margret vor, und ich drehe mich zu ihr um.

»Danke für das Angebot, aber ich sollte jetzt nach Hause fahren. Es wäre schön, wenn wir uns ein andermal treffen könnten.«

»Das verstehe ich. Ich melde mich, und wir planen was für

nächste Woche. Vielleicht können Everly und Cybil mitkommen. Dann machen wir einen richtigen Mädelsabend, und die Jungs können auf die Kinder aufpassen.«

»Sehr gerne«, sage ich und kann sogar ein wenig lächeln. Über Margrets Schulter hinweg sehe ich die Kellnerin auf uns zukommen.

»Ihre Rechnung wurde beglichen«, sagt sie, und ich blinzle sie überrascht an. »Der Typ, mit dem Sie hier waren, hat angerufen und bezahlt.«

»Gut zu wissen, dass er kein kompletter Mistkerl ist«, murmelt Margret und knöpft ihre Jacke zu.

»Hat er Ihnen ein Trinkgeld gegeben?«, frage ich die Kellnerin, während mir Maverick in meinen Mantel hilft.

»Hat er«, versichert sie mir lächelnd und reicht mir die Tüte mit dem Essen. Ich bedanke mich bei ihr und verabschiede mich. Auch Margret wendet sich zum Gehen. Sobald ich den Ausgang ansteuere, spüre ich Mavericks Hand an meinem Rücken und die bohrenden Blicke der Gäste.

Als wir draußen sind, schaue ich zwischen Margret und Maverick hin und her und halte die Tüte mit dem Essen hoch. »Ich kann das nicht essen. Möchte es jemand von euch? Ich will es nicht einfach wegwerfen.«

»Ich nehme es«, sagt Margret mit einem sanften Blick. Ich übergebe ihr die Tüte. »Mason wird sich freuen, nach der Arbeit etwas Warmes zu essen zu bekommen.«

Es ist sehr kalt. Ich ziehe meinen Mantel fester um mich und hänge meine Tasche über die Schulter. »Es war schön, dich kennenzulernen, Margret.«

»Hat mich auch gefreut.« Sie beugt sich vor und umarmt mich. »Und wenn du irgendetwas brauchst, Gesellschaft oder egal was, dann lass dir meine Nummer von Cybil geben.«

»Das werde ich.« Ich ziehe mich von ihr zurück, schaue Maverick an und bemerke, dass er angespannt ist. »Sehen wir uns?«, frage ich ihn leichthin, und er deutet ein Nicken an. »Okay.« Ich hebe meine Hand und winke Margret und Maverick zum Abschied zu. »Gute Nacht.« Dann drehe ich mich um und gehe den Bürgersteig hinunter, ohne auf die Schritte hinter mir zu achten.

»Jade«, ruft Maverick, als ich mein Auto fast erreicht habe und in meiner Tasche nach meinem Schlüssel suche.

»Ja?«

»Jade.«

»Was ist denn?« Ich drehe mich um. Und dann geht alles ganz schnell. Maverick legt seine Hand um meinen Hinterkopf, beugt sich vor und bedeckt meinen Mund mit seinem. Sein Kuss ist zuerst hart und ungestüm, bis seine Zunge sanft über meine Unterlippe gleitet und um Einlass bittet. Instinktiv öffne ich meine Lippen. Ich halte mich an seinem starken Körper fest und spüre, dass sein Griff in meinem Haar intensiver wird.

Noch nie hat mich ein Mann so geküsst wie Maverick, als könnte er nicht genug bekommen. Ich wimmere, überwältigt von meinen Gefühlen, und er erwidert meinen Kuss mit einem tiefen Knurren, bevor er sich von meinem Mund löst und seine Stirn an meine legt.

»Verdammt, ich konnte einfach nicht anders«, flüstert er und schließt die Augen.

»Was?«, flüstere ich zurück, während mein Herz wild klopft und mein ganzer Körper kribbelt, nicht nur meine Lippen.

»Ich wusste, dass ich dich immer wieder küssen möchte, wenn ich es einmal tue«, sagt er, und ich starre ihn sprachlos an. »Ich möchte Margret nicht alleine zur Bar gehen lassen. Sobald sie bei Mason ist, komme ich zu dir.«

»Maverick.« Ich schüttle den Kopf, weil ich nicht sicher bin, ob das klug ist. Er kommt noch näher, was fast unmöglich ist, da wir Brust an Brust an meinem Auto lehnen.

»Ich bin in dreißig Minuten bei dir.« Sein Blick fällt auf meinen Mund, und er streicht mit seinem Daumen über meine Unterlippe, bevor er mich loslässt und zurücktritt. »Steig ein und fahr los. Wir sehen uns gleich.« Er öffnet mir die Tür.

Ohne ein Wort zu sagen, setze ich mich hinters Steuer, starte den Motor und verlasse den Parkplatz. Dabei spüre ich Mavericks Blick auf mir.

11. Kapitel

Jade

Ich sitze in meinem Wagen auf dem Parkplatz eines der Burger-Läden in der Stadt, tunke gedankenverloren die Pommes in meinen Vanille-Shake und schiebe sie mir in den Mund. Nachdem ich die Hälfte der Strecke zurückgelegt hatte, wurde mir klar, was gerade passiert war. Maverick hatte mich geküsst. Ich wusste, dass ich auf keinen Fall nach Hause fahren konnte. Also wendete ich und fuhr zurück in die Stadt, ohne ein Ziel vor Augen, bevor ich beschloss, etwas zu essen.

So sehr ich den Kuss auch genossen habe und so sehr ich ihn auch wieder küssen möchte, kann ich es doch nicht tun. Ich habe einfach kein Glück mit den Männern, siehe heute Abend. Ich will auf keinen Fall riskieren, dass die Dinge zwischen uns unangenehm werden. Und das würde irgendwann passieren; bei meinem Glück ist das unvermeidlich.

Als mein Telefon klingelt, erwarte ich, dass sich Maverick meldet. Stattdessen erscheint Cybils Nummer auf dem Display. Am liebsten würde ich ihren Anruf ignorieren. Doch mir ist klar, dass sie sich Sorgen um mich macht, wenn ich nicht rangehe. Vermutlich ist sie neugierig, wie mein Date gelaufen ist.

»Hey«, sage ich, nachdem ich das Gespräch angenommen habe.

»Wo bist du? Ich war bei dir zu Hause, aber du warst nicht da.«

»Tut mir leid. Ich stehe vor *Jane's Burgers* und betäube

meinen Kummer mit Pommes«, entgegne ich und nehme einen Schluck von meinem Milchshake.

»Du bist wo? Warum?«

»Ken ist verheiratet.« Ich setze mein Getränk ab. »Seine Frau ist aufgetaucht, während wir auf unser Essen gewartet haben.«

»Das kann doch nicht sein. Du machst Scherze.«

»Ich wünschte, das wäre nicht passiert, aber leider war es so. Vor den Augen von ungefähr hundert anderen Gästen hat er sich mit seiner Frau gestritten.«

»Ich kann nicht glauben, dass er verheiratet ist und sich trotzdem mit dir verabredet«, zischt sie. »Was für ein Arschloch.«

»Ich habe jetzt endgültig die Nase voll von allen Männern dieser Welt.«

»Das tut mir leid, Jade. Gott, ich fühle mich wie eine Idiotin, weil ich darauf bestanden habe, dass du den Typen anrufst.«

»Ist schon in Ordnung. Es war wohl nicht das erste Mal, dass er sie betrogen hat.«

»Warum machen Männer das?«, fragt sie, und ich weiß genau, dass sie angewidert den Kopf schüttelt.

»Keine Ahnung.« Ich nehme noch einen Schluck von meinem Shake. »Mir tut nur seine Frau leid. Ich habe ihr einen Job angeboten.«

»Du hast was?«, ruft Cybil.

»Der Typ hat ihr gesagt, dass sie es ohne ihn nicht schaffen würde. Also habe ich ihr angeboten, für uns zu arbeiten oder ihr einen Job im *Bear* zu besorgen.«

»Natürlich.« Sie lacht. »Ich hab dich lieb. Weißt du das?«

»Ich hab dich auch lieb.«

»Du bist also in der Stadt, sitzt in deinem Auto und isst Pommes?«

»Ja.«

»Tanner meinte, er hätte Mavericks Truck vorhin bei dir gesehen.«

»Er war mit Margret im Restaurant. Die beiden haben die ganze Szene mitbekommen. Vermutlich wollte er nach mir sehen.« Ich beiße mir auf die Unterlippe, weil ich es hasse, meiner besten Freundin etwas zu verheimlichen. Aber ich kenne sie. Wenn ich ihr von dem Kuss erzähle, wird ihre Fantasie mit ihr durchgehen. »Margret finde ich übrigens total nett«, lenke ich ab, weil ich schon genug mit meinen eigenen Gedanken beschäftigt bin.

»Ja, sie ist wirklich toll«, stimmt Cybil zu. »Und wann kommst du nach Hause?«

»So in dreißig Minuten.«

»Ich könnte zu dir rüberkommen. Claire schläft schon. Wir könnten ein Glas Wein trinken und uns einen Film ansehen.«

»Das ist lieb von dir. Aber ich würde lieber früh ins Bett gehen. Es war ein langer Tag, und ich habe letzte Nacht nicht gut geschlafen.«

»Bist du sicher?«

»Ja, mach dir keine Sorgen. Außerdem treffen wir uns morgen Vormittag mit Gene, um den Mietvertrag zu unterschreiben. Da sollten wir beide ausgeschlafen sein.«

»Okay«, sagt sie und klingt wenig überzeugt. »Wenn du deine Meinung änderst und Gesellschaft möchtest – ich bin nur einen Anruf entfernt.

»Ich weiß. Hab dich lieb.«

»Ich dich auch. Wir sehen uns morgen Früh.«

»Schlaf gut.« Ich lege auf und esse den Rest von meinen Pommes, bevor ich die Verpackungen in einen der Mülleimer neben dem Restaurant werfe und mich auf den Heimweg mache.

Dreißig Minuten später schließe ich die Wohnungstür hinter mir und atme tief durch. Dann ziehe ich mir Schlafshorts und ein Tanktop an und mache es mir mit einer Tasse Tee, einem Buch und meiner Lieblingsdecke auf der Couch bequem.

»Jade«, sagt eine männliche Stimme. Bevor ich die Augen öffne, spüre ich eine warme Hand an meiner Wange. Ich bin mir sicher, dass ich träume, als ich Maverick vor mir sehe.

»Was machst du denn hier?« Ich setze mich auf. Dabei rutscht mir mein Buch vom Schoß und fällt auf den Boden.

»Ich habe dir gesagt, dass ich vorbeikomme.« Er hebt das Buch auf, schaut kopfschüttelnd auf den Einband und reicht es mir.

»Wie bist du hier reingekommen?« Ich schaue zur Tür, die ich definitiv abgeschlossen habe, als ich nach Hause kam. Pebbles schläft friedlich in seinem Hundebett. Offensichtlich ist er der schlechteste Wachhund aller Zeiten.

»Ich habe das Schloss geknackt, als du auf mein Klopfen nicht reagiert hast.« Maverick zuckt mit den Schultern, als wäre das weder eine große Sache noch eine Straftat.

»Du bist in mein Haus eingebrochen.«

»Ich bin nicht eingebrochen, ich habe nur eine andere Methode benutzt, hineinzukommen.« Er setzt sich neben mich. »Du warst nicht hier, als ich vorhin vorbeikam.«

»Ich habe mir etwas zu essen geholt.« Ich werde ihm auf keinen Fall gestehen, dass ich vermeiden wollte, ihn zu sehen, obwohl es genau das war. Er beobachtet, wie ich meine Beine hochziehe und meine Arme um meine Schienbeine lege, dann lächelt er.

»Wir wissen beide, dass du mir aus dem Weg gehen wolltest.«

»Ja, klar«, spotte ich. »Warum sollte ich dir aus dem Weg gehen?«

»Weil du mich genauso gerne küsst, wie ich dich. Und das macht dir eine Scheißangst.« Er berührt meine Finger. »Ich weiß es«, sagt er leise. »Was glaubst du, warum ich versucht habe, auf Abstand zu gehen?«

»Tauchst du deshalb überall auf, wo ich bin?«

»Ich bin nicht besonders gut darin, mich von dir fernzuhalten.« Oh Gott, es sollte mich nicht freuen, dass er meine Nähe sucht.

»Woher wusstest du, wo ich heute Abend sein würde?« Ich fummle am Rand meiner Decke herum.

»Tanner hat es erwähnt, als ich mit ihm telefoniert habe.«

»Und dann hast du beschlossen, Margret zu bitten, dich dort zu treffen?«

»Ich dachte, es würde weniger seltsam aussehen, wenn ich in Begleitung dort wäre.« Sein Gesichtsausdruck wird ernst. »Mir gefiel der Gedanke nicht, dass du ein Date hast. Nicht einmal ein bisschen.«

»Ich kann dich beruhigen. Cybil hat mich überredet, mit Ken auszugehen. Das war nicht meine Idee.« Ich räuspere mich. »Und mir hat es nicht gefallen, dass du mit Margret dort warst. Ich wusste ja nicht, wer sie ist.« Einen Moment lang blicken wir uns schweigend an.

»Und was jetzt?«, fragt Maverick.

»Keine Ahnung.« Ich hebe eine Schulter ganz leicht an. »Wir ignorieren es.«

»Ignorieren«, wiederholt er, und seine Kiefermuskulatur zuckt. »Du weißt, dass das nicht geht. Ich will dich. Selbst jetzt kostet es mich all meine Kontrolle, dich nicht noch einmal zu küssen«, sagt er, und meine Kopfhaut kribbelt, während sich mein Magen zusammenzieht.

»Du bist mit Tanner befreundet und stehst Cybil nahe. Ich will nicht, dass die Dinge kompliziert werden.«

»Genau«, sagt er und sieht nicht glücklich aus. »Und deshalb bleibt das vorerst unter uns.«

Ich lecke mir über die Unterlippe. Könnte ich es vor Cybil verheimlichen? Ich beobachte ihn und bin mir nicht sicher, ob es klug ist, heimlich mit ihm zusammen zu sein. *Ich* würde es wissen, und weil ich ihn mag, könnte ich mich ganz schnell in ihn verlieben, wahrscheinlich zu schnell. Andererseits habe ich das Gefühl, dass es passieren würde, obwohl ich mich von ihm fernhalte. Die Anziehungskraft ist einfach zu stark, um sie zu leugnen.

»Was auch immer passiert, wir bleiben Freunde oder gehen zumindest freundschaftlich miteinander um.« Ich strecke meinen kleinen Finger aus. Er schaut verwundert auf meine Hand, bevor er seinen Finger mit meinem verhakt.

»Arbeitest du morgen?«, fragt er und betrachtet noch immer unsere Hände.

»Ja, und vorher bin ich mit Cybil bei Gene, um den Mietvertrag zu unterschreiben.«

»Hast du morgen Abend schon was vor?«

»Nein.« Ich schüttle den Kopf.

»Ich koche und wir essen bei mir zu Hause.«

»Okay.« Die nervöse Vorfreude lässt meinen Puls in die Höhe schnellen, und Maverick lehnt sich an mich. Ich erwarte, dass er mich küsst. Stattdessen streifen seine Lippen über meine Stirn.

»Ich schicke dir meine Adresse.« Er lässt meinen Finger los und steht auf.

»Ich bringe dich zur Tür.« Ich stehe von der Couch auf und versuche, nicht enttäuscht zu sein, dass ich keinen weiteren Kuss bekommen habe. »Na los, Pebbles«, rufe ich, um ihn noch mal pinkeln zu lassen. »Willst du nach draußen?« Er springt schwanzwedelnd von seinem Hundebett. Ich hebe ihn hoch und lege ihm die neue Leine an. Sie hat eine Reichweite von zehn Metern und rollt sich selbst wieder ein, sodass er nach draußen gehen kann, ohne dass ich das warme Haus verlassen muss. Dann folge ich Maverick durch Cybils Werkstatt zum Eingang.

»Du brauchst einen Bademantel«, sagt Maverick, als er die Tür öffnet. Ich folge seinem Blick, der auf meine Nippel gerichtet ist, die sich in der Kälte aufstellen.

»Normalerweise dauert es nur eine Minute.« Ich setze Pebbles auf den Boden, und er rennt hinaus. Ich verschränke die Arme vor der Brust und hüpfe auf den Zehenspitzen. Dann stoße ich einen spitzen Schrei aus, weil Maverick mich am Handgelenk packt und an seine warme Brust zieht, um seine Jacke um mich zu hüllen.

»Besser?«

»Ja«, sage ich und schließe meine Augen. Er riecht so gut und seine Nähe raubt mir fast den Verstand.

»Du bist ziemlich klein«, bemerkt er. Ich lehne meinen Kopf zurück und schaue ihn an.

»Ich bin nicht klein. Ich bin mittelgroß.«

»Ein Meter fünfzig ist eher klein, Babe.«

»Ich bin ein Meter sechzig. Für eine Frau bin ich absolut normal groß. Du bist nur so riesig.«

»Hm.« Sein Blick wandert über mein Gesicht.

»Woher kennst du Ken?«, frage ich spontan, weil mich die Ereignisse im Restaurant immer noch beschäftigen.

»Ich kenne ihn nicht.« Er drückt mich fester an sich. »Ich habe auf Margret gewartet. Irgendwann kamen wir ins Gespräch. Dann bist du aufgetaucht.«

»Es sah aber so aus, als würdest du ihn kennen. Du hast mit ihm am Tisch gesessen, als wärt ihr beste Freunde.«

Er schüttelt den Kopf. »Ich habe dich beobachtet, als du zur Toilette gegangen bist. Sobald er wieder am Tisch saß, habe ich beschlossen, ihn etwas auszufragen, bis du wieder da bist. Ich wünschte nur, ich hätte dich sofort von ihm weggezogen. Genau das kam mir in den Sinn, als ich dich vor dem Restaurant sah.«

»Nach allem, was danach passiert ist, wünschte ich, du

hättest es getan.« Ich atme tief durch.

»Der Typ ist ein Mistkerl.«

»Ja«, stimme ich zu und bemerke, wie er an meiner Seite hinunterschaut, dann spüre ich zwei kalte Pfoten an meiner Wade.

»Pebbles ist schon fertig.« *Schade*, denke ich, lasse Maverick los und will einen Schritt zurückgehen, aber er hält mich auf, indem er meinen Kopf nach hinten beugt. Sobald er seinen Mund zu einem sanften, süßen Kuss auf meinen legt, tanzen Schmetterlinge in meinem Bauch. Ich könnte mich definitiv daran gewöhnen, von ihm geküsst zu werden.

»Wir sehen uns Morgen.« Er zieht sich zurück und sieht mir in die Augen, bevor er mich loslässt.

»Bis Morgen.« Ich hebe Pebbles hoch, damit er Maverick nicht hinterherläuft, und warte, bis er in seinen Truck gestiegen ist. Erst dann schließe ich die Tür. Auf dem Weg in meine Wohnung höre ich, wie er den Motor startet und wegfährt. Ich setze Pebbles ab und verschwinde kurz ins Bad, bevor ich mich ins Bett lege. Es gelingt mir nicht, die Gedanken an den Abend zu verdrängen. Zu viel ist passiert, und zu viel könnte demnächst geschehen. Es dauert eine kleine Ewigkeit, bis ich endlich Schlaf finde.

Als ich am nächsten Abend bei einsetzendem Schneefall in Mavericks Einfahrt einbiege, fühle ich wieder diese Schmetterlinge in meinem Bauch. Den ganzen Tag habe ich mich auf ihn gefreut, und er hat mir deutlich gezeigt, dass es ihm genauso geht. Er hat mir nicht nur seine Adresse geschickt, wie er es versprochen hatte, sondern in einer weiteren Nachricht gefragt, worauf ich Lust hätte. In der nächsten wollte er wissen, ob ich Wein zum Essen trinken wolle, und in der übernächsten hat er sich einfach nur erkundigt, wie mein Tag gelaufen sei. Das war süß von ihm und unerwartet. Ich fand es schön, zu wissen, dass er genauso an mich denkt wie ich an ihn.

Nachdem ich vor seinem Haus neben seinem Truck geparkt habe, schnappe ich mir meine Tasche vom Beifahrersitz und steige aus. Die Haustür öffnet sich, und Maverick tritt heraus. Sein Blick schweift von meinem Kopf bis zu meinen Füßen. Überraschenderweise fühle ich mich nicht unwohl dabei, obwohl ich bis nach sechs Uhr gearbeitet habe und keine Zeit hatte, mich umzuziehen. Ich trage ein eher konservatives Outfit, was ich normalerweise nicht für ein Date wählen würde.

»Hey.« Ich gehe die Treppe hinauf. Maverick kommt mir auf halber Höhe der Veranda entgegen. »Es schneit.«

»Das sehe ich.« Er beugt sich zu mir herunter und küsst mich, als hätte er das schon immer so getan, und nimmt mir meine Tasche ab. »Ich habe dein Auto gehört. Wie war es auf der Arbeit?«

»Gut. Bis kurz nach drei war wenig los, bis um sechs war es die Hölle«, antworte ich lächelnd. Er hält mir die Tür auf, und ich betrete das Haus. Als mir der Duft von geröstetem Knoblauch und frischem Brot in die Nase steigt, knurrt mein Magen. Ich ziehe meine Stiefel aus, während Maverick meine Tasche an einen Haken neben der Tür hängt. »Und wie war dein Tag?«, frage ich.

»Ich hatte ein Treffen mit dem Architekten, der mir hilft, mein Haus zu planen.« Er legt seine Hand auf meinen unteren Rücken und führt mich in die Küche. »Er reicht diese Woche den Papierkram für die Genehmigung ein, damit wir hoffentlich nächstes Jahr den ersten Spatenstich machen können.«

»Das ist aufregend.« Maverick rückt mir einen Hocker

zurecht, und ich setze mich an die Kücheninsel.

»Und wie war euer Gespräch mit Gene? Habt ihr den Mietvertrag unterschrieben?«

»Ja, das war toll.« Ich beobachte, wie er eine Flasche Rotwein öffnet. »Gene hat für uns mit den Besitzern gesprochen. Sie erlauben uns, die Wand zwischen dem vorderen und dem hinteren Raum zu entfernen. Dann sieht der Laden nicht mehr so büroähnlich aus.« Maverick reicht mir ein Glas Wein. »Danke.« Ich halte die Nase über das Glas und sauge den vollmundigen Duft ein. »Cybil will sich morgen mit Tanner dort umsehen und ihm zeigen, was wir verändert haben wollen. Danach wird sie ihn für uns arbeiten lassen«, sage ich grinsend. »Wundere dich also nicht, wenn du helfen musst.«

»Blake, Tanner und ich haben im Moment nicht sehr viel zu tun. Die Saison ist vorbei, sodass wir ganz froh sind, eine Beschäftigung zu haben«, antwortet er leichthin, während er eine Flasche Bier aus dem Kühlschrank holt und sie öffnet. Anschließend holt er ein goldbraunes Baguette aus dem Ofen und legt es zum Abkühlen auf ein Gitter, daneben stellt er eine Auflaufform mit überbackenen Nudeln. Mir läuft das Wasser im Mund zusammen.

»Kann ich dir irgendwie helfen?«, biete ich an.

»Nein, bleib einfach sitzen und entspann dich.« Er füllt zwei Teller mit dem Nudelauflauf und schneidet das dampfende Brot auf. Dann nimmt er eine Schale Salat aus dem Kühlschrank und stellt verschiedene Dressings dazu.

»Was macht ihr in der Nebensaison, wenn keine Gäste da sind?«, frage ich und nippe an meinem Wein.

»Wir reparieren die Ausrüstung und was sonst noch kaputt gegangen ist oder arbeiten an der Lodge. Und mit einigen Stammgästen gehen wir auf die Jagd. Eigentlich haben wir gar nicht so wenig zu tun und sind oft unterwegs. Zum Glück hilft uns Everly, die das Büro leitet. Da bleibt uns fast der ganze

Papierkram erspart und wir können uns unsere Freizeit besser einteilen.«

»Deshalb hast du dich bereit erklärt, bei den Vorbereitungen für unseren Laden zu helfen.« Ich lächle ihn an.

»Wir würden alle einen Weg finden, euch zu unterstützen, selbst wenn wir mitten im Sommerstress wären«, gesteht er mir, und ein warmes Gefühl breitet sich in meinem Bauch aus.

»Das riecht köstlich. Danke, dass du für mich gekocht hast.« Ich greife zum Besteck, während sich Maverick neben mich setzt.

»Guten Appetit. Aber denk dran, Platz für den Nachtisch zu lassen; ich habe Vanilleeis und einen Apfelkuchen vom Amish-Markt mitgebracht.«

»Wärst du sauer, wenn ich den Hauptgang ausfallen lasse und mich sofort auf den Nachtisch stürze?«, frage ich, und er lacht.

»Nein, aber diese Pasta solltest du nicht verpassen. Das ist das Lieblingsessen meiner Neffen, die kaum etwas mögen«, sagt er, während ich mir eine Gabel voll Pasta mit roter Soße und geschmolzenem Käse in den Mund schiebe. Ich spüre, wie mich Maverick dabei beobachtet, und kann mir trotzdem ein Stöhnen kaum verkneifen. »Gut?«

»Besser als gut«, antworte ich, nachdem ich geschluckt habe. »Wer hat dir das Kochen beigebracht?« Ich nippe an meinem Wein, der hervorragend zum Essen passt, und nehme den nächsten Bissen.

»Meine Schwester.« Seine Miene wird sanfter. »Sie hat mich großgezogen und mir beigebracht, wie man hart arbeitet, kocht, putzt und die Waschmaschine bedient.«

»Es ist immer gut, das alles zu können.«

»Ja.« Er nimmt sein Bierglas in die Hand.

»Ihr zwei steht euch also nahe?«

»Sie ist eher wie eine Mom für mich als eine Schwester.«

»Ist sie älter als du?«

»Zehn Jahre. Obwohl ich nicht ihr Kind bin, war sie wie eine Mutter zu mir. Für sie war das sehr schwer. Sie hatte kaum eine Kindheit, weil sie die meiste Zeit damit verbracht hat, mich von der Schule abzuholen, mir bei den Schulaufgaben zu helfen, für mich zu kochen und den Haushalt zu erledigen. Irgendwann war sie alt genug und konnte sich einen Job suchen. Freizeit hatte sie nie.«

»Das muss hart für sie gewesen sein.«

»Wenn du sie das fragen würdest, wäre sie anderer Meinung. Aber ich weiß, dass es nicht leicht war. Sie war nie bei ihren Freundinnen, ging zu keinem Schulball und nahm an keiner Klassenfahrt teil. Nicht einmal den Abschlussball hat sie besucht, weil sie gezwungen war, ihren kleinen Bruder aufzuziehen.«

»Du hattest Glück, sie zu haben.«

»Das stimmt.«

»Und jetzt lebt sie in Seattle?«

»Ja, sie ist umgezogen, nachdem ich die Highschool abgeschlossen hatte und zum Militär ging. Dann hat sie ihren Highschool-Abschluss nachgemacht und eine Ausbildung als Friseurin begonnen. Jetzt besitzt sie einen schicken Salon, ihr Mann arbeitet bei einem Radiosender und die beiden verbringen ihre ganze Freizeit damit, meine sechsjährigen Neffen Wyatt und Carter in Schach zu halten.«

»Das klingt nach Happy End.«

»Finde ich auch«, sagt er, und ich nehme den letzten Bissen von meinem Teller. »Kannst du kochen?«

»Um dich zu beeindrucken, müsste ich lügen«, entgegne ich. Er lacht, während ich einen Schluck Wein trinke. »Die Wahrheit ist, dass ich nicht kochen kann. Meine Mom hat versucht, es mir beizubringen, aber ich war immer mehr an Büchern interessiert, als mit ihr und Cybil in der Küche zu stehen.«

»Du kannst eine tolle Tasse Karamell-Dingsda machen, oder was auch immer du mir neulich zubereitet hast.«

»Das war die Maschine, nicht ich«, winke ich amüsiert ab.

»Das heißt, du kannst weder Kaffee kochen noch tanzen«, stellt er fest und grinst mich schelmisch an. Ich werfe lachend meinen Kopf zurück. Als ich mein Kinn senke, begegne ich seinem sanften Blick. Er lässt seine Hand seitlich um meinen Nacken gleiten und greift in mein Haar. Ich beuge mich zu ihm vor, bis sein warmer Atem über meine Haut streicht. Dann schließe ich die Augen. Maverick küsst von meinem Kinn hinauf zu meinem Mund und beißt zärtlich in meine Unterlippe.

»Mav.« Ich drehe mich auf meinem Hocker herum, und Maverick klemmt meine Knie zwischen seine. Ich streiche über seine harten Brustmuskeln und kralle mich an seinem T-Shirt fest.

»Verdammt, ich liebe es, wie du meinen Namen sagst.« Er reibt seine Lippen auf meinen, bevor er meinen Hals liebkost. Ich versuche, seinem Mund hinterher zu jagen, denn ich will mehr als alles andere auf der Welt, dass er mich küsst.

Als er mir endlich gibt, was ich will, verliere ich mich in ihm, in seinem Geschmack, dem Gefühl seiner Finger in meinem Haar, seiner Hand an meiner Seite, sein Daumen so nah an meinem Nippel. Zwischen meinen Beinen spüre ich ein Pochen, und mein Puls schießt in die Höhe, als er meine Brust umfasst.

Ich rutsche näher an ihn heran, weil ich mehr will. Ohne darum bitten zu müssen, versteht er, was ich brauche. Er gibt meine Knie frei, packt meinen Hintern und zieht mich auf seinen Schoß. Ich lege meine Arme um seine Schultern und fahre mit den Fingern durch sein weiches und dichtes Haar. Mein Inneres pulsiert, während ich mich an ihn drücke. Ich kann mich nicht erinnern, jemals so erregt gewesen zu sein, obwohl er mich noch nicht einmal richtig berührt. »Bist du nass?«, fragt er und beißt ganz zart in mein Ohrläppchen.

»Ja.« Mein Atem stockt, als er meine Bluse anhebt und seine Finger bis zur Vorderseite meiner Jeans wandern lässt.

»Wie nass?«, will er wissen. Meine Bauchmuskeln ziehen sich zusammen, als er meine Jeans aufknöpft und den Reißverschluss öffnet. Dann schiebt er seine Finger in mein Höschen, und ich stöhne auf. »Oh fuck, sehr nass«, brummt er.

»Mav.« Meine Hüften bewegen sich unkontrolliert.

»Ich werde jetzt aufstehen und dich zur Couch tragen. Ich will dich überall berühren, Babe.« Er hält mich an sich gedrückt, steht auf und geht mit mir quer durch den Raum. Ich halte mich an ihm fest, während er mich trägt, und schmiege mein Gesicht an seinen Nacken. Vorsichtig legt er mich ab und küsst mich, als könne er nicht genug von mir bekommen. Er lässt seine Hände unter meiner Bluse über meinen Bauch gleiten und umfasst meine Brust. Vor Erregung wölbe ich den Rücken.

Statt mir das Oberteil auszuziehen, fährt Maverick mit seiner Hand über meinen Bauch und greift dann vorn in meine Jeans. Sobald seine Finger meine Klit berühren, entweicht mir ein tiefes Stöhnen.

»So nass. Ich kann es kaum erwarten, in dich einzudringen.« Er schiebt erst einen Finger und dann noch einen in mich hinein und bewegt sie langsam. »Willst du das? Dass ich dich ausfülle?« Mit dem Daumen der anderen Hand streicht er über die Haut unter meinem Ohr. Mein Puls rast, und mein Körper brennt vor Verlangen.

»Oh Gott.« Ich stöhne, als er über meine Klit reibt.

»Weißt du, wie sehr ich dich will?« Er drückt seine harte Länge in meine Hüfte, während seine Finger wieder in mich gleiten und mich zum Wimmern bringen. Selbst durch seine Jeans fühlt er sich riesig an. »Ich habe mir vorgestellt, wie du schmeckst, wie dein rotes Haar auf meinem Kissen aussehen wird, wenn ich mich in dir versenke, und wie du meinen Namen stöhnst, wenn du kommst.«

Bisher wusste ich nicht, wie sehr mich Dirty Talk anmacht. Aber als meine Kopfhaut kribbelt und sich mein Inneres um seine Finger zusammenzieht, wird mir klar, wie sehr mich seine Worte erregen. Vielleicht liegt es nur an ihm und seiner wunderbar tiefen Stimme.

»Ich komme«, flüstere ich und kralle mich an seine Schultern, während er mich zu einem Höhepunkt bringt, der sich wie eine außerkörperliche Erfahrung anfühlt. Sterne tanzen hinter meinen Lidern, jeder Muskel in meinem Körper spannt sich an und entspannt sich wieder, sodass ich unter seinen Berührungen zerfließe. Ich liege mit geschlossenen Augen da, atme schwer und versuche zu begreifen, was gerade passiert ist. Bisher hatte ich noch nie einen Orgasmus, ohne selbst aktiv werden zu müssen.

»Bist du okay?«, fragt Maverick besorgt und nimmt langsam seine Hand aus meinem Höschen.

»Ich glaube schon.« Ich öffne die Augen und sehe, wie er lächelnd auf mich herabschaut.

»Du bist hart gekommen.« Ja, härter als jemals zuvor in meinem Leben, sogar bei mir selbst. Doch das würde ich ihm gegenüber nicht zugeben.

»Komm her.« Er setzt sich neben mich, drückt mich an seine Brust und legt meine Beine über seine Oberschenkel. Ich schmiege mich an ihn, lausche dem Klang seines Herzschlags und spüre, wie meine Lider mit jeder Sekunde schwerer werden.

»Schläfst du gerade ein?«, fragt er leise, und ich lächle.

»Vielleicht. Ich bin zeitig aufgestanden, herrlich satt und hatte einen unglaublichen Orgasmus.« Ich lehne mich zurück, um ihn anzusehen. Caz springt von hinten auf die Couchlehne und legt ihre Pfoten auf Mavs Schulter, bevor sie mir ihren Kopf entgegenstreckt.

»Hey, süße Katze.« Ich kraule sie hinter den Ohren und höre sie schnurren. Sie steht auf, streckt sich behaglich und rollt sich auf meinem Schoß zusammen. Ich starre sie einen Moment an, dann streiche ich über ihr weiches Fell.

»Diese Katze macht mir meinen Platz streitig«, murmelt Maverick. Er klingt weder verärgert noch frustriert, sondern scheint zu scherzen. Ich kann immer noch spüren, wie hart er ist.

»Tut mir leid«, sage ich und lasse Caz los. Sie hebt den Kopf, schaut mich vorwurfsvoll an und springt von meinem Schoß. »Wo waren wir?«, frage ich Maverick und beuge mich vor, um ihn zu küssen. Doch er weicht ganz leicht zurück.

»So sehr ich mir das auch wünsche, ich weiß, dass du heute noch nach Hause fahren musst, und der Schnee wird immer dichter«, sagt er leise und streicht mit seiner Hand durch mein Haar. Ich schaue aus dem Fenster und betrachte die großen weißen Flocken, die unaufhörlich vom Himmel fallen. »Wann hast du das nächste Mal frei?«

»Samstag.«

»Dann lass uns planen, dass du am Freitag hier übernachtest.«

»Du möchtest, dass ich über Nacht bleibe?«

»Ja«, sagt er leichthin, und ich frage mich, von welchem Planeten er kommt. Meiner Erfahrung nach wollen die meisten Männer eine schnelle Nummer schieben und danach ihre Ruhe.

»Cybil wird sich vermutlich wundern, wo ich bin, wenn ich die ganze Nacht weg bleibe«, sage ich leise, und er zuckt mit den Schultern.

»Sag ihr, dass du bei mir schläfst«, schlägt er vor.

»Wir waren uns doch einig, niemandem hiervon zu

erzählen.«

Statt zu antworten, nimmt er seine Hand aus meinem Haar und richtet sich auf. Seine Kiefermuskulatur zuckt. Die plötzliche Veränderung in seinem Verhalten verwundert mich.

»Bist du deshalb wütend?«

»Nein«, entgegnet er knapp. Trotzdem würde ich fast darauf wetten, weil ich nicht verstehe, was sein Vorschlag zu bedeuten hat. Immerhin haben wir beide diesem Deal zugestimmt. »Es ist schon spät, und ich möchte, dass du sicher nach Hause kommst, bevor die Straßen weiter einschneien.«

»Klar.« Ich steige von seinem Schoß, und er steht auf.

»Kannst du noch fahren?«

»Kein Problem.« Ich gehe mit ihm in die Küche und will meinen Teller zur Spüle bringen, doch er hält mich mit einem Kopfschütteln auf.

»Lass alles stehen. Ich räume später auf.«

»Bist du sicher?« Ich versuche zu verstehen, was hier vor sich geht.

»Ja.« Er geht zur Haustür, und ich sehe ihm kopfschüttelnd nach. Dann folge ich ihm, schlüpfe in meine Stiefel und den Mantel und werfe mir die Tasche über die Schulter. Maverick beobachtet mich wortlos und öffnet mir die Haustür, um mich zu meinem Auto zu begleiten. Die Energie, die von ihm ausgeht, macht deutlich, dass er nicht gerade glücklich ist.

»Vielen Dank für das Abendessen.« Ich bleibe stehen und sehe zu ihm auf, während die Schneeflocken um uns herum tanzen. Ich habe verstanden, dass er mich loswerden will, kann mir aber den Grund dafür partout nicht erklären. Als er sich nicht rührt, öffne ich die Tür und will mich hinter das Lenkrad setzen. Da landet wie aus dem Nichts sein Mund auf meinem. Der Kuss ist hart und schon wieder vorbei, bevor er überhaupt richtig begonnen hat.

»Ruf mich an, sobald du zu Hause bist. Ich muss wissen,

dass du sicher angekommen bist«, fordert er mich auf. Mein Herz schlägt mir bis zum Hals, und ich kann nur nicken.

Langsam lasse ich mich in den Sitz sinken und lege den Gurt an. Sobald ich angeschnallt bin, drückt Maverick meine Tür zu, tritt einen Schritt zurück und verschränkt die Arme vor der Brust.

Irritiert von seinem Verhalten, starte ich den Wagen, parke rückwärts aus und verlasse sein Grundstück. Während sein Haus aus meinem Rückspiegel verschwindet, kann ich immer noch nicht verstehen, was gerade passiert ist. Falls ich etwas falsch gemacht habe, kann ich das nicht ändern, solange er mir nicht sagt, was los ist. Und das bedeutet, dass er wieder so reagieren könnte. Na toll.

Während ich durch den stetig fallenden Schnee nach Hause fahre, ärgere ich mich immer mehr über Maverick. Heute hat er sich wie jeder andere Kerl verhalten, der mir je den Kopf verdreht hat. Erst stimmt er zu, dass wir keine große Sache aus uns machen, dann ändert er plötzlich seine Meinung und ist offenbar sauer, weil ich es nicht tue. So einen Mann kann ich nicht gebrauchen. Und dass er derart launisch zu sein scheint, macht mich wütend. Denn ich fühle mich wohl in seiner Nähe und hatte insgeheim gehofft, dass mehr aus uns wird.

12. Kapitel

Jade

Ich stehe hinter dem Tresen im *Bears*. Im Moment ist das Café leer und ich habe Zeit, durch die Liste der Neuerscheinungen zu blättern. Ich schreibe mir die Bücher auf, von denen ich glaube, dass sie sich in unserem Laden gut verkaufen werden. Meine Liste ist bereits mehr als einen Meter lang, und ich wünschte, ich hätte unendlich viel Geld und Platz. Wenn es möglich wäre, würde jede Neuerscheinung einen Platz in einem meiner Regale bekommen.

Mein piepsendes Handy unterbricht meine Gedanken. Ich beiße mir auf die Unterlippe, als ich eine Nachricht von Maverick vorfinde. Sobald ich gestern Abend nach Hause kam, rief ich ihn an, wie er es von mir verlangt hatte, und ließ ihn wissen, dass ich sicher angekommen war. Nach nicht einmal einer halben Minute beendete ich das Gespräch. Er hielt mich nicht davon ab und verlor auch kein Wort darüber, warum er sich so seltsam verhalten hatte. Im Gegenteil, offensichtlich war er immer noch wegen was auch immer verärgert.

Eine Nachricht von ihm zu bekommen, überrascht mich, denn ich dachte nicht, noch einmal von ihm zu hören. Ich nahm an, dass er aus irgendeinem Grund mit mir fertig war und ich einfach akzeptieren müsse, dass es mit uns nicht funktioniert hatte. Das wäre vermutlich besser für alle Beteiligten. Denn wenn er sich nicht wie ein Idiot verhalten würde, hätte ich mich ganz bestimmt schon Hals über Kopf in ihn verliebt. Und das wäre keine gute Idee.

Als die Türglocke ertönt, blicke ich auf. Tanner und Cybil mit Claire im Arm betreten das Café. Ich lächle sie an, erfreut über ihren Besuch und etwas Abwechslung, und lege mein Handy weg, ohne Mavericks Nachricht zu öffnen.

»Ward ihr schon nebenan?«, frage ich sofort, und Cybil grinst.

»Ja, gerade eben. Die gute Nachricht ist, dass es keine tragende Wand ist, die wir entfernen wollen. Tanner kann sie einfach abtragen, ohne viel Geld oder Aufwand.«

»Sieh mal einer an, du sprichst ja schon im Baujargon.« Ich gehe um den Tresen herum, begrüße die beiden und schließe meine Nichte in die Arme. »Das ist eine tolle Nachricht.« Ich schaue zu Tanner hoch. »Was hältst du von dem Verkaufsraum? Gefällt er dir?«

»Er ist schön. Ihr werdet viel Zulauf bekommen. Bei der guten Lage.«

»Hoffentlich.« Ich stupse Claire an, als sie zu quengeln beginnt. Nachdem ich sie auf die Wange geküsst habe, frage ich sie, ob sie einen Keks möchte.

»Sie will keinen Keks«, antwortet Cybil.

»Ich glaube, du irrst dich.« Ich gehe zur Vitrine, nehme einen einfachen Keks heraus und gebe Claire ein kleines Stück davon. Schon ist ihr Glück perfekt und sie will mehr davon. Cybil rollt nur mit den Augen. »Was habt ihr drei heute noch vor?«

»Ich muss arbeiten, also wird sich Tanner mit Claire beschäftigen«, antwortet Cybil und lehnt sich an ihren Mann.

»Kann ich dir bei irgendetwas helfen?« Bisher hat sie jedes Mal abgelehnt, wenn ich sie gefragt habe. Ich komme mir etwas nutzlos vor.

»Das schaffe ich schon allein. Ich muss nur noch ein paar Fotos für meine Website bearbeiten und den Stoff für die nächsten Taschen zuschneiden.«

»Ich habe heute gegen vier Feierabend. Danach könnte ich dir helfen«, biete ich ihr erneut an.

»Danke, vielleicht komme ich darauf zurück«, lehnt sie erneut sanft ab. Im selben Moment ertönt wieder die Türglocke und Liam, der Besitzer, kommt mit einem finsteren Blick herein.

»Ich habe ein Hühnchen mit dir zu rupfen, junge Dame«, sagt er und wedelt mit dem Finger vor mir herum. Ich blinzle ihn an. »Du hast mir nicht gesagt, dass du aufhören willst.«

»Das liegt daran, dass ich nicht kündigen werde.« Ich reiche Claire und den angebrochenen Keks an Tanner weiter.

»Tony und Katie haben mir erzählt, dass du den Raum nebenan gemietet hast.«

»Meine Freundin Cybil und ich haben es gemietet, das stimmt.« Ich deute auf Cybil, die ihm zuwinkt. »Cybil, du erinnerst dich an Liam? Liam, Cybil, ihr Mann Tanner und meine Nichte Claire«, stelle ich sie einander vor. »Ich weiß nicht, warum Katie oder Tony dir gesagt haben, dass ich kündigen will. Ich werde weiterhin für dich arbeiten. Das ist jedenfalls mein Plan.«

»Sie haben nicht gesagt, dass du kündigst, sondern nur, dass du dich selbstständig machst. Daher bin ich davon ausgegangen, dass du uns verlässt.«

»Da hast du dich geirrt.« Ich stemme meine Hände in die Hüften. »Und ich hoffe, du weißt, dass ich nicht einfach so kündigen würde, ohne vorher mit dir darüber zu reden. Außerdem arbeite ich gerne hier.« Und das stimmt auch. Kaffee kochen ist vielleicht nicht der aufregendste Job, den man haben kann, aber ich habe jeden Tag genossen, an dem ich gearbeitet habe. Und Tony und Katie sind mir ans Herz gewachsen, obwohl sie mich ständig als alt bezeichnen. Sogar nachdem ich die beiden darauf hingewiesen habe, dass ich nur zehn Jahre älter bin als sie.

»Was für einen Laden eröffnet ihr denn?«, fragt Liam und geht nicht weiter auf meine Bemerkungen ein.

»Wir wollen Bücher, Geschenke und regionale Handwerkskunst anbieten.«

»Weißt du, was gut zu Büchern passt?«, fragt er und beantwortet seine Frage selbst. »Kaffee.«

»Kaffee und Bücher passen immer gut zusammen«, stimme ich zu, und er dreht sich zu der Wand hinter Cybil und Tanner um.

»Wir könnten diese Mauer herausnehmen. Dann hätten wir beides.«

»Was?« Ich lache und denke, er macht Witze.

»Du verkaufst Bücher, und ich verkaufe Kaffee. Wer trinkt nicht gern einen Milchkaffee, wenn er ein Buch liest? Das wäre die perfekte Kombination, und wir würden beide davon profitieren.«

»Meinst du das ernst?«, hake ich nach, und mein Magen fühlt sich merkwürdig an.

»Wenn es ums Geschäft geht, mache ich keine Witze.«

»Ich weiß nicht, ob der Besitzer des Gebäudes damit einverstanden wäre, dass wir die Wand einreißen.«

»Dieses Gebäude gehört meiner Familie, eigentlich die meisten Häuser in diesem Block. Ich bin sicher, dass ich die anderen überreden kann.« Er zuckt mit den Schultern, und ich schaue Cybil an, um zu sehen, was sie darüber denkt. Liam hat recht: Die Menschen lieben Kaffee und Bücher. Deshalb gibt es in jeder großen Buchhandlung ein kleines Café. Und ein Coffeeshop in Verbindung mit unserem Laden würde sicher mehr Leute anlocken und sie länger im Geschäft verweilen lassen.

»Wir versuchen es«, stimmt Cybil zu.

»Die Idee gefällt mir wirklich gut. Zuerst sollten wir aber die Details besprechen und prüfen, ob es überhaupt möglich ist, die Räume miteinander zu verbinden«, merke ich an.

»Ich werde ein paar Anrufe tätigen«, sagt Liam und schaut zu Cybil und Tanner. »Es war schön, euch beide kennenzulernen.« Er macht sich auf den Weg in sein Büro, und ich sehe ihm kopfschüttelnd hinterher.

Ich drehe mich um und begegne Tanners Blick. »Glaubst du, man kann die Wand ohne Probleme durchbrechen?«

»Selbst wenn es nicht so wäre, ist das Ergebnis die Kosten für den Einbau eines Trägers wert.« Er legt seinen Arm um Cybils Schultern.

»Ich habe keine Ahnung von solchen Baumaßnahmen. Aber ich stimme euch zu. Die beiden Geschäftslokale zu verbinden, ist eine großartige Idee.« Cybil lächelt mich an.

Wir werden von einem Kunden unterbrochen, der den Laden betritt. »Wir lassen dich jetzt weiterarbeiten, aber ruf mich an, sobald Liam etwas Neues in Erfahrung gebracht hat«, bittet mich Tanner.

»Das werde ich.« Ich küsse Claire, bevor sie gehen, und nehme die Bestellung des Mannes entgegen. Während er an einem der Tische sitzt und an seinem Laptop arbeitet, fülle ich die Vorräte auf. Kurz darauf kommen Tony und Katie mit einer Schar Freunde herein. Zum Glück sind die Geschwister talentierte Gastgeber, sodass es nicht lange dauert, bis alle bedient sind.

Während Katie und Tony mit ihren Klassenkameraden plaudern, höre ich ihnen mit einem Ohr zu und stelle fest, dass sich seit meiner Teenagerzeit nicht viel geändert hat. Wer sich mit wem trifft und wo man am Wochenende abhängt, sind immer noch zwei der wichtigsten Gesprächsthemen. Eine komplett andere Sache ist das ständige Fotografieren und das Versenden von Nachrichten, sogar an Leute, die direkt neben einem sitzen. Das ist etwas, was ich vermutlich nie verstehen werde.

»Jade.« Ich schaue zu Liams Bürotür und sehe ihn in der Tür stehen. »Kannst du mal kurz reinkommen?«

»Klar.« Ich bemerke, dass Katie und Tony einen besorgten Blick austauschen. »Es ist alles in Ordnung«, versichere ich den beiden und hänge das feuchte Geschirrtuch auf, bevor ich ins Büro gehe. Ich schließe die Tür hinter mir und lehne mich gegen den Rahmen.

»Ich habe ein paar Anrufe getätigt. Meine Familie stimmt unserem Vorschlag zu. Wenn ihr also von der Idee überzeugt seid, könnten wir mit den Planungen beginnen.«

»Wirklich?« Ich versuche, mich zu beherrschen, obwohl ich am liebsten auf und ab springen würde. Ich bin mir sicher, dass die anderen Frauen, die ihre Produkte bei uns im Laden verkaufen, uns helfen werden, mehr Kunden zu gewinnen. Damit haben wir hoffentlich bald die Umbaukosten refinanziert. Aber zusammen mit dem gut etablierten Coffeeshop sollte unsere Geschäftsidee schon viel schneller Gewinn abwerfen. Das wäre für alle Beteiligten eine tolle Sache.

»Wirklich. Jetzt müssen wir uns nur noch mit einem Anwalt zusammensetzen und die Details ausarbeiten. Aber darin sehe ich kein Problem, solange wir uns darauf einigen können, dass wir nur räumlich verbunden sind und die beiden Geschäfte wirtschaftlich getrennt laufen.«

»Dem stimme ich voll und ganz zu, und ich weiß, dass Cybil das auch tun wird«, sage ich leise, und er schenkt mir ein sanftes Lächeln.

»Eine Sache noch.«

»Ja?«

»Ich würde mich freuen, wenn du weiterhin für mich arbeitest. Du bist die erste Person, die ich eingestellt habe, die zuverlässig ist und die mit meinen Urenkeln auskommt. Ich möchte dich nicht verlieren.«

»Ich mag diesen Job«, versichere ich ihm. »Und solange es

mir nicht zu viel wird, sowohl in unserem Laden als auch hier zu arbeiten, werde ich bleiben.«

»Gut.« Er steht auf und umarmt mich. »Ich habe ein gutes Gefühl dabei.«

»Ich auch.« Er öffnet mir die Tür und folgt mir in den Cafébereich. Dort umarmt er Katie und klopft Tony auf die Schulter, bevor er sich von mir mit einem Winken verabschiedet und verschwindet. Ich schaue auf die Uhr und stelle fest, dass es auch für mich Zeit ist, nach Hause zu fahren.

»Ist alles in Ordnung?«, fragt mich Katie leise. Tony spitzt die Ohren und gesellt sich zu uns.

»Ja, ich habe nur mit eurem Uropa über ein paar geschäftliche Dinge gesprochen. Ich bin sicher, er wird euch bald davon erzählen.«

»Cool.« Tony stupst mich an die Schulter. »Soll ich dir noch mal die Tanzschritte zeigen, bevor du gehst?«

»Ich glaube, ich habe dafür zu wenig Talent.«

»Komm schon, willst du nicht berühmt werden?«

»Absolut nicht. Ich verlasse mich lieber auf das, was ich besser kann«, versichere ich ihm, als erneut die Türglocke ertönt. Mein Blick wendet sich fast automatisch zum Eingang, und mein Herz klopft wie wild, als ich Maverick hereinkommen sehe.

»Dein *Bekannter* ist hier«, stellt Katie fest, als hätte ich das nicht selbst bemerkt. Ich ignoriere sie, binde meine Schürze ab und hänge sie an einen der Haken.

»Vergiss bitte nicht, heute Abend den Müll rauszubringen«, erinnere ich Tony und schlüpfe in meinen Mantel.

»Verdammt, habe ich das gestern Abend vergessen?«

»Das hast du.« Ich schnappe mir meine Tasche. »Kommt ihr beide ohne mich klar?«

»Ja«, antworten sie im Chor und grinsen mich an.

»Toll, dann sehen wir uns morgen.« Ich gehe um den Tresen

herum direkt auf Maverick zu. Sobald ich vor ihm stehe, beugt er sich vor, als wolle er mich küssen, hält sich aber zurück.

»Können wir reden?«, fragt er, während er mich prüfend mustert, und ich nicke.

»Klar.« Wir verlassen das Café, und ich spüre seine Hand an meinem Rücken, während wir den Bürgersteig entlang zu meinem geparkten Auto gehen.

»Ich muss mich wegen gestern Abend entschuldigen.«

»Okay.« Ich schaue zu ihm hoch und versuche, seinen Gesichtsausdruck zu deuten, was ziemlich sinnlos ist. Er ist kein Mann, der leicht zu lesen ist.

»Ich war wütend.«

»Das habe ich bemerkt«, sage ich leise.

»Ich war nicht wütend auf dich, sondern sauer, dass ich dich wie ein schmutziges Geheimnis hüten muss, obwohl du das gar nicht verdient hast.« Er bleibt an meinem Auto stehen, und ich drehe mich zu ihm um, mit einem seltsamen Gefühl in der Brust. Andere Männer hätten kein Problem damit, eine heimliche Beziehung mit einer Frau zu führen. Vermutlich lerne ich gerade eine Seite von Maverick kennen, die ihn von den meisten anderen Männern unterscheidet.

»Ich möchte mich auch nicht mit dir verstecken müssen. Aber ich brauche ein bisschen Zeit, um herauszufinden, was zwischen uns passiert, bevor wir es allen erzählen.« Ich verschränke fröstelnd die Arme vor der Brust und beschließe, ehrlich zu ihm zu sein, denn ich brauche keinen Mann, der mir zustimmt, bis ihm nicht mehr gefällt, worauf er sich eingelassen hat. »Ich hatte echt Pech mit den Kerlen, die ich bisher getroffen habe. Die meisten Beziehungen waren nach dem ersten Date zu Ende.« Ich atme tief ein und wieder aus und halte seinen Blick fest. »Ich will meinen Freunden nicht sagen, dass wir uns treffen, um ihnen nächste Woche mitzuteilen, dass wir uns ab sofort aus dem Weg gehen. Das wäre nicht nur für mich peinlich, sondern auch für alle anderen sehr unangenehm.

»In Ordnung.« Er starrt mich an.

»*In Ordnung?*«, wiederhole ich und runzle die Stirn.

»Ich verstehe, was du meinst. Wir werden uns vorerst nur heimlich treffen.«

»Genau. Dem hast du auch zugestimmt, bis du gestern wütend auf mich warst, weil ich dich an unseren Deal erinnert habe«, sage ich leise, und sein Gesichtsausdruck wird sanfter.

»Ja, aber eben hast du mir erklärt, warum du das geheim halten möchtest.« Er kommt einen Schritt näher. »Auch wenn es mir nicht gefällt, verstehe ich dich jetzt.« Er legt seine Hand in meinen Nacken. »Aber du sollst wissen, dass ich nicht vorhabe, uns für immer geheim zu halten. Das würde mit mir nicht funktionieren.«

Mein Herz klopft heftiger, während ich mich in seinen Augen verliere. Noch nie hat mich jemand so angesehen, wie er es tut. »Warum habe ich plötzlich das Gefühl, dass mir das alles über den Kopf wächst?«, frage ich mit einem Grinsen.

Er lächelt mich an und streift mit seinen Lippen über meine, ohne mir zu antworten. Als er sich zurückzieht, bleibt er mit seinem Gesicht ganz nah bei mir. »Bist du einverstanden, dass ich heute Abend bei dir vorbeikomme?«

»Damit kann ich leben«, sage ich leise, und er küsst mich, bevor er zurücktritt und seine Hand weggleiten lässt.

»Ich schicke dir eine Nachricht, wenn ich auf dem Weg bin.«

»Okay.« Ich drehe mich um und öffne die Tür zu meinem Auto. Sobald ich Platz genommen habe, schließt er sie für mich und sieht mir dabei zu, wie ich rückwärts ausparke. Ich winke ihm zum Abschied zu und verlasse den Parkplatz in der Hoffnung, dass mich mein Instinkt nicht trügt und Maverick nicht zu gut ist, um wahr zu sein.

Nachdem ich mir eine Jogginghose und ein abgeschnittenes Sweatshirt angezogen habe, nehme ich meine Kontaktlinsen heraus, setze meine Brille auf und verlasse mein Badezimmer. Maverick hat mir vor zehn Minuten eine Nachricht geschickt, dass er auf dem Weg ist und einen Film mitbringt.

Ich hole mir eine Limonade aus dem Kühlschrank und stelle eine Tüte Popcorn in die Mikrowelle. Währenddessen staple ich mein Geschirr von heute Morgen in die Spülmaschine und räume das Wohnzimmer auf. Als ich von der Arbeit nach Hause kam, war Cybil noch in ihrer Werkstatt. Ich half ihr beim Zuschneiden der Stoffe und erzählte ihr von dem Gespräch mit Liam. Wie ich mir gedacht hatte, war auch sie der Meinung, dass die Geschäfte wirtschaftlich getrennt laufen und alles vertraglich abgesichert werden sollte.

Wir haben sogar über die Inneneinrichtung gesprochen und uns für eine Wandfarbe entschieden. Zwei Wände wollen wir mit einer sehr hübschen schwarzgoldenen Tapete in einem zeitlosen floralen Design gestalten. Bei all den Planungen haben wir beide das Zeitgefühl verloren. Erst als Tanner anrief, merkten wir, dass es schon sieben Uhr abends war. Zeit für Claire, ihr Bad zu nehmen und nach einer Geschichte und einem Fläschchen ins Bett zu gehen.

Als ich ein Klopfen höre, werfe ich die Sachen in meinen Händen auf mein Bett. Pebbles, der zusammengerollt auf einem meiner Kissen liegt, wirft mir einen bösen Blick zu. »Tut mir leid, ich wollte dich nicht beim Schlafen stören«, sage ich, und er wedelt mit dem Schwanz. Dann folgt er mir zur Tür. Ich nehme ihn auf den Arm, damit er nicht aus dem Haus rennt. Meine alte Wohnung in Oregon hatte einen kleinen, eingezäunten Hinterhof. Selbst wenn er rauskam, konnte er sich nicht weit entfernen. Außerdem schien er meist keine Lust zu haben, allein nach draußen zu laufen. Hier ist das ganz anders. Jeden Tag traut er sich ein bisschen weiter hinaus und bleibt auch länger draußen. Vielleicht liegt das daran, dass hinter dem Haus der Wald beginnt.

»Hey«, begrüße ich Maverick, der seinen Blick sofort über mein Gesicht und meine Haare wandern lässt.

»Ich wusste nicht, dass du eine Brille brauchst.«

»Tagsüber trage ich meist Kontaktlinsen.« Ich zucke mit den Schultern, trete zur Seite, um ihn hereinzulassen, und schließe die Tür. »Ich habe heute einige Stunden vor dem Computer verbracht, und das strengt meine Augen an. Mit der Brille ist es jetzt angenehmer«, murmle ich und weiß nicht, was ich von seinem Blick halten soll.

»Mit Brille siehst du noch süßer aus.« Er legt seine Hand um meine nackte Taille. Ich erschauere unter seiner Berührung und der Kälte seiner Handflächen. »Ich mag sie.«

»Danke«, sage ich leise, bevor er mir einen flüchtigen Kuss gibt und mir Pebbles abnimmt, der sich über Mavericks Besuch freut und kaum zu halten ist.

»Woran hast du gearbeitet?«, fragt er und zieht seine Jacke und seine Stiefel aus, als wir meine Wohnung erreicht haben.

»Ich habe mit Cybil die Inneneinrichtung des Ladens geplant. Wir haben Farben und eine Tapete ausgesucht.« Die Mikrowelle signalisiert mit einem Ping, dass das Popcorn fertig ist. Ich nehme es heraus, gebe es in eine Schüssel und stelle es auf den kleinen Tisch neben der Couch. »Du wirst nicht glauben, was heute noch passiert ist.«

»Was denn?«

»Mein Chef Liam hat vorgeschlagen, die Wand zwischen dem Laden und dem Café zu öffnen und die Räume zu verbinden. Das ganze Gebäude gehört seiner Familie. Er hat das sofort geklärt. Alle sind begeistert von der Idee und haben bereits zugestimmt.«

»Wirklich?«

»Ich wusste zuerst auch nicht, ob er das ernst meint. Aber er sagte, dass er nie Scherze macht, wenn es um das Geschäftliche geht. Jetzt müssen wir nur noch mit einem Anwalt sprechen und alles schriftlich festhalten. Das Café ist vielleicht nicht den ganzen Tag über gut besucht, hat aber viele Stammkunden. Und während die Leute auf ihre Bestellung warten, können sie im Laden stöbern und hoffentlich etwas kaufen.«

»Das klingt gut.«

»Setz dich doch. Möchtest du etwas trinken?«, frage ich und merke, wie unhöflich es war, ihm nichts angeboten zu haben.

»Ich trinke wie du eine Limo«, sagt er und nimmt mit Pebbles im Arm auf der Couch Platz. Ich hole ihm eine und setze mich neben ihn. »Tanner hat mich heute Abend angerufen und mich gebeten, ihm morgen beim Abbau der Wand zu helfen.«

Ich grinse. »Ich war noch nie in meinem Leben so aufgeregt wegen einer Baustelle.« Ich lehne mich an ihn. »Sobald wir mit allem fertig sind, werde ich dir Kekse backen, wie ich es versprochen habe.«

»Darauf freue ich mich schon jetzt.« Er wirft mir einen sanften Blick zu.

»Welchen Film hast du mitgebracht?«, will ich wissen, stehe auf und dimme das Licht, bevor ich es mir mit einer Decke und dem Popcorn wieder neben ihm auf der Couch bequem mache.

»Das wirst du gleich sehen.« Maverick legt die DVD ein und startet den Player. Während wir beobachten, wie eine Gruppe von Kindern herausfindet, dass sie unwissentlich Superkräfte von der Absturzstelle eines UFOs bekommen haben, zieht er mich an seine Seite und wickelt meine Füße in die Decke.

Während der Film läuft, fallen mir die Lider zu. Es ist schön, bei Maverick zu sein. In seiner Gegenwart fühle ich mich einfach nur wohl, denke nicht darüber nach, ob ich das richtige Outfit trage, und vergesse all meine Sorgen. Es fühlt sich gut an. Zeit mit ihm zu verbringen, fühlt sich gut an. Ich hoffe nur, dass es so bleibt.

13. Kapitel

Maverick

Ich breche noch ein Stück aus der Wand, bevor ich mich aufrichte und Tanner den Vorschlaghammer reiche. Mit einem Zipfel meines Hemdes wische ich mir über mein staubiges Gesicht.

»Ich dachte, ich hätte gestern Abend deinen Truck am Haus parken sehen«, sagt Tanner und begutachtet den Rest, der noch von der Wand übrig ist.

»Ja, das war meiner«, gebe ich zu. Ich kann ihn nicht anlügen, denn erstens würde er mich durchschauen, und zweitens ist er wie ein Bruder für mich und einer der wenigen Menschen, denen ich jemals in meinem Leben vertraut habe. Ich würde nie etwas tun, was unsere Beziehung gefährden würde. Nicht ihm gegenüber und nicht bei Blake.

»Du verbringst viel Zeit mit Jade«, stellt er fest und sieht mich an. Ich nicke nur. »Willst du darüber reden?«

»Nein«, sage ich, und er lächelt.

»Okay. Aber lass es langsam angehen.«

»Was soll er langsam angehen?«, fragt Blake, der in dem Moment mit Mason den Laden betritt. Die beiden haben Werkzeug und Abdeckplanen mitgebracht.

»Mav verbringt Zeit mit Jade.«

»Mit Cybils bester Freundin?«, will Blake wissen und sieht mich aufmerksam an. Vielleicht hatte Jade recht, dass Männer mehr tratschen als Frauen.

»Ja«, antwortet Tanner.

»Sie scheint nett zu sein. Ich bin ihr schon ein paar Mal begegnet.« Blake nimmt Tanner den Vorschlaghammer ab und betrachtet die halb abgetragene Wand.

»Das ist sie. In letzter Zeit hat sie viel durchgemacht. Cybil und ihre Eltern waren sehr besorgt um sie.«

»Was ist passiert?«, fragt Blake.

»Sie hat ihren Buchladen in Oregon verloren, etwa zur gleichen Zeit, als ihr Ex sie bestohlen hat.«

»Ihr Ex hat sie bestohlen?«, hake ich nach, und Tanners Blick fällt auf mich.

»Ja, er hat sich Geld von ihr geliehen, um ein Unternehmen zu gründen, und es nicht zurückgezahlt. Sie brauchte es dringend, um über die Runden zu kommen, bis sie einen neuen Job gefunden hat«, erklärt Tanner. Seine Worte fühlen sich wie ein Tritt in meinen Hintern an. Jetzt verstehe ich, was sie meinte, als sie von ihren Problemen mit Männern sprach. Kein Wunder, dass sie so vorsichtig ist. Sie will erst mal herausfinden, ob sie mir wirklich vertrauen kann.

»Könnte es unter uns bleiben, dass wir uns treffen? Sie will es erst einmal für sich behalten«, bitte ich die Jungs.

»Ich glaube, Margret ahnt schon, dass zwischen euch beiden etwas läuft«, gibt Mason zu bedenken. »Sie hat gesehen, wie ihr euch geküsst habt.«

»Dann sag ihr bitte, dass sie vorerst nicht darüber reden soll.«

»Wird gemacht.«

»Cybil hat auch bemerkt, dass du häufig bei Jade bist. Vermutlich weiß sie von euch, zumal sie Jade sehr gut kennt«, sagt Tanner, und ich verschränke meine Arme vor der Brust.

»Okay, dann versprecht mir bitte, so zu tun, als wüsstet ihr nichts.«

»Dich hat's erwischt, Alter«, murmelt Tanner und grinst Blake und Mason an, die sich ihrerseits ein Grinsen nicht verkneifen können. »Blake, wie läuft es mit den Hochzeitsvorbereitungen?«, wechselt Tanner das Thema. Blake schwingt den Vorschlaghammer und löst einen großen Brocken Mauerwerk aus der Wand.

»Ich glaube, ganz gut. Mom und Everly haben endlich aufgegeben, mit mir sämtliche Details besprechen zu wollen.« Er reicht Mason den Hammer und tritt einen Schritt zurück. »Ich habe Everly vorgeschlagen, einfach nach Vegas zu fahren, aber sie wollte nicht.«

»Eine Hochzeitsfeier in kleinem Kreis ist viel schöner«, sagt Tanner und schnappt sich einen großen schwarzen Müllsack.

»Ich will sie einfach nur heiraten und Sam adoptieren. Dafür brauche ich die ganze Show nicht.«

»Glückliche Frau, glückliches Leben«, bemerkt Mason grinsend.

»Wann hörst du endlich auf, meiner Schwester den Hof zu machen und steckst ihr einen Ring an den Finger?«, fragt Blake an Mason gewandt. Das würde mich auch interessieren, weil die beiden so verliebt sind, dass alle auf die Verlobung warten. Blake und Mason sind von klein auf befreundet, und weil Margret Blakes Zwillingsschwester ist, war sie auch immer in der Nähe. Doch Blake hat immer deutlich gemacht, dass er nicht zulassen wird, dass einer seiner Freunde mit seiner kleinen Schwester ausgeht. Trotzdem waren wir alle der Meinung, dass Margret und Mason zusammen sein sollten. Als Margret die Beziehung zum Vater ihrer Tochter beendet hatte, war sie für Mason tabu. Erst Everly konnte Blake überzeugen, nicht so ein beschützerischer Bruder zu sein. Dann dauerte es noch eine Weile, bis sich Margret und Mason eingestehen konnten, was sie füreinander empfinden.

»Ich werde demnächst mit deinem Dad reden«, entgegnet Mason, und ich streiche mir über die Brust. Bei Dave, Blakes und Margrets Dad, wurde vor einiger Zeit Krebs diagnostiziert. Blake wusste es als einziger und musste Dave versprechen, niemandem etwas zu erzählen. Irgendwann konnte Dave seine Krankheit nicht mehr verbergen. Mit der Unterstützung seiner ganzen Familie begann er dann eine neue Behandlung, die er bis jetzt gut vertragen hat. Trotzdem machen wir uns alle Sorgen, dass sich das jederzeit ändern könnte. »Ich dachte daran, Margret an Weihnachten zu fragen.«

»Okay«, sagt Blake. »Meinen Segen hast du.«

»Es ist mir egal, ob ich deinen Segen habe oder nicht«, erwidert Mason und bringt uns alle zum Lachen.

»Ist euch eigentlich klar, dass wir inzwischen fast alle verheiratet sind?« Tanner schaut sich in der Gruppe um, bevor sein Blick auf mir landet. »Sieht so aus, als wärst du der Nächste, Bruder.«

»Ich werde niemals heiraten«, erkläre ich mit Nachdruck, und Tanner hebt eine Augenbraue. »Ich freue mich für euch, aber die Ehe ist wirklich nicht mein Ding.« Ich ignoriere die Stimme in meinem Hinterkopf, die mich daran erinnert, dass ich noch nie so verliebt war wie in Jade. Ständig versuche ich, sie zu sehen, und benehme mich wie ein Idiot, wenn sie mich daran erinnert, unsere Treffen geheim zu halten. Und das nur, weil ich will, dass alle wissen, dass sie zu mir gehört.

»Das werden wir ja sehen«, murmelt Blake.

»Wie wäre es, wenn wir uns darauf konzentrieren, den Scheiß hier zu erledigen?« Ich nehme Tanner den Müllsack ab und wir beide beginnen, den Boden von den Trümmern zu befreien. Mason und Blake reißen in der Zwischenzeit die Wand auf der gegenüberliegenden Seite heraus. Als wir auch die Balken entfernt und die Wände an den Bruchkanten neu verputzt haben, wird es schon dunkel.

»Oh mein Gott«, höre ich Cybil sagen und drehe mich um. Sie steht zusammen mit Jade, die Claire hält, und Everly, die

Sam hat, sowie Margret und ihrer Tochter Taylor in der Tür. Sie alle betrachten unsere Baustelle. »Es sieht so viel größer aus.« Cybil eilt zu Tanner und umarmt ihn dankbar, während Margret zu Mason geht und einen Kuss von ihm bekommt. Everly schmiegt sich an Blakes Seite.

Nur Jade steht weiterhin an der Tür, beobachtet stumm ihre Freundinnen und scheint die baulichen Veränderungen kaum wahrzunehmen. Meine Finger zucken nervös. Verdammt, ich bin hoffnungslos verknallt in sie und werde die Heimlichtuerei auf keinen Fall lange durchhalten können. Obwohl ich sie erst vor ein paar Stunden gesehen habe, will ich sie in die Arme nehmen und sie vor allen anderen küssen.

»Ihr habt eine Menge geschafft«, bemerkt Jade und kommt auf mich zu, weil Claire brabbelt und ihre Hände nach mir ausstreckt.

»Ich bin komplett eingestaubt, Babe. So kann ich sie nicht halten«, sage ich leise zu Jade. Sie leckt sich über die Unterlippe, während ihr Blick auf meinen Mund fällt. Gut zu wissen, dass ich nicht der Einzige bin, der gegen seinen Instinkt ankämpft.

»Ihr seid bestimmt hungrig. Wollt ihr mit zu uns kommen? Wir können unterwegs anhalten und ein paar Pizzen holen«, schlägt Cybil vor.

»Das hört sich gut an.« Blake und Mason stimmen sofort zu.

»Großartig«, sagt Cybil und sieht sich um. »Sollen wir euch noch schnell beim Aufräumen helfen?«

»Nein, das machen wir Morgen. Während Mav und Blake die Löcher in den Wänden zuspachteln, kann ich die Farbe besorgen, die ihr euch ausgesucht habt. Und dann streichen wir die Wände.«

»So schnell?«, fragt Jade.

»Malen ist einfach. Aber für die vielen Regale werden wir etwas mehr Zeit brauchen«, sagt Tanner und küsst Claire auf die Wange, als sie immer wieder *Dada* brabbelt.

»Okay«, sagt Cybil. »Wir Mädels holen das Essen, und ihr Männer könnt euch umziehen. Wir treffen uns dann bei uns.« Alle nicken zustimmend, bevor sich die Frauen verabschieden und uns Männer allein lassen.

»Wir sollten eine Wette abschließen«, sagt Blake, als wir das Gebäude verlassen. »Ich wette, dass Mav in spätestens einer Woche die Sache mit Jade offiziell macht.«

»Verdammt, du bist wirklich großzügig. Ich vermute, er steht die Heimlichtuerei nicht bis morgen durch und wird sich schon heute Abend nicht mehr zusammenreißen können«, meint Mason und sieht mich an. »Nichts für ungut, Mann, aber ich habe gemerkt, wie angespannt du warst, als sie vorhin in den Laden kam.«

»Ich glaube, dass er durchhält, bis Jade ihm grünes Licht gibt, es sei denn, es passiert etwas und er ist gezwungen, die Deckung zu verlassen«, mutmaßt Tanner.

»Gut zu wissen, dass wenigstens eine Person an mich glaubt«, murmle ich. »Bis später, Jungs«, rufe ich ihnen zu, als ich meinen Truck erreiche.

Ich verlasse das Haus, setze mich in meinen Truck und fahre die wenigen Meter bis zu Cybils Werkstatt. Während wir alle zusammen Pizza gegessen haben, hat mir Jade eine Nachricht geschickt. Sie wollte wissen, ob wir uns später noch bei ihr treffen, um uns einen Film anzusehen. Sie musste mich nicht zweimal bitten. Den ganzen Abend haben wir alle gemeinsam verbracht, sodass ich keine Gelegenheit hatte, sie zu berühren. Eine ganz besondere Art von Folter. Ich wollte auf keinen Fall nach Hause fahren, ohne sie vorher noch in die Finger zu bekommen.

Ich klopfe an die Tür und warte. Es dauert einen Moment, bis ich ihre Schritte höre und sie vor mir steht. Mein Magen zieht sich zusammen, wie gestern Abend, als ich sie mit ihrer Brille, einem unordentlichen Dutt und ungeschminktem Gesicht gesehen habe. Verdammt, sie ist wunderschön.

»Hey«, begrüßt sie mich lächelnd. Ohne darüber nachzudenken, führe ich sie zurück ins Haus, trete die Tür hinter mir zu und verschmelze mit ihr in einem tiefen Kuss. Wie jedes Mal, wenn ich sie geküsst habe, verbinden sich unsere Körper. Ich lasse meine Hände über ihren Hintern zu ihren Oberschenkeln gleiten und hebe sie hoch. Dann trage ich sie in ihre Wohnung bis zu ihrem Bett und lasse mich mit ihr auf den Rücken fallen. Das zarte Geräusch, das sie macht, lässt meinen ohnehin schon harten Schwanz noch härter werden.

»Ich wollte dich vorhin so gerne küssen«, sagt sie und drückt ihre Nägel in meine Schulter, während ich mit meinem Mund ihren Hals hinunter bis zu den Spitzen ihrer Brüste liebkose.

»Ich hätte dich nicht aufgehalten«, flüstere ich und ziehe mich zurück, um sie anzusehen. Dann nehme ich ihr die Brille ab und lege sie auf den Nachttisch. Ich halte Jade fest und drehe sie auf den Rücken, bevor ich ihren Dutt löse und ihr Haar auf den Kissen ausbreite. »Du bist so verdammt schön.«

Ich küsse wieder ihren Hals abwärts. Mit einer Hand greife ich nach ihrer Brust und höre sie stöhnen. Ohne zu zögern, schiebe ich ihr T-Shirt nach oben und beobachte, wie sich ihre Nippel aufstellen, bevor ich einen von ihnen mit meinem Mund bedecke. Sie wimmert, ihre Lider fallen zu und sie drückt ihren Kopf in die Kissen. Ich wechsle zur anderen Brust, lecke und sauge und spüre, wie Jade ihre Hüften an mich presst.

Sie ist bereit für mich, denke ich und löse mich von ihr, um ihr die Shorts und das Höschen auszuziehen, bevor ich mich meines Hemdes entledige. Sobald ich wieder auf ihr liege, versinken wir in einem leidenschaftlichen Kuss.

»Mav«, keucht sie. »Zieh dich aus. Ich will dich spüren.« Sie hebt ihre Hüften, während meine Erektion die Grenzen meines Reißverschlusses testet.

»Verdammt«, entfährt es mir. Das hatte ich eigentlich noch nicht vor. Mein Mund findet den ihren, und ich küsse sie tief, bevor ich aufstehe und ein Kondom hole. »Zieh dein Shirt aus, Babe«, befehle ich ihr. Wir beobachten uns gegenseitig, während ich meine Jeans und die Boxershorts abstreife und sie sich aufsetzt und ihr T-Shirt ablegt. Ich küsse sie heiß und fordernd und drücke sie gleichzeitig mit meinem Gewicht nach hinten. Ihre Beine umschlingen meine Hüften, und meine Härte stößt an ihren Eingang. Sie ist nass und warm, und ich will nichts anderes, als in ihr zu versinken.

»Babe, du machst mich so an.« Ich beiße in ihr Ohrläppchen. »Ich kann mich nicht entscheiden, ob ich dich zuerst schmecken oder vögeln will.«

»Vögel mich.« Sie drückt mich fester an sich, und ich bewege meine Hand zwischen uns, um mit meinen Fingern durch ihre Nässe zu fahren.

»Bist du sicher, dass du meinen Mund nicht genau hier haben willst?« Ich rolle ihre Klit, und sie stöhnt. »Willst du nicht, dass ich dich zuerst vernasche?« Ich schiebe zwei Finger in sie hinein, und ihr Innerstes zieht sich zusammen. »Du hast recht, Babe, deine Pussy ist hungrig.«

Ich verwöhne sie noch eine Weile und beobachte sie, bis sie kurz davor ist, zu kommen. Dann streife ich mir ein Kondom über, und dringe langsam in sie ein. Ihre Nägel krallen sich in meine Schultern, und ihre Hüften heben sich vom Bett. Ich versinke noch tiefer in ihr und versuche, die Kontrolle zu behalten. Um mich von dem Drang abzulenken, schon jetzt zu kommen, küsse ich sie tief und spiele mit ihrer Zunge.

Sie passt perfekt zu mir, sie fühlt sich unter mir genauso ideal an wie gestern Abend, als wir nichts weiter taten, als einen Film zu schauen. Als ich mich aus ihr zurückziehe, öffnen sich ihre Lider und ihr Blick trifft den meinen, was ein seltsames Gefühl in meiner Brust auslöst.

»Oh Gott«, stöhnt sie und kratzt mit ihren Nägeln über meinen Rücken, während ich langsam in sie stoße, ihre Handgelenke nehme und über ihrem Kopf festhalte.

»Lass deine Hände hier. Sonst kann ich mich nicht mehr beherrschen«, raune ich, und sie krallt sich in ihr Kissen. Ich bewege langsam meine Hüften und beobachte sie dabei, um herauszufinden, was sie mag und was nicht. Dann beuge ich mich zu ihren festen Brüsten und sauge einen Nippel zwischen meine Lippen. Als sie stöhnt und wimmert, bewege ich mich immer schneller und spüre, wie ihre Pussy heißer und enger wird. Sie ist kurz davor, also gleite ich mit meiner Hand zwischen uns und lehne mich zurück, um ihre Klit zu verwöhnen.

Sie ist perfekt. Alles an ihr ist perfekt.

Meine Wirbelsäule beginnt zu kribbeln, und Jade stöhnt immer lauter. Wir sind beide ganz nah dran.

»Mav«, wimmert sie.

»Lass dich fallen, Babe.« Ich küsse sie, während sich ihre Pussy so sehr zusammenzieht, dass es fast schmerzt, wenn ich mich in ihr bewege. »Fuck, Babe«, stöhne ich, betrachte ihr schönes Gesicht und spüre, dass sie zu kommen beginnt.

Ich stoße härter und schneller, bis unsere Körper zucken. Dann dringe ich noch einmal tief in sie ein, bevor wir zusammen über die Klippe fallen. Mein Herz hämmert in meiner Brust, und ich rolle mich auf den Rücken, sodass sie auf mir liegt, während ihr Inneres weiterhin um mich pulsiert. Auch sie ist außer Atem, und ihr Körper bebt noch immer ganz leicht. Ich drücke sie an mich und breite die Decke über uns aus, um diesen wunderbaren Moment mit ihr bis zum Letzten auszukosten.

»Bin ich zu schwer?«, fragt sie verschlafen, und ich lächle.

»Auf keinen Fall.« Ich küsse ihren Kopf und spüre ihren Herzschlag.

»Ich hätte nicht gedacht, dass du auch nur ein bisschen an mir interessiert bist.«

»Was?«, frage ich lachend, weil ich immer noch halb hart in ihr bin.

»Du hast mich behandelt, als wäre ich die kleine Schwester von einem deiner Freunde. Wie sollte ich da annehmen können, dass du dich zu mir hingezogen fühlst.«

»Ich fühle mich definitiv zu dir hingezogen.«

»Das weiß ich jetzt, aber vorher war mir das nicht klar. Du bist sehr schwer zu lesen.«

»Ich habe dir gesagt, dass ich versuche, Abstand zu halten.«

»Warum?«

Weil du die Art von Frau bist, an die ich mein Herz verlieren könnte.

»Genau wie du wollte ich die Dinge nicht verkomplizieren.«

»Und jetzt ist es anders?«

»Ja, jetzt ist es anders«, sage ich leise und drehe sie auf den Rücken. »Ich bin gleich wieder da.« Ich küsse sie auf die Stirn und steige aus dem Bett.

»Ich werde hier sein«, murmelt sie, während ich grinsend im Bad verschwinde. Nachdem ich das Kondom entsorgt habe, nehme ich einen Lappen aus dem Regal und feuchte ihn mit warmem Wasser an. Dann gehe ich zurück zu ihr und greife nach der Bettdecke. Sie stößt vor Schreck einen klitzekleinen Schrei aus.

»Ich mache dich nur sauber«, beruhige ich sie, und sie schaut mich überrascht an. Nachdem ich sie mit sanften Bewegungen abgewischt habe, bringe ich den Lappen ins Bad und schalte alle Lichter aus. Nur die kleine Nachttischlampe lasse ich brennen, bevor ich zu ihr ins Bett steige und sie an mich ziehe.

»Ich wollte dir noch danken, dass du Tanner heute im Laden geholfen hast.«

»Gern geschehen, Babe.« Ich küsse sie auf die Stirn und streiche mit meinen Fingern über ihren Arm.

Sie schmiegt sich an mich, und ihr Atem wird gleichmäßiger. Mir ist bewusst, dass ich aufstehen und gehen sollte. Stattdessen schließe ich meine Augen, genieße diesen Moment des Glücks und schlafe mit ihr in meinen Armen ein.

14. Kapitel

Jade

Ich drücke meine Wange an Mavericks nackte Brust und erschauere, während er seine Finger über meine Hüfte tanzen lässt. Als mein Magen knurrt, muss ich laut lachen.

»Hast du Hunger?«, fragt er leise und klingt verschlafen. Ich lehne meinen Kopf zurück und betrachte sein Gesicht.

»Du hältst mich seit Stunden in deinem Bett gefangen, unter dem Vorwand, du würdest mir Frühstück machen. Und jetzt ist es Mittag.«

»Arme Kleine.« Er grinst, zieht mich an seinem Körper hoch, um mein Gesicht näher an seins zu bringen. Ich streiche mit den Fingern durch sein Haar. »Wann triffst du dich mit Cybil?«

»Um zwei«, antworte ich, schaue in seine Augen und verliere mich in ihnen. Ich liebe es, wie er mich ansieht.

»Dann sollte ich jetzt aufstehen und dich füttern.« Er rollt mich auf den Rücken, sodass ich einen überraschten Laut ausstoße. »Viel lieber würde ich dich noch ein paar Stunden in meinem Bett gefangen halten.« Ich hebe meine Hüften, um ihm zu zeigen, dass ich nichts dagegen habe. Allerdings beschwert sich mein Magen mit einem Knurren. »Komm, wir essen eine Kleinigkeit.« Er küsst mich und zieht mich mit sich aus dem Bett. Dann reicht er mir eines seiner T-Shirts und schlüpft in seine Boxershorts, bevor er meine Hand ergreift und mich aus dem Zimmer führt.

In der Küche drängt er mich, auf einem der Hocker an der

Kücheninsel Platz zu nehmen, indem er mich einfach hoch-hebt und draufsetzt, bevor er mich erneut küsst.

»Hast du Lust auf ein gegrilltes Käsesandwich?«, fragt er, während er mit einer meiner Locken spielt.

»Ja.«

»Gut.« Er lässt mich los und bereitet unser Essen zu. Ich hole mir ein Glas Wasser und nehme einen Schluck, um mein Lächeln zu verbergen, während ich ihm dabei zusehe, wie er vier Scheiben Brot buttert. Als ich das erste Mal hier war und er für mich gekocht hat, ähnlich wie jetzt, ohne Hemd und barfuß, war ich mir sicher, dass er kein Interesse an mir hatte. Inzwischen habe ich jeden Zentimeter von ihm mehr als ein-mal geküsst und berührt, und mit ihm zusammen zu sein, fühlt sich mit jedem Mal noch besser an. Jede einzelne Nacht mit ihm war spektakulär.

»Warum lächelst du?«, fragt er und begegnet meinem Blick, während er den Käse aus dem Kühlschrank nimmt. Ich zucke mit einer Schulter.

»Ich bin nur glücklich«, gebe ich zu, und seine Miene wird sanft. Er konzentriert sich wieder auf unser Frühstück, schnei-det den Käse auf, verteilt ihn auf den Brotscheiben und klappt je zwei zusammen, um die Sandwiches dann in die schon heiße Pfanne zu geben.

»Ich auch«, sagt er leise, als er sich wieder zu mir umdreht. Das Klingeln seines Telefons unterbricht den Moment. »Sagst du mir, wer uns gerade jetzt stören muss?«, bittet er mich und wendet sich wieder dem Herd zu. Mich beschleicht ein seltsa-mes Gefühl, als ich den Namen Lizzy auf dem Display sehe.

»Ähm, es ist jemand namens Lizzy. Sie schickt dir eine Face-Time-Anfrage.«

»Meine Schwester.« Lächelnd nimmt er mir das Telefon aus der Hand und streicht mit dem Finger über das Display. Sobald die Verbindung hergestellt ist, ist die Küche erfüllt von

Lärm.

»Hey, kleiner Bruder«, ruft eine Frau und versucht, sich über die Stimmen im Hintergrund verständlich zu machen. »Du hast dich seit ein paar Tagen nicht mehr gemeldet.«

»Das tut mir leid«, sagt Maverick und geht zurück zum Herd. Über seine Schulter hinweg kann ich seine Schwester auf dem Bildschirm sehen. Selbst von meinem Platz aus erkenne ich die gleichen dunklen Haare und die markanten Gesichtszüge, die auch ihr Bruder hat. »Ich habe Tanner geholfen.«

»Mom, ist das Onkel Maverick?«, ruft ein kleiner Junge. »Ich will auch mit ihm reden«, sagt eine weitere Kinderstimme.

»Wartet noch einen Moment. Ich spreche gerade mit ihm«, versucht Lizzy, die beiden davon abzuhalten, sich zwischen sie und das Telefon zu drängen. Vergebens.

»Wer ist die Frau in deiner Küche?«, fragt einer der Jungs.

»Warte, du hast Besuch von einer Frau?«, will Lizzy wissen, und meine Augen weiten sich, als ihr Gesicht wieder auf dem Bildschirm erscheint. Mir wird bewusst, dass sie mich auch sehen kann, wenn ich sie sehe. Als sich Maverick zu mir umdreht, überlege ich kurz, ob ich mich unter den Tresen ducken soll. Doch Maverick ist schneller und kommt auf mich zu.

»Lizzy, ich möchte dir Jade vorstellen. Babe, das ist meine Schwester Lizzy.« Er hält mir das Telefon vor die Nase, und ich bin mir sicher, dass ich wie ein Reh im Scheinwerferlicht aussehe.

»Hm.« Ich räuspere mich. »Schön, dich kennenzulernen.«

»Freut mich auch«, erwidert sie und betrachtet mich interessiert, bevor Maverick das Display wieder auf sich selbst richtet. »Sag schon, wer ist sie?«

»Später.« Er legt das Handy auf die Insel, küsst mich und geht wieder zum Herd. »Ich rufe dich zurück, Lizzy. Jade und ich wollten gerade etwas essen.«

»Wehe, du vergisst es«, sagt sie streng.

»Ich werde mich melden«, versichert er ihr. »Gib den Jungs einen Kuss und sag ihnen, dass wir uns später unterhalten.«

»Das werde ich«, verspricht sie, bevor der Bildschirm schwarz wird.

»Du weißt schon, dass ich nichts als dein T-Shirt trage, meine Haare aussehen, als hätten wir die ganze Nacht Sex gehabt, und mein Make-up eine einzige Katastrophe sein muss. Und in dem Zustand hast du mich gerade deiner Schwester vorgestellt.« Ich rolle gespielt genervt mit den Augen und nehme meine Haare zusammen, um sie zu einem Dutt zu binden. Dann halte ich inne, weil ich merke, dass mein Gummiband nicht an meinem Handgelenk ist. »Wenn du jedes Mal, wenn wir zusammen sind, meine Haargummis versteckst, habe ich bald keine mehr.«

»Du könntest dein Haar offen tragen, wenn wir uns treffen.« Er legt die gegrillten Käsesandwiches auf einen Teller. »Und dein Make-up ist in Ordnung, deine Haare wie immer wunderschön, und meine Schwester weiß nicht, dass du nur mein T-Shirt trägst. Sie konnte nur dein Gesicht sehen.«

»Dann muss ich mir ja keine Sorgen um meinen guten Ruf machen«, erkläre ich ihm grinsend, während er sich zwei Küchentücher über die Schulter wirft, beide Teller auf einer Hand balanciert und mit der anderen Limonade aus dem Kühlschrank holt.

»Komm schon.« Er deutet mit dem Kinn an, dass ich ihm folgen soll, und ignoriert meinen Kommentar.

»Wohin gehen wir?«

»Zurück ins Bett«, sagt er, also nehme ich mein Wasserglas und folge ihm. Als ich mich neben ihn auf das Bett setze, fällt mir Lizzys Kommentar wieder ein.

»Du lässt sonst keine Frauen in dein Haus?«

»Nö.« Er breitet eines der Küchentücher auf meinen Knien aus und reicht mir einen der beiden Teller.

»Niemals?« Das überrascht mich. Er ist ein gutaussehender Mann, und ich habe keine Zweifel, dass er problemlos fast jede Frau in sein Bett bekommen könnte, wenn er wollte.

»Niemals.«

»Warum nicht?«

»Ich mag keine Frauen in meinem Haus«, sagt er und ich blinzle. Seit wir beschlossen haben, zu sehen, wie es mit uns weitergeht, war ich mehr als einmal bei ihm zu Hause. Bereits bei unserem ersten Date hat er mich dazu eingeladen, bei ihm zu übernachten. Bis auf die seltsame Situation, als er unsere Vereinbarung anzweifelte, hatte ich nie das Gefühl, als wolle er mich nicht bei sich haben.

»Du bist die Ausnahme, Babe. Ich mag es, wenn du hier bei mir bist«, sagt er, als hätte er meine Gedanken gelesen.

»Dir gefällt, dass ich hier bei dir bin?«, hake ich nach, weil ich kaum glauben kann, was er sagt. Die Freude darüber verdrängt den Drang zu fragen, warum er sonst keine Frauen in seinem Haus mag.

»Ja.« Er stupst den Teller auf meinem Schoß an. »Jetzt iss, bevor dein Sandwich kalt wird.« Vermutlich ist das seine Art zu sagen, dass er mit dem Gespräch fertig ist. Ich nehme mein Sandwich in die Hand und beiße hinein. Wie alles, was er bisher für mich zubereitet hat, ist es köstlich. »Du weißt, was das für mein Ego bedeutet?«

»Was? Wovon sprichst du?«, frage ich lachend und mit vollem Mund.

»Du stöhnst jedes Mal, wenn du isst, was ich für dich koche, als hättest du tagelang nichts gegessen und als wäre es das Beste, was du je in deinem Leben probiert hast.«

»Du bist ein guter Koch.«

»Das ist nur ein gegrilltes Käsesandwich. Du hast uns vor

ein paar Tagen auch sowas gemacht.« Das stimmt. Nachdem wir fantastischen Sex hatten, war ich am Verhungern. Also habe ich uns etwas Einfaches zubereitet, von dem ich wusste, dass ich es nicht vermasseln kann.

»Ich denke schon, aber deine schmecken einfach besser.« Ich nehme noch einen Bissen. »Ist es okay für dich, dass deine Schwester von mir weiß?«, frage ich leise.

»Schon vergessen? Ich bin derjenige, der euch einander vorgestellt hat. Und nein, ich habe kein Problem damit. Vielleicht hätte ich dich fragen sollen, ob es für dich okay ist.«

»Ja, ich meine, nein. Für mich ist das okay.« Ich stelle ein wenig überrascht fest, dass ich nichts dagegen habe, dass seine Schwester von uns weiß. Dass er bereit ist, der Frau, die ihn großgezogen hat, von uns zu erzählen, gibt mir ein Gefühl der Sicherheit, auch wenn das seltsam klingt. Allerdings weiß ich nicht, ob ich Cybil von uns erzählen möchte.

»Lizzy und ihre Familie werden mich zu Silvester besuchen. Ich möchte, dass du sie kennenlernst.«

»Das wäre schön«, sage ich und hoffe inständig, dass wir in ein paar Monaten, wenn das neue Jahr anbricht, immer noch zusammen sein werden. Bei dem Gedanken, dass wir es nicht sein werden, wird mir übel. Zum Glück habe ich mein Sandwich schon gegessen.

»Komm näher«, fordert er mich auf und nimmt den Teller und das Küchentuch von meinem Schoß. Ich lehne mich an seine Seite, und er küsst mich sanft und drückt seine Stirn an meine. »Wir sind ein gutes Team.«

»Das sind wir«, stimme ich mit einem kleinen Lächeln zu, und er streichelt mir über den Nacken und gibt mir einen zärtlichen Kuss. Ich befreie mich aus seinen Armen, um es noch rechtzeitig zu Cybil in unseren Laden zu schaffen, obwohl ich nichts lieber täte, als den Rest des Tages mit ihm im Bett zu verbringen. Das Einzige, was den Abschied etwas leichter macht, ist seine Ankündigung, mich heute Abend bei mir in der Wohnung zu besuchen.

»Hattest du nicht behauptet, das wäre ganz einfach?«, frage ich Cybil, während ich ganz oben auf der Leiter stehe und eine Tapetenbahn halte, die schwerer ist, als sie aussieht. Oder meine Arme brauchen mal wieder etwas Training.

»Ich habe nicht gesagt, dass es einfach wird. Das stand auf der Website vom Online-Shop, wo wir sie bestellt haben.« Sie blickt mich an, bevor sie weiter mit der Walzenbürste hantiert, um die Unebenheiten und Blasen der Tapete zu entfernen. »Vielleicht machen wir etwas falsch.«

»Vielleicht hätten wir die Jungs bitten sollen, das zu erledigen«, murmle ich und schaue zu den Regalen, die vor den gestrichenen Wänden stehen. Die Jungs haben in nur wenigen Tagen die ganze Ladeneinrichtung zusammengebaut. Was sie in so kurzer Zeit geleistet haben, ist wirklich beeindruckend.

Cybil und ich haben daher beschlossen, die Regale selbst zu streichen und die beiden kleinen Wände mit der Tapete zu bekleben, die einen tollen Akzent in unserem Raumkonzept setzen soll. Nur leider kommen wir nicht so gut voran, wie wir gedacht haben. Wir sind seit jetzt fast drei Stunden hier und haben noch nicht einmal eine Wand fertig.

»Keine von uns beiden hat jemals zuvor tapeziert«, merkt Cybil an.

»Ich weiß«, entgegne ich müde und schaue zu, wie sie mit einer scharfen Klinge die überschüssige Tapete oberhalb der Fußleiste abschneidet. »Aber ich werde das Gefühl nicht los, dass wir irgendwas falsch machen und es eigentlich viel einfacher sein sollte.« Stufe für Stufe von der Leiter steigend, streiche ich ein letztes Mal mit dem großen Schwamm über die erste Tapetenbahn. Als ich auf dem Boden ankomme, treten wir beide zurück, um unsere Arbeit zu begutachten. »Eigentlich bin ich ganz zufrieden.« Ich neige meinen Kopf erst in die eine, dann in die andere Richtung, als könnte ich so feststellen, ob die Bahn schief platziert ist oder nicht.

»Ich finde, es sieht toll aus.« Cybil legt ihren Arm um meine Taille und ihren Kopf auf meine Schulter. »Ich weiß nicht, wie es dir geht, aber ich bin hundemüde.«

»Das kann ich mir vorstellen. Ich auch, und ich habe kein Baby, das mich die halbe Nacht wachhält.« Ich lehne meinen Kopf an den ihren. »Willst du weitermachen oder sollen wir morgen den Rest erledigen?«

»Lass uns diese eine Wand fertig machen.« Sie lässt mich los. »Wir haben ja schon etwas Übung. Vielleicht sind wir in einer Stunde fertig.« Sie rollt eine weitere Bahn aus. Ich füge mich, rühre den Kleister um und bestreiche die Rückseite damit, so wie es in der Anleitung steht. Sobald ich eine gleichmäßige Schicht aufgetragen habe, klettere ich wieder auf die Leiter, denn offenbar leidet meine beste Freundin unter Höhenangst. Cybil reicht mir die Bahn, sobald ich die Hälfte der Leiter erreicht habe, und ich steige weiter hinauf. Oben angekommen, setze ich die Oberkante an. Mit vereinten Kräften versuchen wir, die Bahn so zu schieben, dass sich das Muster von einer Bahn auf die andere fortsetzt. Als wir dieses Problem halbwegs gelöst haben, weht ein kühler Windstoß in den Raum, und ich drehe mich um. Everly und Margret kommen herein, und ich lächle die beiden an.

»Bitte sagt mir, dass ihr uns helfen wollt«, flehe ich anstelle einer Begrüßung.

»Das hatten wir eigentlich nicht vor. Aber wir können euch gern unterstützen«, bietet Margret an, zieht ihren Mantel aus und krempelt die Ärmel hoch. Everly tut das Gleiche.

»Wir sind gekommen, um mit euch über meinen Junggesellinnenabschied zu reden«, sagt Everly, bevor sie zu mir aufschaut. »Wie kann ich helfen?«

»Kannst du mir den Roller geben?«, bitte ich sie.

»Kein Problem.« Sie reicht ihn mir.

»Veranstaltest du eine Party?«, will Cybil von Everly wissen.

»Sie wollte, dass wir uns nur die Nägel machen lassen und spät zu Mittag essen«, antwortet Margret stattdessen. »Aber ich habe ihr klargemacht, dass das inakzeptabel ist. Sie braucht eine richtige Mädelsparty. Also habe ich beschlossen, die Planung selbst in die Hand zu nehmen.«

»Müssen wir uns Sorgen machen?«, fragt Cybil, und Margret rollt mit den Augen.

»Ich habe meinem Bruder versprechen müssen, dass wir nichts tun, was uns eine Nacht im Gefängnis einbringt. Nein, du brauchst dir keine Sorgen zu machen.«

»Ist es normal, dass man im Gefängnis landet, wenn man mit dir ausgeht?«, frage ich Margret.

Sie sieht breit lächelnd zu mir auf. »Nein, das passiert nur, wenn ich alleine unterwegs bin.«

Ich lächle zurück und greife nach dem Schwamm, den mir Cybil reicht. Verdammt, jetzt, wo Margret und Everly hier sind, geht es viel besser voran.

Sobald ich mit dem Glätten der oberen Hälfte fertig bin, steige ich von der Leiter hinunter, überlasse Cybil die untere Hälfte und bestreiche die nächste Bahn mit dem Kleister.

»Du weißt, dass ich mir diese Party nicht entgehen lassen kann«, sagt Cybil und sieht mich fragend an.

»Wenn du willst, kann ich auf Claire aufpassen. Tanner wird ja sicher auch feiern wollen.«

»Kommt nicht infrage«, mischt sich Everly ein und hilft mir, die Tapetenreste aufzusammeln. »Natürlich kommst du mit zu unserer Party.« Margret zwinkert mir zu. Ich bin wieder einmal erstaunt, wie schnell mich alle als Teil der Gruppe akzeptiert haben, obwohl ich weiß, dass es vor allem an Cybil liegt.

»Das wird fantastisch«, schwärmt Margret. »Ich werde ein Ganztagsverwöhnprogramm organisieren und dann eine Party, von denen wir noch unseren Enkeln erzählen werden.«

»Eine unvergessliche Nacht ohne einen Besuch im Gefängnis«, stellt Everly klar.

»Das klingt, als würde ich jeden Freitag verhaftet werden«, schimpft Margret. »Herrgott noch mal. Da landet man einmal auf dem Rücksitz eines Polizeiwagens, und schon traut mir keiner mehr über den Weg.« Über ihr Gespräch amüsiert, steige ich auf die Leiter, um direkt unter der Decke noch ein wenig nachzubessern.

»Okay, und wann findet die Party statt?«, fragt Cybil.

»Am übernächsten Samstag, denn am darauffolgenden Wochenende fahren wir alle zur Hochzeit ins Haus am See«, sagt Margret, und ich merke mir, dass ich an dem Samstag Urlaub nehmen muss und mir auch den Sonntag freihalten sollte, falls ich verkatert bin. Zwei freie Tage an einem Wochenende sollten kein Problem sein, weil Tony und Katie dann meistens im Laden die Stellung halten.

»Du kommst doch zu unserer Hochzeit, oder, Jade?«, fragt Everly, und ich schaue irritiert zu ihr hinunter.

»Auch zur Hochzeit? Ähm, das hatte ich nicht geplant«, stottere ich. »Ich würde gern kommen, ich will mich nur nicht aufdrängen«, füge ich erklärend hinzu.

»Blake und ich würden uns freuen, wenn du dabei bist.«

»Bist du sicher?«

»Auf jeden Fall. Alle Gäste reisen am Freitag an und bleiben dann bis Sonntag.« Sie lächelt mich an. »Du kannst auch ein Date mitbringen, wenn du willst.«

Auf diese Bemerkung war ich nicht gefasst, und ich spüre

einen Knoten im Magen. Weil ich jetzt unmöglich Cybils Blick begegnen will, prüfe ich, ob das Muster der Tapete an den Stößen übereinstimmt. Verdammt, ich hatte immer noch nicht den Mut, ihr zu erzählen, dass ich mich regelmäßig mit Maverick treffe. Und je mehr Zeit vergeht, desto mehr fühle ich mich wie eine schreckliche Freundin. Zum ersten Mal in meinem Leben habe ich das Gefühl, glücklich zu sein. Trotzdem warte ich ständig darauf, dass etwas passiert, etwas Unvorstellbares. Wenn ich ganz ehrlich bin, habe ich furchtbare Angst, Maverick zu verlieren. Obwohl er dauernd Pläne macht, oft schon Tage im Voraus, fürchte ich, er könnte bemerken, dass wir doch nicht zusammenpassen.

»Danke für die Einladung. Falls ich mir frei nehmen kann, werde ich alleine kommen«, sage ich und könnte schwören, dass Margret und Cybil einen verschwörerischen Blick ausgetauscht haben. Aber woher sollen sie von Maverick und mir wissen? Oder ahnen sie etwas?

»Die Tapete ist wunderschön«, sagt Margret. Ich steige von der Leiter und registriere erfreut, dass Margret das Thema gewechselt hat. Sobald ich den Boden unter meinen Füßen spüre, geselle ich mich zu den anderen und betrachte mit ihnen die nun fertige Wand.

»Deshalb haben wir sie ausgesucht, nicht wahr, Jade?«, fragt Cybil, und ich kann ihr nur zustimmen. Der schwarze Hintergrund mit den bunten Blumen und den goldenen Schnörkeln ist ein echter Hingucker, vor allem in Verbindung mit den hellgrauen, fast weiß gestrichenen restlichen Wänden.

»Und was machen wir jetzt?«, fragt Everly.

»Eigentlich wollten wir für heute aufhören, sobald diese Wand fertig ist, aber falls ihr uns helfen wollt, schaffen wir auch noch die andere«, erläutert Cybil unsere Planung.

»Ich kann noch bleiben. Lasst mich nur Blake anrufen und ihm sagen, dass ich später nach Hause komme«, stimmt Everly zu.

»Ich rufe Mason an und mache das Gleiche«, sagt Margret, und beide suchen nach ihren Handys, während Cybil und ich die nächsten Arbeiten vorbereiten.

Dank der Unterstützung durch Everly und Margret sind wir nach zwei Stunden fertig, haben aufgeräumt und sogar den Boden von den Kleisterresten befreit. Als ich die Tür zu unserem Laden abschließe, wird mir klar, dass ich mit dem Umzug hierher alles habe, was ich immer wollte, und noch mehr.

15. Kapitel

Jade

Mit einer Tasse Kaffee und meinem Handy gehe ich ins Bad. Ich wähle die Nummer meiner Mom, stelle das Gespräch auf Lautsprecher und beginne, mein Gesicht einzucremen.

»Hey Schatz«, begrüßt sie mich.

»Hey, habt ihr schon gepackt, du und Dad?«, frage ich und trage etwas Concealer auf. Morgen wollen meine Eltern mit einer LKW-Ladung mit Sachen aus meinem alten Laden zu uns kommen. Sie bleiben ein paar Tage und passen auf Claire auf, während ich mit Cybil zu Everlys Junggesellinnenparty gehe und Tanner am selben Abend mit Blake seinen Junggesellenabschied feiert.

»Zumindest ich bin fertig. Ich habe mich geweigert, für deinen Dad zu packen«, murrt sie, und ich lache.

»Was ist passiert?«

»Ich habe ihn gefragt, was er mitnehmen will, und er sagte, ich solle entscheiden. Aber woher soll ich wissen, was er anziehen will.« Sie seufzt. »Als er nicht geantwortet hat, habe ich ihm erklärt, dass ich nicht seine Mutter bin, und nur eine kleine Tasche für mich gepackt.«

»Mom, ist dir klar, dass du ihn so verwöhnt hast? Du hast immer für Dad gepackt«, erinnere ich sie.

»Ja, und jetzt muss er es selbst tun«, schimpft sie.

»Das wird er schaffen«, versuche ich, sie zu beruhigen. Meine Mutter kann sehr stur sein. Wenn sie sich etwas in den Kopf gesetzt hat, kann niemand sie umstimmen.

»Hoffentlich.«

»Er ist alt genug. Und falls er etwas vergisst, kann er hier einkaufen gehen.«

»Dein Dad kauft nie ein.« Sie lacht, und ich lächle mein Spiegelbild an, während ich meine Wimpern tusche.

»Okay, abgesehen von eurem Gepäck. Haben meine Kartons und Möbel Platz auf dem LKW?«

»Ja, das war kein Problem. Außerdem haben wir jemanden gebeten, auf das Haus aufzupassen und sich um die Hunde zu kümmern.«

»Perfekt. Ich kann es kaum erwarten, euch beide zu sehen.«

»Wir freuen uns auf dich und können es auch kaum erwarten.«

»Du meinst, ihr könnt es kaum erwarten, Claire zu sehen«, necke ich sie und trage Rouge auf meine Wangen auf.

»Sie ist schon so groß geworden«, sagt Mom und klingt glücklich. »Wir vermissen alle unsere Mädchen.«

»Wir vermissen euch auch«, versichere ich ihr.

»Was hast du heute vor?«

»Ich werde gleich Cybil abholen. Wir haben ein Treffen mit meinem Chef Liam vereinbart, um den Vertrag für den Coffeeshop und den Laden zu besprechen.«

»Das ist aufregend.«

»Oh ja. Ich kann immer noch nicht glauben, dass sich das alles einfach so ergeben hat.«

»Du warst dazu bestimmt, dort zu sein, Schatz.«

»So fühlt es sich an«, stimme ich zu, betrachte mein Spiegelbild und entferne meinen Haargummi. Obwohl ich seit gestern Abend einen Pferdeschwanz getragen hatte, reichen ein paar Sprühstöße Trockenshampoo aus, um meine Locken in Form zu bringen.

»Gut, dann lass ich dich jetzt gehen. Ich muss das Haus noch ein bisschen aufräumen. Später kommt das Mädchen, das auf unser Haus aufpasst. Wir müssen noch besprechen, was sie tun muss, während wir weg sind.«

»Gut, schick mir morgen eine Nachricht, wenn ihr losfahrt. Ich werde auf der Arbeit sein, habe aber mein Handy dabei.«

»Okay«, stimmt sie zu. »Ich hab dich lieb, mein Schatz«, fügt sie noch leise hinzu.

»Ich hab dich auch lieb. Wir sehen uns morgen. Gib Dad einen Kuss von mir.«

»Das werde ich.«

»Und Mom«, rufe ich, bevor sie auflegen kann.

»Ja?«

»Pack ein paar Sachen für Dad ein. Er liebt dich über alles.«

»Ja, ja«, sagt sie, bevor sie auflegt. Lachend nehme ich einen Schluck von meinem Kaffee und verlasse das Bad, um mich anzuziehen.

Eine Stunde später sitze ich neben Cybil auf der Couch in Liams Wohnzimmer und schaue mich um. An jeder Wand sind Fotos von Liam und seiner Frau, seinen Kindern, Enkeln sowie Urenkeln und Geschwistern. Dazwischen hängen ein paar gerahmte Schwarz-Weiß-Ansichten der Stadt, die ich jetzt mein Zuhause nenne, bevor sie nur halb so groß war wie heute. Ich bin beeindruckt, so viel Familiengeschichte zu sehen, und erstaunt darüber, dass Liam offen für Veränderungen ist. Die gesamte Einrichtung des Wohnzimmers lässt eher vermuten, dass er an Traditionen hängt und sie bewahren will. Doch das Leben ändert sich, und nichts bleibt immer gleich.

»Tut mir leid, dass ihr warten musstet«, sagt Liam, als er das Zimmer zusammen mit einem großen, gutaussehenden Mann betritt. »Das ist mein Enkel Jason. Er hat den Vertrag für uns aufgesetzt«, stellt er uns vor. Jason schaut zwischen Cybil und mir hin und her.

»Es ist schön, euch beide kennenzulernen«, begrüßt er uns.

»Uns freut es auch.« Cybil und ich stellen uns vor und schütteln ihm die Hand.

»Mein Großvater hat mir die Situation erklärt. Also habe ich einen ziemlich einfachen Vertrag aufgesetzt, den ihr drei nur noch unterschreiben müsst.« Er holt einen Stapel Papiere hervor und legt sie auf den Couchtisch zwischen den Sofas, auf denen wir alle sitzen.

»Wenn das ein einfacher Vertrag ist, möchte ich keinen komplizierten sehen«, bemerke ich, und sein Blick trifft auf meinen.

»Lasst euch von dem Stapel nicht einschüchtern. Ich habe Kopien gemacht, damit jeder von euch ein Exemplar hat.«

»Das ist toll«, murmle ich und fühle mich wie ein Trottel, und Jason grinst.

»Wie ich schon sagte, ist das ziemlich einfach, aber ich werde die wichtigsten Punkte mit euch durchgehen.« Er gibt jedem von uns ein Exemplar und erläutert Seite für Seite die wichtigsten Bestimmungen. Es vergeht eine Stunde, bis er fragt, ob wir Änderungswünsche haben, und uns dann bittet, die Dokumente zu unterschreiben. Als ich zum Stift greife, füllt sich mein Magen mit Schmetterlingen. Ich kann immer noch nicht glauben, dass das wirklich passiert.

»So, das war's.« Er nimmt seine Ausfertigung an sich und legt sie in seine Mappe. »Herzlichen Glückwunsch. Ich bin mir sicher, dass euer Laden in Verbindung mit dem Café etwas ganz Besonderes für die Stadt sein wird.«

»Das denken wir auch«, sagt Cybil und drückt meine Hand. Liam und Jason erheben sich von ihren Plätzen, und auch wir stehen auf.

»Jetzt müssen wir nur noch planen, wann wir die Wand zwischen dem Laden und dem Café einreißen«, sagt Liam an Cybil gewandt.

»Ich werde meinen Mann fragen, wann er Zeit dafür hat.«

Nachdem wir die Wohnung verlassen haben, küsst Liam zum Abschied Cybils Wange und umarmt mich. »Bestimmt können wir das noch diese Woche erledigen.« Sie sieht mich an. »Allerdings muss das Café dann geschlossen bleiben.«

»Das ist kein Problem. Gebt mir einfach Bescheid«, sagt er, öffnet die Tür, und wir treten hinaus auf die Straße.

»Das machen wir«, verspreche ich, bevor ich ihm zuwinke und mit Cybil zu meinem Auto gehe. Sobald wir eingestiegen sind, spüre ich, wie sich meine Augen mit Tränen füllen.

»Fang nicht an zu weinen.«

»Nein«, behaupte ich, und sie schüttelt den Kopf, während auch ihre Augen voller Freudentränen sind.

»Das wird der Wahnsinn!«

»Ganz sicher«, flüstere ich über den Kloß in meinem Hals hinweg.

»Ich hab dich lieb, Jade.« Cybil beugt sich vor und schlingt ihre Arme um mich. Ich weiß wirklich nicht, was ich ohne sie tun würde, und bin dankbar, dass ich sie habe. »Lass uns nach Hause fahren. Ich muss mit Tanner reden und wahrscheinlich eine Art Zahlungsplan für die Arbeit aushandeln, die er bisher geleistet hat, und für den weiteren Umbau.«

Ich lasse sie lachend los und wische mir die Tränen weg, bevor ich den Motor starte. »Tanner würde eher von einer Klippe springen, als Geld von dir anzunehmen.«

»Ich weiß«, sagt sie leise, und ich schaue zu ihr hinüber. »Aber ich will nicht, dass er denkt, ich würde das von ihm erwarten.«

Ich schüttle den Kopf und frage mich, in welcher Welt sie lebt. »Tanner würde alles für dich tun, und du für ihn.«

»Das ist Liebe, oder?«, fragt sie leise. »Die Wünsche und Bedürfnisse des anderen über die eigenen zu stellen und zu hoffen, dass er dich genug liebt, um dasselbe zu tun.«

»So wie bei Mom und Dad. Vermutlich soll es genau so

sein«, entgegne ich. Wie es sich wohl anfühlt, so sehr zu lieben und geliebt zu werden?

Langsam gehe ich die Treppe zu Mavericks Haus hinauf und ignoriere die Beklemmung in meiner Magengrube. Ich weiß, dass dieses Gefühl nichts mit Maverick zu tun hat, sondern noch von einer früheren Beziehung herrührt. Damals tauchte ich bei einem Mann auf, in der Hoffnung, ihn zu überraschen, und musste feststellen, dass er eine andere Frau zu Besuch hatte. Das war für mich ein echter Schock.

Nachdem ich an der Tür geklopft habe, trete ich einen Schritt zurück und warte. Ich hoffe, dass Maverick zu Hause ist. Immerhin steht sein Truck in der Einfahrt. Wir sind erst für heute Abend bei mir verabredet, sodass mein Besuch eine Überraschung ist. Nachdem ich Cybil zu Hause abgesetzt hatte, kam mir die Idee, für Maverick die versprochenen Kekse zu backen. Also bin ich in den Supermarkt gefahren, habe Teig gekauft und daraus Schokokekse gebacken. Ehrlich gesagt, weiß ich nicht einmal, ob Maverick Süßigkeiten mag. Bisher habe ich ihn noch nie naschen sehen. Egal. Falls er sie nicht mag, esse ich sie eben allein, wenn ich bei ihm bin.

»Hey Babe.« Er öffnet die Tür mit einem Lächeln, das deutlich zeigt, dass er sich freut, mich zu sehen. »Ich wollte gerade auf den Berg fahren, um die Markierungen zu überprüfen, die der Vermesser heute gesetzt hat.« Er begrüßt mich mit einem Kuss und schaut dann auf die Dose in meinen Händen. »Was ist das?«

»Die sind für dich.« Ich reiche ihm den Behälter, betrete das Haus und beobachte ihn, während er den Deckel öffnet.

»Du hast mir Kekse gebacken?«, fragt er verwundert, und sein Blick lässt mich erröten. Es ist dumm, ich weiß. Der Mann hat jeden Zentimeter meines Körpers gesehen, und jetzt werde ich rot, wenn ich ihm Kekse schenke?

»Du weißt ja, dass ich nicht richtig backen kann. Ich wollte dich überraschen«, stammle ich, als er eins der Plätzchen probiert. Ich beiße mir auf die Unterlippe und warte nervös auf seine Reaktion.

»Die schmecken verdammt gut. Fast so gut wie du«, sagt er. Seine Stimme klingt tief und rau. Er legt seine freie Hand um meine Taille, zieht mich an sich und küsst mich. Er schmeckt herrlich nach ihm selbst und Schokolade. »Willst du mit mir fahren?«, fragt er, als er sich zurückzieht, und ich nicke. »Du kannst gern in der Küche warten. Da steht noch eine Kanne mit Kaffee, falls du welchen möchtest. Gib mir fünf Minuten, ich muss mir nur einen Pullover holen.« Er küsst mich noch einmal. »Bin gleich wieder da.«

Ich nicke erneut und setze mich an die Kücheninsel, auf der Baupläne ausgebreitet sind. Lächelnd betrachte ich die Skizzen, bevor mein Herzschlag für einen Moment aussetzt, als ich sehe, dass im zukünftigen Badezimmer mit schwarzem Filzstift eine Wanne eingezeichnet ist.

»Bist du bereit?«

Ich springe vom Stuhl auf und drehe mich zu ihm um.

»Ja.« Ich streiche mit meinen plötzlich feuchten Händen über die Vorderseite meiner Jeans. »Du solltest auf dem Quad sitzen bleiben, wenn wir da oben sind«, sagt er und schaut skeptisch auf meine Stiefeletten, die eher für eine Tour durch die Stadt geeignet sind.

»Okay. Kein Problem.«

»In Ordnung«, sagt er und greift noch einmal in die Keksdose. »Ich hole das Quad aus der Garage. Vielleicht solltest du dir noch eine Mütze aufsetzen und Handschuhe anziehen. Es ist kalt draußen.« Er schiebt sich den Keks in den Mund, nimmt meine Hand und führt mich zur Haustür.

Während ich auf der Veranda stehe und auf ihn warte, muss ich fortwährend an die Badewanne denken, die er in den Plan eingezeichnet hat. Und an seine Worte, dass er dieses Haus für die Menschen baut, die ihm wichtig sind.

16. Kapitel

Jade

Ich stehe mit Cybil, Everly und Margret zusammen. Wir vier beobachten, wie mein Dad, Tanner, Blake, Maverick und Mason einen großen Träger in der Decke zwischen dem Café und dem Laden einbauen.

Am liebsten würde ich sie anfeuern, so sehr freue ich mich, dass wir bald unseren Laden eröffnen können. Doch das wäre wohl nicht angebracht. Wäre die Trennwand nicht tragend gewesen, hätten die Jungs vermutlich nur ein paar Stunden gebraucht, um die Räume zu verbinden. So hat alles etwas länger gedauert.

Während Tanner den Träger befestigt, wandert mein Blick zu Maverick. Ich betrachte das Spiel seiner Muskeln, als er Tanner Werkzeug reicht. Seit unserer ersten gemeinsamen Nacht habe ich nicht mehr allein geschlafen. Trotzdem meine Eltern zu Besuch sind, verbringen wir jeden Abend gemeinsam.

Morgens, bevor ich wach werde, ist er schon wieder weg, weil Cybil und Tanner nicht merken sollen, dass er bei mir übernachtet. Das nervt mich, weil ich nie mit ihm aufwachen kann. Andererseits muss ich mich nicht vor Cybil rechtfertigen, der ich unsere Beziehung bisher verschwiegen habe. Ich bin mir immer noch nicht hundertprozentig sicher, ob ich es offiziell machen möchte. Zugleich wird mir mit jedem Tag weniger wichtig, ob wir diese Sache weiterhin geheim halten können. Zwischen Maverick und mir läuft es wirklich gut, eigentlich sogar besser als gut. Mir ist natürlich klar, dass jede Beziehung am Anfang aufregend ist, bis der Alltag einkehrt. In dieser Hinsicht mache ich mir keine Sorgen, weil mit Maverick einfach alles perfekt ist und ich mir ein Leben ohne ihn kaum noch vorstellen kann. Mich hält nur eine Tatsache ab, Cybil und meinen Eltern von uns zu erzählen: Ich habe das Gefühl, sie schon zu lange getäuscht zu haben.

»Alles klar, wir sind bereit«, sagt Tanner, als er von der Leiter heruntersteigt, und ich halte den Atem an. Für mich sieht es so aus, als würde der Träger unter der Decke schweben und nicht die Last der Wand tragen können. »Jetzt müssen wir nur noch den Putz ausbessern und streichen, dann sind wir fertig.«

»Was glaubst du, wie lange wird das dauern?«, fragt Cybil, und er zuckt mit den Schultern.

»Wir werden heute die Wandverkleidung und die erste Schicht Putz anbringen. Morgen werden wir sehen, ob das ausreicht und vielleicht noch etwas nachbessern. Sobald alles trocken ist, können wir streichen«, erklärt er ihr, während sie sich in den neuen Durchgang stellt, die Abdeckplane zur Seite schiebt und die Räumlichkeiten betrachtet.

»Und wann können wir wieder das Café öffnen?«, frage ich Tanner und spüre Mavericks Blick auf mir.

»Übermorgen. Die Baufolie wird nicht den ganzen Staub abhalten, wenn wir die reparierten Stellen abschleifen.«

»Okay, ich sage Liam Bescheid.« Ich ziehe mein Handy heraus und mache ein Foto von dem eingebauten Träger. Dann schicke ich es Liam und informiere ihn über die weitere Planung.

»Was habt ihr heute Abend vor? Wir könnten uns alle später auf einen Absacker treffen«, schlägt Blake vor.

»Wir feiern heute Everlys Junggesellinnenabschied. Schon vergessen? Da sind Männer nicht erlaubt«, entgegnet Margret ihrem Bruder und funkelt ihn an.

Heute Morgen waren Cybil und ich mit Everly und Margret im Kosmetikstudio verabredet. Claire haben wir bei meiner Mom gelassen. Eigentlich wollten wir den ganzen Tag zusammen verbringen. Doch als wir bei der Maniküre waren, erwähnte Everly, dass es Sam nicht so gut geht, weil er zahnt, und sie ihn nicht den ganzen Tag bei ihrer Mutter lassen wolle. Also haben wir gemeinsam verabredet, den Männern auf der Baustelle einen Besuch abzustatten, bevor wir uns am Abend treffen, um zu feiern.

»Ich finde die Idee gut, uns am Ende des Abends alle zu treffen«, sagt Everly und ignoriert Margret.

»Dann ist es abgemacht«, sagt Blake lächelnd und wirft seiner Schwester einen triumphierenden Blick zu, bevor er seine zukünftige Frau küsst. »Und was machst du jetzt?«, fragt er sie.

»Ich werde Sam von meiner Mom abholen«, antwortet sie, woraufhin er die Stirn runzelt. »Ich möchte bei ihm sein, wenn es ihm nicht gut geht.«

»Babe, du weißt doch, dass deine Mom anrufen würde, wenn er dich braucht.«

»Ich weiß, aber ich würde mich besser fühlen, wenn ich bei ihm wäre.«

»Kommt nicht infrage. Du verbringst den Tag so, wie ihr ihn geplant habt, und ich hole Sam von deiner Mom ab und verbringe ein paar schöne Stunden mit ihm«, sagt er sanft und entlockt ihr ein Lächeln.

»Lieb von dir, aber ich hole ihn lieber selbst ab, weil ich dann noch ein Nickerchen mit ihm machen kann, bevor wir heute Abend ausgehen. «

»Bist du sicher?«, fragt er, und sie nickt. Er legt einen Arm um ihre Taille und küsst ihre Stirn. »In Ordnung.«

»Werdet ihr heute noch lange arbeiten?«, will Cybil von Tanner wissen und lehnt sich an ihn.

»Ein paar Stunden. Wir wollen die restlichen Regale

streichen. Dann könnt ihr Mädels morgen damit beginnen, die Waren einzuräumen.«

»Das klingt toll. Jade und ich werden jetzt nach Hause fahren und Mom von Claire erlösen. Und dann machen wir uns schick für den Abend.«

»Bevor ihr feiern geht, bin ich zurück.« Er küsst sie.

»In Ordnung. Dann stören wir euch jetzt nicht länger.«

»Danke, dass du uns hilfst«, sage ich zu Dad und umarme ihn.

»Gern geschehen«, antwortet er knapp, wie es seine Art ist.

In meinem Rücken spüre ich Mavericks Blicke und drehe mich zu ihm um. Er hat die Hände zu Fäusten geballt. Es scheint ihm genauso schwer zu fallen, sich mir gegenüber nur freundschaftlich zu verhalten, wie mir selbst. »Später«, flüstere ich ihm zu und beiße mir auf die Unterlippe. Er deutet ein Nicken an. Ich glaube, dass wir beide unsere Geheimnistuerei nicht mehr lange durchhalten werden. Die Frage ist nur, wer von uns zuerst darüber reden wird. Auf jeden Fall werden wir beide eine ganze Reihe von Fragen beantworten müssen, wenn es soweit ist.

Ich lehne an Cybils Kücheninsel und beobachte lächelnd meine Mom, die mit Claire auf dem Schoß auf der Couch sitzt. Die beiden lachen, während meine Mom ein Lied singt, das ich noch aus meiner Kindheit kenne. Mom zeigt Claire, wie man in die Hände klatscht und wiegt sie dann auf ihren Knien hin und her. Claire kichert, und ich sehne mich danach, meine Mom mit meinem Kind so zu sehen.

Bis zu ihrem Herzinfarkt dachte ich, dass sie für immer für

mich da wäre. Danach wurde mir bewusst, dass das Leben endlich ist und mir jederzeit ein geliebter Mensch genommen werden kann. Seitdem genieße ich die Zeit mit meinen Eltern noch viel mehr.

»Was meinst du? Kann ich so mit euch ausgehen?«, fragt mich Cybil, als sie die Küche betritt. Sie trägt dunkle Jeans, ein enges, cremefarbenes Oberteil mit weiten Ärmeln und braune, spitze Stiefeletten mit hohen Absätzen, die perfekt zu ihrem Gürtel passen.

»Du siehst toll aus.« Ich steige von meinem Hocker und schlüpfe in meine Pumps.

»Sieh dich mal an«, entgegnet mir Cybil. Ich zupfe an meinem Oberteil, um mein Dekolleté etwas mehr zu bedecken. Doch das ist wegen des tiefen V-Ausschnitts meines Bodys unmöglich.

»Ihr seht beide wunderschön aus.« Mom steht mit Claire auf und kommt zu uns. »Was genau habt ihr für heute Abend geplant?«

»Zuerst essen wir in einem Restaurant und gehen später in eine Bar. Das ist alles, was und Margret verraten hat«, sagt Cybil und drückt Claires Hand. »Ich habe mein Handy an, falls du mich brauchst.«

»Wir beide kommen schon klar«, beruhigt Mom sie lächelnd. »Habt einfach Spaß, ihr zwei.«

»Wie ich Margret kenne, wird es eine lange Nacht werden«, merkt Cybil an. Ich ziehe mir meine Jacke über und nehme meine Tasche von der Theke.

»Bleibt so lange, wie ihr wollt.«

»Die Zeiten, in denen wir die ganze Nacht durchgefeiert haben, sind längst vorbei.« Ich gebe Mom einen Kuss auf die Wange. »Hoffentlich kommt Dad bald, um dir Gesellschaft zu leisten.«

»Ich bin mir ziemlich sicher, dass dein Dad Tanner als

Geisel festhält.« Sie schüttelt den Kopf. »Er will mit ihm und den Jungs möglichst viel schaffen, bevor wir wieder nach Hause fahren.«

»Ich würde auch gerne etwas mehr Zeit mit euch verbringen. Seit ihr hier seid, geht es drunter und drüber, und ich habe das Gefühl, dass ich euch beide kaum gesehen habe. Vor allem Dad.«

Mom schaut mich liebevoll an. »Morgen werden wir alle zusammen frühstücken. Falls dein Dad andere Pläne haben sollte, werde ich ihn davon abhalten.«

»Das klingt gut.«

Cybil und ich verabschieden uns von Mom und Claire und machen uns auf den Weg in die Stadt.

Zwanzig Minuten später erreichen wir den Parkplatz des Steakhauses, das Everly für das Abendessen ausgesucht hat. Unterwegs haben wir beide eine Nachricht bekommen. Margret und Everly sind schon da und erwarten uns im hinteren Teil des Restaurants.

»Seid ihr schon lange hier?«, frage ich die beiden, ziehe meine Jacke aus und hänge sie neben unserem Tisch auf.

»Nein, wir sind auch eben erst angekommen.« Margret klopft auf die Bank neben sich und fordert mich damit auf, mich zu ihr zu setzen. Lächelnd lasse ich mich auf den Sitz fallen.

»Wie geht es Sam?«, will Cybil von Everly wissen, sobald auch sie sich gesetzt hat.

»Er hatte einen tollen Tag mit uns.« Sie lacht und schlägt die Getränkekarte auf. »Als wir nach Hause kamen, wollte er partout kein Nickerchen machen. Weil er so aufgekratzt war, haben wir beschlossen, den Nachmittag mit ihm auf dem Spielplatz zu verbringen. Vermutlich schläft er schneller ein als sonst.«

»Behalten ihn deine Eltern über Nacht?«

»Ja, er bleibt bei ihnen.« Sie reicht die Getränkekarte an Cybil weiter, die sie kurz ansieht, bevor sie sie mir gibt. Nachdem ich mich für einen Lemon-Drop-Martini entschieden habe, schiebe ich die Karte zu Margret und schaue in die Speisekarte. Mein Mittagessen fiel eher klein aus, daher bin ich ziemlich ausgehungert.

»Ich habe uns ein paar Sachen mitgebracht«, sagt Margret ein paar Minuten später, nachdem der Kellner mit unseren Getränkebestellungen weggegangen ist.

»Oh Gott«, flüstert Everly, als Margret ihr eine große Krone in die Hände drückt. »Muss das sein?«

»Ja, deinetwegen sind wir schließlich hier.« Margret nimmt sie ihr ab und setzt sie sich auf. In diesem Moment bemerke ich die rosafarbenen, penisförmigen Edelsteine, die in das Design eingearbeitet sind.

»Die ist wunderbar.« Cybil lacht, und Margret holt drei kleinere Versionen aus ihrer Tasche.

»Jetzt verstehe ich, warum man es einen Tritt in die *Kronjuwelen* nennt«, murmle ich, nehme ihr eine der Kronen ab und setze sie mir ebenfalls auf den Kopf. Wir schauen uns alle gegenseitig an und brechen in lautstarkes Gelächter aus.

»Und jetzt das hier.« Margret zieht eine weiße Schärpe mit der goldenen Aufschrift *Bride-to-Be* aus ihrer Tasche und hängt sie Everly um.

»Und jetzt seid ihr dran«, sagt Margret grinsend zu Cybil und mir und zieht zwei weitere Schärpen aus der Tasche. Meine ist schwarz und trägt die Aufschrift *Single*, auf der für Cybil steht *Hot Mama*, bevor sie ihren anlegt, auf dem ich *Maid of Dishonor* lesen kann. »Ich habe noch etwas für uns«, kündigt sie an und steckt Strohhalme, die wie Penisse aussehen, in unsere Wassergläser.

»Was hast du noch alles eingepackt?«, fragt Everly und versucht, einen Blick in die Tasche zu werfen. Doch Margret legt ihren Mantel darüber.

»Lass dich überraschen.«

»Muss ich mir Sorgen machen?«, hakt Everly nach, und ich lache über ihren nervösen Blick, den sie mir schenkt.

»Vielleicht.« Margret tätschelt ihre Hand. »War nur ein Scherz. Es wird bestimmt lustig.«

»Ich weiß nicht, ob deine Vorstellung von Spaß mit meiner übereinstimmt«, sagt Everly etwas mehr als anderthalb Stunden später, als wir eine der Bars in der Stadt betreten. Margret führt uns durch den größtenteils leeren Raum zu einem Tisch, der mit Dutzenden schwebenden, bunten, penisförmigen Ballons dekoriert ist. In der Mitte steht eine penisförmige Tischdekoration mit goldenen Luftschlangen, die aus der Spitze schießen.

»Dachtest du, du kommst ohne Penisse auf deinem Junggesellinnenabschied davon?«, fragt Margret und legt ihren Arm um Everlys Schulter.

»Das hatte ich gehofft.« Everly lacht. »Ich bin nur froh, dass es keine Stripper gibt.«

»Oh, die Nacht ist noch jung, liebe Freundin«, entgegnet Margret und bringt Cybil und mich zum Lachen, während Everlys Gesicht leuchtend rosa wird. »Das war nur ein Scherz. Mein Bruder hat mir angedroht, mich umzubringen, wenn ich einen Stripper anheuern würde. Ausnahmsweise habe ich ihm geglaubt.« Sie stellt ihre Tasche auf einem der Stühle ab und geht dann durch den Raum.

»Soll ich mich lieber verstecken?«, fragt mich Everly, während Margret an der Bar mit dem Barkeeper spricht, der zuerst lächelt und sich dann nach etwas zu bücken scheint.

»Lauf, Everly«, raune ich ihr zu und starre irritiert die lebensgroße aufblasbare Männerpuppe an, die der Barkeeper an Margret weiterreicht. Die Puppe trägt nur Jeans, Stiefel und einen Cowboyhut.

»Verdammt, ich hätte wirklich auf dich hören sollen«, flüstert Everly, als Margret mit dem falschen Mann auf dem Arm breit grinsend auf uns zukommt.

»Das, meine hübsche Fast-Schwägerin, ist dein halbnackter Begleiter für die Nacht.« Sie reicht die riesige Puppe an Everly weiter, die sie ohne zu zögern nimmt und an ihre Brust drückt. »Was willst du jetzt trinken?«

»Etwas sehr, sehr Starkes«, antwortet Everly, lässt sich auf einen der Stühle am Tisch fallen und setzt sich den falschen Mann auf ihren Schoß.

17. Kapitel

Maverick

»Wir hätten früher kommen sollen«, sagt Blake nach einem kurzen Blick in die Bar. Margret hat uns verraten, wo sie heute Abend den Junggesellinnenabschied feiern werden. Ich sehe die vier ganz hinten auf der überfüllten Tanzfläche.

»Ist das eine Aufblaspuppe?«, fragt Tanner und starrt eine lebensgroße Figur an, die über den Köpfen der Mädchen schwebt.

»Ich werde diese Frau heiraten«, höre ich Mason wie abwesend sagen, während ich Jade beobachte, die lächelnd mit erhobenen Armen den Song mitsingt, der gerade gespielt wird. Ihre Wangen sind gerötet, und ihr Körper wird vom Diskolicht perfekt in Szene gesetzt. Sie ist so wunderschön.

»Lasst uns ein Bier trinken, bevor wir uns bemerkbar machen.« Tanner klopft mir auf den Rücken, und ich lenke meine Aufmerksamkeit von Jade ab und nicke ihm zu.

»Vermutlich ist meine Schwester für die ganze Deko verantwortlich«, sagt Blake ein paar Minuten später, während wir durch den Raum zu dem Tisch gehen, der von einer Vielzahl von Penissen umgeben ist.

»Sie hat sich wirklich an das Thema gehalten.« Mason lacht, als Margret uns entdeckt und sich aus der Menge löst, um zu uns zu kommen. Die glitzernde Peniskrone auf ihrem Kopf hängt ihr schief in die Stirn.

»Du bist hier.« Sie lässt sich gegen Mason fallen und schlingt ihre Arme um seinen Hals, bevor sie ihm einen Kuss gibt und eines der Getränke nehmen will, die auf dem Tisch stehen.

»Das trinkst du lieber nicht.« Er ist schneller und schiebt das Glas beiseite. Sie blickt ihn schmollend an.

»Ich bin noch nicht betrunken.«

»Du bist ausreichend angeheitert. Aber das ist nicht der Grund, warum du es nicht trinken solltest. Jemand könnte etwas hineingetan haben, während ihr getanzt habt.« Er sieht sie stirnrunzelnd an. »Ich hoffe, ihr Mädels habt eure Drinks nicht die ganze Zeit unbeaufsichtigt gelassen.«

»Keine Ahnung. Wir haben getanzt und gefeiert. Aber vorhin war Jade kurz hier, aber ich weiß nicht, ob sie was getrunken hat«, sagt Margret besorgt. Ich suche die Tanzfläche nach Jade ab. Sie tanzt und singt mit Everly und Cybil den Song mit.

»Lass uns ein paar frische Drinks für dich und deine Mädels holen.« Mason führt Margret zur Bar.

»Ich werde meine Verlobte retten.« Blake geht auf die Tanzfläche, wo er seine Arme um Everlys Taille schlingt. Zuerst sieht sie aus, als wolle sie sich wehren, aber sobald sie ihn erkannt hat, erhellt sich ihr Gesicht, und sie schlingt ihre Arme um seinen Hals.

»Willst du nicht zu Cybil gehen?«, frage ich Tanner, und er schüttelt den Kopf.

»Sie braucht das«, sagt er leise und betrachtet seine Frau. »Ein paar Minuten, in denen sie einfach sie selbst sein kann, zusammen mit ihrer besten Freundin.«

Ich beobachte Cybil und Jade und muss lächeln, als sie sich die Aufblaspuppe schnappen und sie zwischen sich stellen, um mit ihr zu tanzen. Plötzlich taucht hinter Jade ein Mann auf und schlingt seine Hand um ihre Hüfte. Sofort mache ich einen Schritt in ihre Richtung.

»Ganz ruhig, Mann«, sagt Tanner, und ich bleibe stehen. Doch der Mann kommt meiner Frau viel zu nahe. Obwohl sie ihm deutlich macht, dass sie nicht interessiert ist, greift er ihr grob an die Brust. Ich setze mich in Bewegung und schaffe es, sie in vier Schritten zu erreichen. Mit einer kräftigen Bewegung ziehe ich den Kerl von Jade weg.

»Was zum Teufel?«, schreit der Typ, verliert fast das Gleichgewicht und stolpert über seine eigenen Füße.

»Komm schon.« Ich strecke Jade meine Hand entgegen, in der Hoffnung, dass sie mit mir kommt.

»Maverick«, flüstert sie und sieht mich erstaunt an.

»Was soll der Scheiß, Mann?«, knurrt mich eine männliche Stimme von hinten an. Dann legen sich Arme um meine Taille, und ich werde vom Boden hochgehoben.

»Lass ihn runter«, ruft Jade und rennt mit der Aufblaspuppe auf uns zu, deren Größe im Vergleich zu ihr fast schon komisch ist. Mit einer einzelnen Bewegung kann ich mich befreien, schaffe es aber nicht mehr, mich auf ihn zu stürzen, um den Mistkerl festzuhalten, bevor Cybil ihm in die Eier tritt. Der Kerl geht in die Knie und rollt sich zusammen, während Jade mit der Aufblaspuppe auf ihn einschlägt.

»Ich weiß nicht, ob ich helfen oder mich kaputtlachen soll«, murmelt Mason. Tanner packt Cybil um die Taille und zerrt sie von der Tanzfläche.

Mit einem Kopfschütteln nehme ich Jade die Puppe weg und werfe sie quer durch den Raum, bevor sie den armen Idioten noch mehr verprügeln kann. »Lass uns gehen«, fordere ich sie auf. Sie lässt ihren Blick über mein Gesicht wandern.

»Du siehst wütend aus.«

»Das bin ich auch«, sage ich wahrheitsgemäß und halte ihr meine Hand hin. »Lass uns gehen. Jetzt.«

»Du darfst nicht auf mich böse sein. Ich habe nichts getan.«

»Lass uns verdammt noch mal gehen«, knurre ich, und sie kommt näher, stellt sich auf die Zehenspitzen und platziert ihr Gesicht einen Zentimeter vor meinem.

»Schimpf nicht mit mir, Maverick.«

»Dann komm jetzt mit.« Ich starre sie an, sauer auf mich selbst, weil ich die Situation nicht besser gemeistert habe, sauer auf sie, weil sie so verdammt schön ist, dass sie von irgendwelchen Männern angegraben wird, und generell sauer, dass sie nicht offiziell zu mir gehört.

Sie geht mit mir auf Tuchfühlung und legt einen Finger auf meine Brust. »Ich habe keine ...«, beginnt sie, kann den Satz aber nicht beenden, weil ich genau jetzt ihren Mund erobern muss. Ich versenke meine Finger in ihrem Haar, lege meine Lippen auf ihre und ziehe sie in einen tiefen Kuss. Sie legt ihre Arme instinktiv um meine Schultern, und ihre Brüste pressen sich an mich, während ich sie küsse, ohne Rücksicht darauf, wer in der Nähe ist und es mitbekommt.

»Die Bullen sind hier«, ruft jemand, und ich löse mich von Jade. Meine Brust fühlt sich seltsam an, als ich in ihre hübschen Augen blicke, die dunkler als gewöhnlich sind.

»Wir sollten gehen«, raunt mir Tanner zu, der Cybil fest im Arm hat.

»Wir beide haben viel zu besprechen«, bemerkt Cybil an Jade gewandt und reicht ihr die Tasche und den Mantel.

»Wir treffen euch draußen«, sagt Mason und geht mit Margret an der Hand an uns vorbei.

»Wo ist Blake?«, frage ich und spüre sofort eine Hand auf meiner Schulter.

»Ich bin hier.« Mit einem Arm um Everlys Taille führt er sie um uns herum und zur Tür. Wir folgen ihnen hinaus und bis zum Parkplatz. Tanner und ich sind die einzigen, die gefahren sind.

»Ich möchte nur darauf hinweisen, dass die ganze Sache mit der Schlägerei und der Polizei nicht meine Schuld war«, betont Margret und sieht zu Jade. »Habe ich mir das nur eingebildet, oder hast du den Kerl wirklich mit der Aufblaspuppe verprügelt?«

»Das ist wirklich passiert.« Cybil lacht. »Und er hat es verdient. Was für ein Typ geht einfach auf eine Frau zu und begrapscht sie?« Sie schüttelt angewidert den Kopf. »Ich bin froh, dass ich ihm in die Eier getreten habe. Das hat er wirklich verdient.«

»Ihr Mädels könnt froh sein, dass ihr nicht verletzt wurdet«, sagt Tanner, der die Situation nicht so lustig findet wie sie. Andererseits hätte es wirklich schlimm enden können. Der Kerl war mindestens doppelt so schwer wie Jade. Hätte er sie oder Cybil angegriffen, hätten sie beide ernsthaft verletzt werden können.

»Ja, sind wir, aber er hat trotzdem verdient, was er bekommen hat.« Cybil zuckt mit den Schultern und sieht ihren Mann an. »Meinst du, wir können unterwegs irgendwo anhalten, um eine Kleinigkeit zu essen?«

»Oh, ich könnte jetzt einen Berg Pfannkuchen vertragen«, ruft Everly, und ich schaue zu Jade.

»Ich habe auch Hunger«, stimmt sie zu.

»Ja, lasst uns Essen gehen. Die Bar sollten wir jedenfalls nicht mehr betreten«, meint auch Margret. Everly drückt ihr dankbar die Hand. »Und wenn wir schon mal alle zusammen sind, können wir auch darüber reden, dass sich Maverick und Jade offensichtlich treffen und es vor uns allen geheim gehalten haben.« Margret grinst schelmisch.

»Wir wollen darüber nicht reden«, stelle ich klar, und Margret lächelt mich verständnisvoll an, doch ihr Blick sagt etwas anderes.

»Wie lange geht das schon mit euch? Seit ihr euch das erste Mal getroffen habt oder seit Jades Umzug?«, fragt Margret nur einen Moment später. Sie war immer schon die nervige kleine Schwester von Blake.

»Das geht dich nichts an«, versucht Blake, sie zu bremsen. Doch sie stemmt ihre Hände in die Hüften und scheint nicht lockerlassen zu wollen.

»Ich finde, als Familie sollten wir alles übereinander wissen«, merkt Margret trotzig an.

»Und ich denke, wenn Mav und Jade wollen, dass wir es wissen, werden sie mit uns reden«, wendet Mason ein und öffnet seiner Freundin die Beifahrertür. »Steig ein, Babe. Wir holen uns etwas zu essen und können dann früher zu Hause sein als gedacht.«

»Das ist unser erster Abend seit Ewigkeiten, und du willst früh nach Hause fahren?« Sie schaut zu ihm auf und schiebt ihre Unterlippe vor, woraufhin er den Kopf schüttelt.

»Deine Eltern passen auf Taylor auf. Das heißt, wir haben das ganze Haus für uns.«

»Oh.« Ihre Augen weiten sich. »Gut, lass uns schnell essen und dann nach Hause fahren.«

Lachend schließt er die Tür hinter ihr und schaut sich in der Gruppe um. »Wir treffen uns im Diner.«

Ich nicke Blake und den anderen Jungs zu, öffne die Beifahrertür meines Trucks und helfe Jade beim Einsteigen. Es überrascht mich, als sie nicht mit mir darüber streitet, dass sie ihr Auto stehen lassen soll. Ihr ist wohl klar, dass sie nach den vielen Drinks nicht mehr fahren sollte.

»Du hast mich vor allen Leuten geküsst«, flüstert Jade, als ich den Motor starte, und ich schaue zu ihr rüber.

»Das habe ich.«

Ich beobachte, wie sie auf der Innenseite ihrer Wange kaut, dann atmet sie tief durch. »Sie wissen jetzt über uns Bescheid.«

»Sie wussten schon von uns.« Ich fahre hinter Mason vom Parkplatz. »Zumindest Margret und die Jungs wussten es.«

»Du hast es ihnen gesagt?«

»Margret hat gesehen, wie ich dich das erste Mal geküsst habe, und Tanner hat meinen Truck bei dir stehen sehen.«

»Und Blake?«

»Tanner hat getratscht wie eine Highschool-Ballkönigin.«

»Wow. Ich habe geglaubt, ein großes Geheimnis zu haben, und alle wussten es schon.«

»Bist du deswegen sauer?«

»Nein«, antwortet sie leise und wirkt nachdenklich. »Ich hoffe nur, Cybil ist nicht sauer, weil ich ihr nichts gesagt habe. Wir hatten nie Geheimnisse voreinander.«

»Ich glaube, sie wird es verstehen.« Ich greife nach ihrer Hand. »Und ich bin sehr erleichtert, mich nicht mehr vor den anderen zurückhalten zu müssen. Dich nicht küssen oder in den Arm nehmen zu können, wenn wir mit unseren Freunden zusammen waren, war eine besondere Art von Folter.«

»Da stimme ich dir definitiv zu.« Sie drückt meine Finger und schlingt dann ihren kleinen Finger um meinen. »Erinnerst du dich, dass wir uns versprochen haben, Freunde zu bleiben oder zumindest freundlich miteinander umzugehen, wenn das mit uns nicht funktioniert?«

»Ich erinnere mich.« Ich schaue zu ihr hinüber und spüre einen Schmerz in der Brust.

»Das gilt doch noch, oder?«

»Das gilt noch, Babe. Egal, was passiert, wir werden Freunde sein.«

»Okay.« Sie dreht sich von mir weg und schaut aus dem Fenster. Am liebsten würde ich sie fragen, was sie gerade denkt. Ich will nicht nur ein Freund für sie sein, sondern viel mehr als das. Wenn ich ganz ehrlich zu mir bin, muss ich zugeben, dass ich mir ein Leben ohne sie nicht mehr vorstellen kann.

Es ist noch sehr früh am Morgen, als ich aufwache. Jade liegt an meiner Seite, ihr Kopf ruht auf meiner Brust und ihr Bein über meiner Hüfte.

Seit ich mich erinnern kann, habe ich alles getan, um diese Art von Intimität mit einer Frau zu vermeiden. Bei meinen Dates habe ich immer darauf geachtet, auf Abstand zu bleiben und nie eine Frau an mich heranzulassen.

Jade ist die Erste, die ich in mein Herz gelassen habe und von der ich, seit ich sie zum ersten Mal gesehen habe, mehr wollte. Sie gibt mir alles, was ich bisher in meinem Leben vermisst habe. Und doch kommt es mir so vor, als wäre es nicht genug. Jeder Psychologe würde die fehlende Bindung zu meiner Mutter dafür verantwortlich machen. Sie tauchte kurz auf, um mich dann wieder zu verlassen, bis sie ganz aus meinem Leben verschwand. Das hat mein Verhältnis zu Frauen nachhaltig geprägt.

Meine Mom war jung, als sie und mein Dad sich kennenlernten. Mit sechzehn bekam sie meine Schwester, und als sie mit mir schwanger wurde, war sie schon längst von meinem Dad getrennt. Sie war nur in der Stadt, um Lizzy zu besuchen, die bei unserem Dad lebte. Dann wurde sie mit mir schwanger und bekam ein weiteres Kind, das sie eigentlich gar nicht wollte. Kurz nach meiner Geburt setzte sie mich bei meinem Dad ab und tauchte erst wieder auf, als ich zwei Jahre alt war. Sie besuchte uns alle paar Jahre. Mal blieb sie wenige Tage, mal einen ganzen Monat. Ich liebte es, sie um mich zu haben. Sie war lustig, schön, und für kurze Zeit schien es, als wären wir eine perfekte Familie. Dann verließ sie uns wieder, und wir Geschwister und auch unser Dad fielen in ein tiefes Loch. Kurze Zeit später zogen wir um. Vermutlich war das die Art meines Vaters, einen Neuanfang zu versuchen. Eigentlich war es für alle eine beschissene Achterbahnfahrt, besonders für mich als kleines Kind.

Erst als ich etwa dreizehn Jahre alt war, wurde mir klar, wie falsch es war, was meine Mutter tat, aber ich hatte kein Mitspracherecht, und mein Dad würde sie nie abwimmeln. Er liebte sie, und ich glaube, das tut er immer noch, obwohl er es nie zugegeben hat. Andererseits sagen Taten mehr als Worte, und dass er außer mit ihr nie wieder eine Beziehung einging, spricht Bände.

Mit neunzehn habe ich den Kontakt zu ihr abgebrochen. Zu dieser Zeit war ich bei der Navy. Es war das erste und letzte Mal, dass sie mich dort besuchte. Sie blieb ein paar Tage und verschwand mit dem Geld, das ich für ein Haus gespart hatte. Es gab keinen Streit, und sie hat sich nicht verabschiedet. Lizzy hingegen hat unsere Mom immer wieder in ihr Leben gelassen. Sie hat stets behauptet, wie wichtig es ihr sei, dass die Jungs ihre Großmutter kennenlernen. Lizzy ist aus einem stärkeren Holz geschnitzt als ich.

Als Jades Handy auf dem Nachttisch zu klingeln beginnt, höre ich sie stöhnen. Schlaftrunken streicht sie sich die Haare aus dem Gesicht.

»Guten Morgen«, sage ich lächelnd, und sie blinzelt mich an.

»Es ist wirklich nicht fair, dass du morgens so perfekt aussiehst, während ich vermutlich wirke, als wäre ich von einem Auto angefahren worden«, entgegnet sie.

Ich streichle mit den Fingern über ihre Wange. »Du siehst wunderschön aus, sogar wenn du verkatert bist.«

»Du bist ein Lügner, aber egal«, brummt sie und kniet sich über mich, um ihr Handy auf meiner Seite des Bettes zu erreichen. Ich nutze die Gelegenheit und fahre mit meiner Hand über die wunderschöne Kurve ihres runden Hinterns.

»Oh nein«, ruft sie plötzlich.

»Was ist?«

»Ich sollte genau jetzt beim Frühstück sein.« Sie dreht sich zu mir um und drückt mir ihr Handy in die Hand. »Mom hat mir eine Nachricht hinterlassen, dass es um zehn Frühstück gibt. Jetzt ist es zehn.« Sie steigt aus dem Bett und sucht den Boden ab.

»Deine Jeans sind in der Küche.«

»In der Küche?« Sie schaut zur Tür, und ich grinse.

»Auf dem Heimweg hast du mir erklärt, was du noch alles mit mir anstellen würdest. Als wir hier ankamen, hast du dich auf dem Weg zum Bett ausgezogen. Dann bist du eingeschlafen, sobald dein Hintern auf der Matratze lag.«

»Ups.« Sie fummelt am unteren Rand des T-Shirts, das ich ihr gestern Abend angezogen habe, und ich lache.

»Es ist alles gut.« Ich stehe vom Bett auf und gebe ihr einen flüchtigen Kuss. »Möchtest du eine Scheibe Toast und eine Kopfschmerztablette?«

»Das wäre gut.« Sie folgt mir aus dem Zimmer in die Küche, wo sie sich ihre Jeans vom Hocker schnappt und sie anzieht.

»Erinnere mich daran, nie wieder Mimosas zu trinken.«

»Ich bin mir nicht sicher, ob die Mimosas schuld an deinem Kater sind, Babe. Vermutlich waren sie nur das Tüpfelchen auf dem *i*.« Ich stecke zwei Brote in den Toaster und reiche ihr ein Glas Wasser.

»Danke.« Sie setzt sich auf den Hocker und nimmt einen Schluck, dann legt sie eine Hand auf ihren Bauch. Nachdem ich das Toastbrot mit Butter bestrichen habe und sie einen Bissen zu sich genommen hat, gebe ich ihr eine Kopfschmerztablette.

»Ist dir übel?« Ich komme näher und lege meine Hand auf ihren Bauch. Sie hält sie dankbar fest.

»Ein bisschen. Ich weiß wirklich nicht, wie Cybil die monatelange Übelkeit verkraftet hat, als sie mit Claire schwanger war.« Ein seltsames Gefühl, das ich nicht einordnen kann, füllt meine Brust, und ich nehme meine Hand weg und trete einen Schritt zurück.

»Iss die Scheibe Toast, dann fahre ich dich zu Tanner und Cybil.«

»Bleibst du zum Frühstück?«, fragt sie, und ich schaue sie einen Moment lang an. Vor ein paar Wochen hätte ich noch *Nein* gesagt. Und jetzt? Verdammt, ich möchte keine Sekunde ohne sie sein. Das wusste ich schon in dem Moment, als ich mitten im Schneesturm zu ihrem Auto ging und sie ihr Fenster herunterließ.

»Willst du, dass ich dort bleibe?«

»Ja.« Sie kaut auf ihrer Unterlippe herum, als wäre sie deswegen etwas nervös.

»Dann bleibe ich zum Frühstück.« Ich beuge mich vor und gebe ihr einen kurzen Kuss. »Und während du deinen Toast isst, ziehe ich mich an.«

»Okay. Und nur, damit du es weißt: Dieses T-Shirt gehört jetzt mir«, sagt sie grinsend.

»Ich hole es mir später zurück.«

»Das wirst du nicht. Es ist meins.« Ich bleibe stehen und betrachte sie, wie sie kauend in meiner Küche sitzt. Ihr Haar ist offen und fällt ihr über die Schultern, und ihr Gesicht sieht verschlafen aus. In diesem Moment weiß ich, dass ihr schon jetzt viel mehr als mein Shirt gehört.

»Wir werden sehen«, entgegne ich und ernte ein süffisantes Lächeln von ihr, bevor sie erneut in ihren Toast beißt. Ich reibe mir über die Brust und spüre mein heftig klopfendes Herz. Ja, mir ist wirklich nicht zu helfen, wenn es um Jade geht. Ich bin verliebt in sie.

18. Kapitel

Jade

»Eure Männer sehen wirklich gut aus«, flüstert Mom, als sie mit Cybil und mir vor dem Laden steht. Wir sehen dabei zu, wie Maverick und Tanner Dad helfen, die Kisten aus dem Laster zu laden und nach drinnen zu tragen. Es hat mich nicht überrascht, dass Mom und Dad begeistert waren, als sie von Maverick und mir erfuhren, zumal sie ihn bereits kennen und offensichtlich mögen. Und Cybil scheint es nicht im Geringsten zu stören, dass ich meine Beziehung zu Maverick geheim gehalten hatte. Als wir gestern nach dem Frühstück ein paar Minuten alleine waren, gestand sie mir, dass sie geahnt hatte, was zwischen uns läuft. Sie wollte mir Zeit geben, mir über meine Gefühle im Klaren zu werden, und war sich sicher, dass ich mit ihr darüber reden würde, wenn ich bereit dafür sei.

Offensichtlich ist meine beste Freundin ein besserer Mensch als ich, denn ich wäre mindestens ein paar Tage lang stinksauer gewesen, wenn ich herausgefunden hätte, dass sie mir etwas so Großes verheimlicht. Sie hat nicht nur verstanden, dass ich die Sache mit Maverick langsam angehen wollte, sie wusste auch, dass ich hier in Montana glücklich sein würde. Schon vor einigen Monaten hat sie mir geraten, den Schritt in ein neues Leben zu wagen, weil sie erkannt hatte, dass ich hier von Menschen umgeben sein werde, die mich mögen und das Beste für mich wollen.

»Da gebe ich dir recht«, stimmt Cybil ebenso leise zu. »Okay, genug gesabbert. Wir haben zu tun.« Cybil betritt mit Claire auf dem Arm den Laden. Ich folge ihr und stelle zuerst Claires Lauflernhilfe auf. Cybil setzt Claire hinein, und sie beginnt zu wippen und drückt auf die vielen Knöpfe, die verschiedene Töne abspielen. Noch ist sie zu klein, um allein zu stehen, lässt sich aber auf diese Weise für einige Zeit ablenken, sodass wir die Kisten auspacken können.

»Sag mir, was ich tun soll«, fragt mich Mom, als Maverick mit weiteren Kisten hereinkommt. Sein Blick und sein Zwinkern lassen meinen Magen flattern. Bevor ich schwach werde und mich auf ihn stürze, um ihn zu küssen, schaue ich mich um.

»Ich würde sagen, wir fangen an, die Bücher in die Regale zu stellen.« Ich öffne eine der Kisten, die mir am nächsten steht, und ziehe einen Stapel Bücher heraus, die alle den gleichen Titel haben. »Wenn wir alles ausgepackt haben, gehe ich noch einmal durch und sortiere sie.« Ich schaue Cybil an. »Wann bringen unsere Partnerinnen ihre Sachen?«

»Heather und Lonnie kommen morgen Vormittag und Mary mittags.« Sie öffnet eine weitere Kiste und hilft mir, Bücher zu stapeln, während Claire kichert und zur Musik tanzt. »Wir sollten heute schon versuchen, die Kasse einzurichten.«

»Ja, und wir sollten über die Eröffnung sprechen.« Ich schaue auf die Plastikplane, die immer noch zwischen den Läden hängt, obwohl alle Arbeiten abgeschlossen sind. »Und über das Wochenende, an dem die Hochzeit von Everly und Blake stattfindet. Ich fühle mich nicht wohl dabei, so lange weg zu sein. Ich würde lieber erst am Samstagabend hinfahren, damit ich am Sonntag bei der Hochzeit dabei sein kann. Dann kann ich am Freitag und Samstagvormittag noch die Eröffnung in der kommenden Woche vorbereiten. Wenn du einverstanden bist, könnten wir am Montag mit einem Soft Opening starten, die ganze Woche über an den Feinheiten arbeiten und dann am Freitag die große Eröffnung feiern. Und am Abend veranstalten wir eine kleine Party mit unseren Geschäftspartnerinnen und mit all unseren Freunden und unserer Familie. Liam und seine Urenkel dürfen wir dabei auch nicht vergessen.«

»Die Idee gefällt mir, aber ich will nicht, dass du arbeitest, während wir uns alle im Haus am See amüsieren.« Sie sieht sich um. »Wenn alle mit anpacken, sollten wir diese Woche alles geschafft haben, damit wir am Freitag abreisen können.«

»Es macht mir nichts aus, hier zu bleiben, falls wir nicht fertig werden«, bemerke ich, und Cybil lehnt ihre Schulter an meine.

»Ich weiß. Aber du musst nicht mehr alles allein machen. Ich bin für diesen Laden genauso verantwortlich wie du. Wir werden diese Woche alles erledigen und uns dann ein paar Tage frei nehmen. Okay?«

»Okay«, stimme ich zu, und sie stupst mich mit ihrer Schulter an.

Die nächsten Stunden verbringen wir damit, Kisten zu öffnen und die Regale einzuräumen, während Maverick und Tanner die Kasse für uns einrichten. Dabei unterhält uns Claire zuerst musikalisch, bevor sie sich wiederholt in den immer größer werdenden Stapel Zeitungspapier fallen lässt, mit dem ich die Bücher für den Transport verpackt hatte.

Als ich spät am Abend zusammen mit Maverick auf den Bürgersteig trete, werfe ich noch einen letzten Blick in den Laden, bevor ich das Licht ausschalte und die Tür abschließe. Es gibt noch eine ganze Menge zu tun, aber wir sind schon viel weiter, als ich gehofft hatte. Und alles sieht viel besser aus, als ich mir erträumt hatte. Mein ganzes Leben ist besser, als ich es mir je vorgestellt habe. Mit diesen schönen Gedanken im Kopf, greife ich nach Mavericks Hand und ziehe ihn an mich.

Ich wache mit dem Kopf auf Mavericks Bizeps auf, als er sich bewegt. Durch die Dunkelheit versuche ich, ihn zu sehen.

»Du gehst doch nicht etwa, oder?«, frage ich, und seine Hand auf meiner Hüfte gleitet leicht nach oben, wandert dann über meinen Bauch und unter den Bund meiner Shorts.

»Nein.« Er drückt seine Hüften an meinen Hintern, und ich spüre seine pochende Erektion.

»Oh«, seufze ich, während sich mein Inneres zusammenzieht, wenn ich nur daran denke, wie es ist, ihn in mir zu haben.

»Maverick«, hauche ich, als seine Finger tiefer über mein Schambein und dann zwischen meine Beine gleiten. Instinktiv bewege ich mich gegen seine Hand, weil ich mehr von seiner Berührung will. Er küsst meinen Nacken und lässt seine Finger ruhig an meiner Mitte liegen.

»Halt still«, fordert er mich auf. Meine Muskeln spannen sich an, mein Atem stockt, und ich warte auf seinen nächsten Schritt, denn ich weiß, dass es sich am Ende für mich lohnen wird. »Gutes Mädchen.« Er streicht mit zwei Fingern über meine Pussy.

»Oh Gott.« Ich stöhne vor Lust und wimmere, während er mich weiter liebkost.

»Du bist ja schon ganz nass.« Sein warmer Atem streift meinen Nacken. Er schiebt erst einen, dann zwei Finger in mich hinein. Meine Schenkel beben, als er mit mir spielt. Seine Finger reiben an einer Stelle tief in mir, während sein Handballen gegen meine Klit drückt. Wie so oft, wenn er mich berührt, kämpfe ich viel zu schnell gegen den Drang zu kommen. Ich greife hinter mich, bevor er mich aufhalten kann, und lasse meine Hand über seine Boxershorts gleiten.

Ich höre, wie er stöhnt und dann keucht, ehe er seine Finger aus mir zieht und mich auf den Rücken rollt. Ich konzentriere mich auf sein schwach beleuchtetes Gesicht, das knapp über meinem ist. Ich will ihn küssen, doch er schüttelt den Kopf.

»Heb deinen Hintern an«, fordert er mich auf. Ich komme seinem Wunsch gerne nach, und er zieht mir meine dünnen Baumwollshorts von den Beinen und wirft sie auf den Boden. »Jetzt öffne deine Beine.« Nach einem kurzen Zögern komme ich auch diesem Wunsch nach. Während sein Mund meinen bedeckt, gleitet seine Hand wieder zwischen uns. Als mich seine Finger ausfüllen, wölbt sich mein Rücken wie von allein, und ich stöhne laut. Ich grabe meine Nägel in seinen Bizeps, während er meine Lust mit sanften Stößen steigert.

Ich will ihn unbedingt berühren und schiebe meine Hand unter den Rand seiner Boxershorts. Ich umschließe seine Härte und spüre, wie sie pulsiert.

»Ich bin so nah dran«, flüstere ich und beuge mich zu ihm vor. Er küsst mich tief, während er weiter in mich stößt und mit dem Daumen meine Klit umkreist. Ohne mich zurückhalten zu können, falle ich über die Kante. Die Intensität meines Höhepunkts raubt mir den Atem, bunte Punkte tanzen vor meinen Augen. Ein Orgasmus, der mir den Atem raubt. Maverick fährt fort, mich zu verwöhnen, und ich öffne die Augen. »Ich will dich in mir spüren«, sage ich atemlos, und mein Brustkorb hebt und senkt sich.

»Ich habe kein Kondom«, entgegnet er, und ich kann die Erregung in seiner Stimme hören.

»Ich nehme die Pille«, flüstere ich, und er verharrt bewegungslos über mir.

»Jade«, sagt er dann leise.

»Und ich war erst vor wenigen Wochen beim Frauenarzt. Ich bin kerngesund.«

Er knurrt etwas, das ich nicht verstehe, und springt vom

Bett auf. Ich denke sofort, dass ich etwas Falsches gesagt habe. Doch er geht nicht, sondern starrt mich einen Moment an, bevor er seine Boxershorts auszieht und zu mir zurückkommt. Er streift mir mein Tanktop über den Kopf, bevor er seine Hand auf meinen Bauch legt und mich zurück aufs Bett drückt, während er sich zwischen meine Schenkel legt. »Ich bin auch gesund.«

»Ich vertraue dir, Mav.« Ich schlinge meine Beine um seine Hüften und halte mich an seinen Schultern fest, während er seine Härte an meinen Eingang führt. Ich höre, wie sein Atem bei der Berührung stockt, und schlucke schwer, weil meine Kehle brennt. Dieser Moment fühlt sich größer an als der Sex, den wir bisher hatten. Ein Hauch von Sorge macht sich in meinem Hinterkopf breit, doch bevor ich den Grund dafür erkennen kann, stößt er in mich hinein.

Ich hebe meinen Kopf, und er küsst mich. Seine Stöße sind langsam und gleichmäßig, unsere Körper bewegen sich synchron, und selbst unsere Atemgeräusche folgen dem gleichen Takt. Ich fühle mich wie im siebten Himmel und genieße jede Sekunde. »Weißt du, wie gut du dich anfühlst?«, fragt er, nachdem er sich von meinen Lippen gelöst hat. Er legt seine Stirn an meine. »Wie Seide. Und als würde ich nach Hause kommen. So verdammt gut.« Er bewegt seine Hüften, und ich schließe mich ihm an. »Verdammt, Babe, ich hätte nie gedacht, wie gut sich das mit dir anfühlen könnte. Wie schön es mit dir ist.« Er wird schneller, schiebt seine Hand zwischen uns und liebkost mit den Fingern meine Klit. Die Lust breitet sich wie eine Flutwelle in mir aus, mein Innerstes krampft sich zusammen, und ich beiße in seine Schulter, während ich komme. Er flucht leise, stößt aber weiter in mich, bevor er innehält und sich sein Körper mit einem tiefen Stöhnen entspannt. Er zieht mich an sich und dreht mich mit sich, sodass ich auf seiner Brust liege und seinen schnellen Herzschlag hören kann.

»Ich habe dich gebissen«, sage ich atemlos und mit vor Erschöpfung schläfriger Stimme.

»Ich weiß.« Sein Körper bebt leicht, als würde er lachen.

»Das tut mir leid.« Ich bin selbst erstaunt darüber. Sowas habe ich noch nie getan. Andererseits hat auch noch nie ein Mann solche Gefühle in mir ausgelöst.

»Du brauchst dich nicht zu entschuldigen. Beiß mich, wenn dir danach ist«, sagt er belustigt. Er küsst mich auf den Kopf, und ich lächle, während meine Lider immer schwerer werden.

»Ich sollte mich waschen.«

»Noch nicht.« Er hält mich fest und zieht die Decke über uns. »Ich mag dich so genauso gern.«

»Ich mag es auch, so mit dir zusammen zu sein«, gebe ich zu und schließe meine Augen. Während ich dem gleichmäßigen Schlag seines Herzens lausche, versuche ich das Gefühl in meiner Brust zu deuten. Es ist anders als alles, was ich je zuvor empfunden habe; es ist leicht und zugleich schwer, warm und beruhigend. Es ist nicht Liebe, das weiß ich, weil ich das schon ein- oder zweimal gespürt habe. Ich hoffe nur, dass er es auch spürt, was auch immer es ist.

»Meine Schwester hat heute Nachmittag angerufen. Sie will wissen, ob ich sie zu Thanksgiving besuche«, sagt er in die Dunkelheit hinein und durchbricht damit die angenehme Stille zwischen uns. Ich richte mich etwas auf und stütze mein Kinn auf seine Brust.

»Fährst du zu ihr?«

»Ja, und ich möchte, dass du mitkommst.« Mein Herz klopft wie wild. Ich weiß, wie wichtig es ihm ist, dass ich seine Schwester und ihre Familie kennenlerne. Immerhin hat sie ihn mehr oder weniger großgezogen und aus ihm den Mann gemacht, der er heute ist. Allerdings war bisher geplant, dass sie an Silvester zu Besuch kommen, also erst in einigen Wochen.

»Das würde mir gefallen. Ich bespreche das mit Cybil. Vielleicht kann eine der anderen Frauen den Laden übernehmen, während ich weg bin.« Ich kuschle mich wieder an ihn. »Wird dein Dad auch dabei sein?«

»Nein.« Seine Finger, die sich entlang meiner Wirbelsäule bewegt hatten, verharren. »Er ...« Maverick räuspert sich. »Weder Lizzy noch ich sehen ihn oft. Er arbeitet viel.«

Der Schmerz in seiner Stimme tut mir weh, und ich wünschte, etwas tun zu können, um ihn zu lindern. Doch es gibt keine Worte, die ihm helfen könnten. »Das tut mir leid«, flüstere ich und küsse seine Brust.

»Danke, Babe«, flüstert er zurück und drückt mich an sich. »Wann fahren deine Eltern nach Hause?«, fragt er und reißt mich aus meinen Gedanken. Ich werfe einen Blick auf die Uhr auf dem Nachttisch und seufze.

»Heute. Mom will zeitig aufbrechen, weil die Fahrt sehr lang ist. Sie will gegen sechs losfahren, also in einer Stunde«, sage ich leise und wünsche mir, dass sie noch ein bisschen länger bleiben könnten. Es ist so schön, sie hier zu haben. Mit ihnen habe ich das Gefühl, alles zu haben, was ich brauche, und noch mehr.

»Komm, zieh dich warm an. Es ist kalt draußen. Ich bringe dich hin, damit du dich von ihnen verabschieden kannst.«

»Okay«, entgegne ich leise, stoße mich von seiner Brust ab und gehe ins Bad.

Sobald ich fertig bin, fahren wir die paar Meter zu Tanners Haus. Cybil, Tanner und Claire erwarten uns schon vor der Tür. Gemeinsam verabschieden wir uns von meinen Eltern. Sie versprechen beide, schon in einem Monat wieder zu Besuch zu kommen. Maverick legt tröstend seine Arme um mich und trocknet meine Tränen, nachdem wir meinen Eltern beim Wegfahren zugesehen haben.

19. Kapitel

Jade

Als die Sonne untergeht, beobachte ich Blake, Everly und Sam, wie sie langsam zu einem Lied tanzen, in dem ein Mann und eine Frau singen, dass sie einander folgen werden, egal wohin sie im Leben gehen werden. Tränen füllen meine Augen, und ich greife schnell nach meiner Serviette, um sie zu trocknen. Blake kannte ich schon von meinem ersten Besuch bei Cybil und mochte ihn sofort. Nachdem ich dann auch Everly und ihren Sohn Sam getroffen hatte, schloss ich auch die beiden in mein Herz. Sie sind wirklich eine wunderbare Familie.

»Oh Gott, ich muss weinen«, flüstert Cybil, und ich drehe mich zu ihr um und sehe, dass Tränen ihre Wangen benetzen.

»Du weinst doch schon, Sunny«, bemerkt Tanner und nimmt ihr Claire ab, um Cybil an seine Seite zu ziehen und ihre Schläfe zu küssen.

»Sie passen so perfekt zusammen«, sagt sie zu ihm, und ich reiche ihr eine saubere Serviette, damit sie sich das Gesicht abwischen kann. Immerhin sind wir nicht die einzigen, die nah am Wasser gebaut sind. Als ich mich nach den anderen Gästen umsehe, stelle ich fest, dass kein Auge trocken zu bleiben scheint. Es ist nicht das erste Mal, dass ich heute weine. Schon während der Trauzeremonie konnte ich meine Emotionen nicht zurückhalten, als Blakes Mom den kleinen Sam an Blake übergab und er Sam ein goldenes Armband um sein kleines Handgelenk legte, um ihm zu versprechen, ihn für immer so zu lieben, wie er seine Mom lieben würde.

»Gott sei Dank«, murmelt Tanner, als das Lied vorbei ist und ein beschwingteres erklingt. Der DJ dreht die Lautstärke höher und fordert alle Gäste auf, sich dem Paar auf der Tanzfläche anzuschließen. »Ich dachte schon, wir würden in den vielen Tränen ertrinken.«

Maverick grinst breit, und ich sehe ihn böse an. »Tut mir leid, Babe, aber er hat nicht unrecht.«

»Ihr scheint einfach nichts von Romantik zu verstehen.« Ich verdrehe die Augen, und er lächelt mich entschuldigend an.

»Darf ich um diesen Tanz bitten, meine Damen?«, fragt Tanner seine Frau und Claire, nachdem er sich von seinem Platz erhoben hat. Cybil schaut zwischen ihm und Claire hin und her, legt dann ihre Hand in seine und lässt sich auf die provisorische Tanzfläche führen.

Nicht zum ersten Mal führen sie zusammen diese Art Hühnertanz auf, und Claires glückliches Lachen ist bis zu den Tischen zu hören. Ich nehme einen Schluck von meinem Wein und sehe zu Maverick. »Geht's dir gut?«

»Ja«, sagt er leichthin und prostet mir mit seinem Bier zu. Ich lächle ihn an, bevor ich von einer kleinen Hand auf meinem Arm abgelenkt werde.

»Hey, ich bin Edmond. Willst du mit mir tanzen?«, fragt ein süßer Junge mit roten Haaren, der neun oder zehn Jahre alt sein muss, und ich stelle mein Weinglas ab.

»Das würde ich gerne.« Ich schaue zu Maverick hinüber. »Willst du dich uns anschließen?«

»Mir geht's gut, Babe. Habt Spaß. Ich warte hier auf dich.« Er grinst, und ich grinse zurück, dann rutsche ich von meinem Sitz und nehme Edmonds Hand. Als wir die Tanzfläche erreichen, beginnt ein Lied, das ich kenne. Ich zeige dem Jungen, wie man sich dazu bewegt. Er folgt mir aufmerksam und scheint sich prächtig zu amüsieren. Ein Lied folgt dem nächsten, und wir tanzen, singen und lachen. Als ich gerade dabei bin, den Macarena zu tanzen, spüre ich Mavericks Blicke und schaue zu ihm hinüber. Sofort flattern Schmetterlinge in meinem Bauch, und mir wird warm ums Herz.

»Oh-oh.« Margret stößt mich mit der Hüfte an, und ich sehe zu ihr. »Da ist jemand schwer verliebt«, ruft sie über die Musik und die Gespräche der Leute hinweg.

»Was? Nein.« Ich schüttle den Kopf.

»Oh doch, Süße, aber keine Sorge, Mav ist es auch.« Sie kichert, als Mason sie zu sich umdreht. Wieder begegne ich Mavericks warmem Blick, und mein Puls beginnt zu rasen. Das kann nicht sein. Margret muss sich irren. Oder liebt er mich wirklich?

»Ich hole mir etwas zu trinken. Möchtest du auch etwas?«, fragt mich mein Tanzpartner, und ich schaue auf sein liebenswertes, vor Anstrengung gerötetes Gesicht hinunter und schüttle den Kopf. »Und danke für deine Nachsicht mit meinen Füßen. Das hat Spaß gemacht.«

»Ja, das hat es.« Ich beobachte, wie er zu einer älteren Frau mit langen grauen Haaren hinübergeht, bevor ich die Tanzfläche verlasse und zu unserem Tisch zurückkehre. Margrets Worte spuken unablässig in meinem Kopf herum.

»Hattest du Spaß?«, fragt Maverick, als ich mich neben ihn setze und mir ein Glas Wasser einschenke.

»Ja.« Ich lächle ihn an, und sein Blick wandert über mein Gesicht.

»Sollte ich mir Sorgen machen, dass du mich für einen jüngeren Mann verlässt?«

»Nein, ich gehöre ganz dir.« Ich rutsche auf meinem Sitz näher zu ihm heran, und er legt seine Hand in meinen Nacken, um mich nach vorne zu ziehen und zu küssen.

»Das ist gut. Trotzdem solltest du wissen, dass ich dich nicht einfach gehen lassen, sondern um dich kämpfen würde.«

»Wirklich?«, frage ich leise, während mein Herz heftig

pocht.

»Ja.« Er küsst mich erneut, bevor er seine Hand weggleiten lässt.

»Willst du tanzen?«, frage ich, nachdem ich einen Schluck Wein getrunken habe.

»Tanzen ist nicht so mein Ding«, antwortet er und hebt meine Hand, um meine Finger zu küssen. »Willst du mit mir spazieren gehen?«

»Jetzt?«

»Ja, ich würde dir gerne etwas zeigen.«

»Klar.« Ich stelle mein Glas ab und lege mir meinen Pullover über den Arm. Everly hat insbesondere den weiblichen Gästen geraten, etwas Warmes mitzunehmen, weil wir uns größtenteils im Freien aufhalten werden. Aber dank der Magie von mindestens einem Dutzend Wärmelampen ist es im Partyzelt so warm wie an einem Sommertag, dass ich in meinem schwarzen, schulterfreien Kleid bisher nicht gefröstelt habe.

Maverick legt seine Hand auf meinen Rücken und führt mich durch die Menge zum Ausgang. Hand in Hand gehen wir zu dem Steg, auf dem Everly und Blake heute geheiratet haben. Der Mond beleuchtet unseren Weg und spiegelt sich auf dem Wasser, während die Sterne über uns zu funkeln scheinen.

»Gehen wir auf die Jagd nach dem Seeungeheuer?«, scherze ich, als wir den hölzernen Steg betreten. Maverick lacht, weil auch er die Geschichte kennt, die uns Everly und Blake erzählt haben. Bei ihrem ersten gemeinsamen Besuch hier sind sie mit dem Kanu auf den See rausgefahren. Blake hat ihr eine Geschichte über ein Monster erzählt, das angeblich im See lebt. Als dann ein Fisch aus dem Wasser sprang, war Everly so erschrocken, dass sie das Kanu zum Kentern brachte.

»Nein.« Er schlingt seine Arme um mich, als wir das Ende des Stegs erreichen, und legt den Kopf zurück, um in den Nachthimmel zu schauen. »Heute Nacht findet einer der größten Meteoritenschauer der letzten zwanzig Jahre statt«, sagt er, und ich halte mich an ihm fest, während ich ebenfalls zum Himmel blicke und sofort eine Sternschnuppe entdecke. »Wünsch dir was«, flüstert er. Mit unendlich vielen Schmetterlingen im Bauch schließe ich die Augen und wünsche mir eine Zukunft mit dem Mann an meiner Seite. Eine Zukunft voller Liebe, einem Ring und einem Baby mit seinem dunklen Haar und seinen schönen Augen. Normalerweise würde ich nie einen Wunsch an etwas verschwenden, das ohnehin nicht in Erfüllung gehen wird. Aber in seinen Armen halte ich diesen Wunsch für realistisch. Ich habe das Gefühl, dass wie eine gemeinsame Zukunft haben könnten.

»Hast du dir auch etwas gewünscht?«, frage ich, öffne die Augen und stelle fest, dass er mich ansieht.

»Ich habe schon alles, was ich mir wünsche«, entgegnet er, und ich schmelze fast dahin. »Was hast du dir gewünscht?« Er streicht mir eine Locke aus dem Gesicht und klemmt sie mir hinters Ohr.

»Sowas.« Ich deute mit der Hand zum beleuchteten Partyzelt, aus dem Musik und Gelächter dringen. »Ich will das, was Everly und Blake haben oder was Tanner und Cybil verbindet. Eine Hochzeit, Babys.« Ich lehne mich an ihn und lächle. Die Ereignisse des Tages und der Alkohol in meinem Körper scheinen wie eine Dosis Wahrheitsserum zu wirken.

»Jade.« Seine Stimme klingt rau, und ich stelle mich auf die Zehenspitzen und lege meine Hände auf seine Brust.

»Keine Sorge, ich plane nicht im Geiste unsere Hochzeit. Ich meine nur, dass ich eines Tages gerne heiraten und eine eigene Familie gründen würde.«

»Du verdienst all das und noch viel mehr.« Er drückt mich an seine Brust und hält mich lange fest, während die Sterne über uns in den Himmel schießen. In diesem Moment scheint einfach alles perfekt zu sein.

»Danke für die Einladung. Es war ein wundervolles Fest.« Ich umarme Everly und wiege sie hin und her, während wir auf der Veranda vor dem Haus am See stehen.

»Danke, dass du gekommen bist.« Sie lässt mich los und ergreift meine Oberarme. »Ich kann es kaum erwarten, euren Laden am Freitag bei der großen Eröffnung zu sehen.«

»Ich kann es auch nicht erwarten.« Ich lasse sie los, um mich von Blake zu verabschieden, und gebe auch Sam einen dicken Kuss.

»Nochmals herzlichen Glückwunsch, Mann. Wir sehen uns in ein paar Tagen«, sagt Maverick zu Blake und legt ihm freundschaftlich eine Hand auf die Schulter, bevor er sich umdreht, um Sam auf die Nase zu stupsen und Everly einen Kuss auf die Wange zu geben.

»Wenn du mich brauchst, ruf nicht an«, sagt Blake, und Maverick antwortet mit einem Grinsen.

»Das werde ich nicht«, versichert er ihm. Wir winken ihnen noch einmal zu und gehen zu Mavericks Truck.

»Fertig?«, fragt Maverick und öffnet mir die Beifahrertür. Das unbestimmte Gefühl, das ich den ganzen Morgen hatte, verstärkt sich, weil er mich weder berührt noch küsst. Ich bin schon damit aufgewacht und kann es mir einfach nicht erklären. Während ich im Bad war, habe ich versucht, an etwas anderes zu denken. Doch sobald ich die Küche betrat, wo Maverick mit all den anderen beim Frühstück saß, fühlte es sich an, als stünde eine Mauer zwischen uns, die gestern Abend noch nicht da war. Ich weiß nicht, was sich verändert hat, aber ich spüre, dass etwas anders ist.

»Hat dir das Wochenende gefallen?«, erkundige ich mich.

Maverick startet den Motor und schaut kurz zu mir, bevor er seine Hand auf die Rückenlehne meines Sitzes legt und rückwärts auf die Straße fährt.

»Ja«, sagt er knapp, und ich rutsche in meinem Sitz hin und her. Vielleicht wäre es besser gewesen, noch zu bleiben und später mit Cybil und Tanner nach Hause zu fahren. »Und du?«

»Es war eine wunderschöne Hochzeit.« Ich krame in meiner Tasche nach meinem Handy und schicke eine Nachricht an Liam, dass ich auf dem Weg in die Stadt bin. Ich lasse ihn auch wissen, dass ich heute Abend im Laden vorbeikomme, um nach dem Rechten zu sehen, bevor wir morgen Früh pünktlich mit dem Cafébetrieb starten können. Die große Bauplane, die den größten Schmutz vom Café fernhalten sollte, haben wir schon entfernt. Ich muss nur noch ein wenig aufräumen und putzen, dann ist alles bereit.

Ich stecke mein Handy zurück in die Tasche und werfe Maverick nur einen flüchtigen Blick zu. Fast die ganze Fahrt über starre ich aus dem Fenster und versuche herauszufinden, was zwischen gestern Abend und heute Morgen passiert sein könnte. Als wir zum Zelt gingen, nachdem wir die Sterne beobachtet hatten, war Maverick nicht anders als sonst. Vielleicht habe ich mich auch geirrt, so aufgekratzt wie ich war. Immerhin hatte ich mich mit unseren Freunden amüsiert, getanzt und die Hochzeitsfeierlichkeiten genossen. Und auch ein paar Gläser Wein getrunken.

Auch als wir in unser Zimmer zurückkehrten, war er sehr ruhig, was nicht ungewöhnlich für ihn ist. Er hielt mich an sich gedrückt, als ich einschlief. Wir hatten nur keinen Sex, weil ich meine Periode habe. Sonst war alles wie sonst auch. Und Maverick ist nicht der Typ, der sich darüber beschwert, keinen Sex zu haben, denn wir hatten schon ein paar Nächte, in denen wir einfach Arm in Arm eingeschlafen sind.

Ich beiße mir auf die Unterlippe, weil ich weiß, dass ich

fragen muss, was ihn bedrückt. Dass ihn etwas beschäftigt, ist offensichtlich. Und von selbst scheint er nicht darüber reden zu wollen. Also hole ich tief Luft und nehme all meinen Mut zusammen.

»Bist du wegen irgendetwas sauer?« Meine Frage durchbricht die Stille, die sich in den letzten anderthalb Stunden wie eine nasse Decke über uns gelegt hat. Ich betrachte sein schönes Profil und bemerke, wie verkrampft er das Lenkrad festhält.

»Ich bin nicht böse, aber wir sollten reden«, antwortet er, und mein Herz sinkt. Gott, wie oft habe ich das schon gehört? *Wir sollten reden* ist immer der Auftakt zu *Das funktioniert nicht, aber mach dir keine Sorgen, es liegt nicht an dir, sondern an mir.*

»Okay.« Ich warte mit angehaltenem Atem eine gefühlte Ewigkeit auf eine weitere Bemerkung von ihm. Stattdessen schaut er mich kurz an. Sein Blick ist so voller Schmerz, dass ich ihn spüre, als wäre es mein eigener. Dann konzentriert er sich wieder auf die Straße.

»Ich will nicht heiraten und auch keine Kinder haben«, sagt er leise, aber sein Tonfall mindert nicht den plötzlichen Stich in meiner Brust.

»Gibt es einen Grund dafür?«

»Muss es einen geben?« Er schüttelt langsam den Kopf, und ich möchte *Ja* schreien, tue es aber nicht. Irgendwie schaffe ich es, meinen Mund zu halten und die aufsteigenden Tränen zurückzudrängen. »Kannst du das akzeptieren?«

Mein erster Instinkt ist, *Ja* zu sagen, weil ich dann vielleicht noch ein bisschen länger mit ihm zusammen sein kann. Doch ich bin mir sicher, dass ich heiraten und Kinder bekommen möchte. Ich will ein eigenes Baby. Ich möchte meine Eltern mit meinem Sohn oder meiner Tochter sehen, und ich möchte die Art von Liebe und Partnerschaft erleben, die Cybil, Everly und Margret gefunden haben. Wenn ich jetzt nicht ehrlich antworte, wird das später nur zu noch mehr Herzschmerz führen.

»Nein.« Ich grabe meine Nägel in meine Handflächen. »Es tut mir leid, das kann ich nicht akzeptieren.«

»Das habe ich mir gedacht«, flüstert er, während mir eine einzelne Träne über die Wange rollt. Ich schaue wieder aus dem Seitenfenster und bemerke, dass wir fast da sind. Unser Weg führt durch die Innenstadt am Laden vorbei, und ich beschließe, lieber sofort die letzten Dinge zu erledigen, als allein zu Hause zu sitzen.

»Kannst du mich am Laden absetzen? Ich habe dort noch etwas zu tun, bevor wir morgen öffnen.«

»Wie wäre es, wenn ich dich nach Hause bringe und wir dort reden«, schlägt er vor, und mein Magen krampft sich zusammen.

»Was gibt es da zu besprechen? Du hast mir gerade gesagt, dass du weder heiraten noch Kinder haben willst.« Ich wische mir schnell eine weitere Träne weg. »Und ich will unbedingt eine eigene Familie.« Dass ich sie nur mit ihm möchte, erwähne ich lieber nicht. »Ich glaube nicht, dass wir uns darüber unterhalten müssen, es sei denn, du willst mir erklären, warum du all diese Dinge nicht möchtest.« Ich warte darauf, dass er etwas sagt, irgendetwas, aber er bleibt stumm. »Setz mich bitte einfach ab.« Ich lege meine Hand auf den Türgriff und bin wirklich bereit, an der nächsten Ampel aus dem Wagen zu springen, wenn er sich weigert.

»Ich setze dich ab und bringe deine Tasche zu Tanner«, sagt er, und ich nicke. Meine Sachen sind mir egal. Ich versuche nur, meine Gefühle unter Kontrolle zu halten, solange er neben mir sitzt. Ein unerträglicher Schmerz hat sich von der Mitte meiner Brust nach außen ausgebreitet und gibt mir das Gefühl, mich zu zerreißen.

Wenige Minuten später hält Maverick in zweiter Reihe

direkt vor dem Laden. Ich bedanke mich und reiße die Tür auf.

»Jade«, ruft er mit rauer Stimme, und ich drehe mich zu ihm um. Gott, so verletzt ich auch bin, ich hasse es, diesen Schmerz in seinen Augen zu sehen. Ich muss irgendetwas sagen oder tun. So kann ich ihn nicht allein fahren lassen.

»Freunde?«, frage ich und strecke ihm meinen kleinen Finger entgegen. Sein Blick ruht für einen langen Moment auf meiner Hand, bevor er seinen Finger fest um meinen legt. »Wir sehen uns.« Ich schlucke die aufsteigenden Tränen hinunter, ziehe meine Hand weg und steige aus, als stünde sein Wagen in Flammen.

Erst als ich die Ladentür hinter mir abgeschlossen und mich im Bad eingesperrt habe, lasse ich meine Tränen zu und kann kaum noch aufhören zu weinen.

20. Kapitel

Jade

»Ich liebe das Buch, das du mir empfohlen hast«, schwärmt eine süße kleine Blondine im Cheerleader-Outfit mit einer Tasse Kaffee in der Hand, als sie zu mir an die Kasse kommt. »Ich war mir nicht sicher, ob ich auf Elfen und Magie stehe, aber die Geschichte war so spannend, und Christen ist so heiß.«

»Ich bin froh, dass es dir gefallen hat.« Ich achte darauf, mein Lächeln beizubehalten, das sich in den letzten vier Tagen gezwungen anfühlte. Kein Wunder, weil mir vor vier Tagen das Herz herausgerissen und darauf herumgetrampelt wurde. Ich konnte mir nicht eingestehen, dass ich in Maverick verliebt bin, solange wir zusammen waren. Jetzt erinnert mich der Schmerz in meiner Brust ständig daran, dass ich mich selbst belogen habe. Ich habe furchtbaren Liebeskummer und weiß nicht, ob er je wieder vergehen wird.

»Hast du gesehen, dass es inzwischen auch einen zweiten Teil gibt?«, frage ich die Blondine und wünsche mir, dass die Arbeit mich wieder so glücklich machen würde wie früher.

»Wirklich, es gibt eine Fortsetzung?« Sie dreht sich zum Regal um, in dem auch der erste Teil steht, nimmt den zweiten Band und drückt ihn an ihre Brust. »Ich bin so aufgeregt!« Sie kommt mit dem Buch zum Tresen und überfliegt den Klappentext.

»Hast du es schon gelesen?« Sie reicht es mir.

»Noch nicht, aber es steht als nächstes auf meiner Liste. Die bisherigen Kritiken sind fantastisch.«

»Hoffentlich ist es so toll wie der erste Band.« Sie reicht mir ihre Kreditkarte, und ich ziehe sie durch den Automaten. Während sie ihren Code eintippt, lege ich ihr Buch in eine schwarze Tasche.

»Sag mir doch bitte bei deinem nächsten Besuch, wie es dir gefallen hat.« Ich reiche ihr die Einkaufstasche, und sie lächelt.

»Das werde ich. Versprochen.« Sie hüpft hinüber in den Coffeeshop und winkt Katie und Tony zu, bevor sie außer Sichtweite verschwindet.

Seit der Eröffnung vor vier Tagen haben wir bereits unsere Miete für den Monat eingenommen und sogar einen kleinen Gewinn erwirtschaftet. Die Produkte unserer Mitstreiterinnen sind für unsere Kundschaft genauso interessant wie die Bücher. Es ist mehr als toll, dass der Laden an den Coffeeshop angegliedert ist. Genau wie ich es mir gedacht habe, schauen sich die Leute in unserem Laden um, wenn sie auf ihre Getränke warten oder nachdem sie ihren Kaffee getrunken haben. Überrascht bin ich, dass sowohl Frauen als auch Männer bei uns einkaufen.

Die Türglocke ertönt. Cybil betritt mit Claire auf dem Arm den Laden, und ich lächle die beiden an.

»Hey, ich dachte, du kommst erst später«, sage ich und nehme ihr Claire ab.

»Das dachte ich auch, aber Claire ist etwas früher aufgewacht. Also dachte ich, wir kommen vorbei, um zu sehen, ob wir noch etwas für morgen vorbereiten können.« Ich weiß, dass das ein Vorwand ist. Sie hat sich Sorgen um mich gemacht, wie alle anderen auch.

»Eigentlich ist alles fertig.« Ich zucke mit den Schultern. »Morgen Früh werden die Luftballons geliefert. Und die Leute, denen der Weinladen um die Ecke gehört, bringen uns kurz vor der Eröffnungsparty den Champagner. Heute Abend will ich noch einkaufen gehen. Ich dachte mir, dass wir ein Buffet mit Fingerfood aufstellen. Dann kann sich jeder das nehmen, was er mag. Das ist wohl am einfachsten.«

»Das Buffet könnte ich übernehmen. Wir haben einen riesigen Kühlschrank. Ich bringe dann morgen die fertigen Platten mit.«

»Das wäre toll.«

»Super.« Sie sieht sich um. »Wie lief es heute?«

»Gut. Jeder, der sich im Laden umgeschaut hat, wollte auch etwas kaufen.« Ich trage Claire hinter die Theke, wo ihr Laufstall steht, und setze sie mit einem ihrer Spielzeuge hinein.

»Und wie geht es dir?«, fragt Cybil, und ich zucke mit den Schultern.

»Gut.«

»Jade.« Sie seufzt.

»Bitte nicht«, flüstere ich. »Nicht jetzt.« Sobald ich ihr mein Herz ausschütte, würde ich vor lauter Tränen nicht mehr arbeiten können. Außerdem weine ich nachts schon genug, wenn ich allein in meinem Bett liege.

»Tanner und Blake waren bei Maverick.«

»Gut.« Cybil hat mir vorgestern erzählt, dass Tanner und Blake meinetwegen sauer auf Maverick waren. Deshalb bin ich erleichtert, dass sie miteinander geredet haben. Die drei sind wie Brüder und es wäre schade, wenn sie sich zerstreiten.

»Tanner meint, Mav sieht aus wie ein Wrack.« Mein Herz krampft sich zusammen, und ich weiß nicht, ob ich mich freuen oder traurig sein soll, dass er so durcheinander ist wie ich. »Wie ich Tanner kenne, hat er Mavericks Schwester angerufen und sie gebeten, herzukommen. Sie ist vermutlich die Einzige, mit der er reden will.«

»Das wäre gut, denn er vermisst sie«, sage ich leise.

»Ich mache mir Sorgen um dich, Jade.« Cybil legt ihre Hand auf meinen Arm, und ich atme tief ein.

»Ich komme schon klar. Es wird nur eine Weile dauern, bis ich über ihn hinweg bin.« Das ist eine Lüge. Vielleicht werde ich nie darüber hinwegkommen. Ich dachte, ich wüsste, was Liebeskummer ist. Doch der Schmerz, den ich in den letzten Tagen empfunden habe, war einfach nur überwältigend. Wenn mir Cybil und der Laden nicht so wichtig wären, würde ich nicht einmal das Bett verlassen.

»Ich dachte wirklich, dass ihr zwei ...«

»Stopp«, unterbreche ich sie. »Es ist, wie es ist. Wir haben unterschiedliche Vorstellungen vom Leben, die nicht zusammenpassen. So sehr das auch nervt, ich muss es akzeptieren. Ich bin nur froh, dass wir das jetzt schon geklärt haben und nicht erst in ein paar Monaten, wenn ich so richtig in ihn verliebt bin.«

»Vermutlich hast du recht.« Sie schaut zu Claire. Ob sie sich gerade überlegt, was sie getan hätte, wenn Tanner keine Kinder gewollt hätte? Zum Glück würde Tanner alles tun, was sie glücklich macht. Und er liebt Kinder. Wenn sie noch ein Dutzend Kinder wollte, würde er sie ihr mit Freuden schenken.

»Glaubst du, ich habe es vermasselt?« Ich grabe meine Nägel in meine Handflächen und sehe meine Freundin unsicher an.

»Was meinst du?«

»Du würdest alles für Tanner tun, oder? Glaubst du, ich habe es vermasselt, weil ich zu viel von Maverick erwartet habe? Obwohl er nur mich wollte?«

»Gott, nein.« Sie umarmt mich. »Du hast es nicht vermasselt.« Sie lässt mich gerade so weit los, dass sie mir in die Augen sehen kann. »Ich wäre enttäuscht von dir, wenn du dich mit weniger zufriedengeben würdest, als du wirklich willst.« Ihre Augen füllen sich mit Tränen. »Eines Tages wirst du heiraten und Kinder bekommen, so wie du es dir immer gewünscht hast. Und dann ist alles andere vergessen.«

»Ich vermisse ihn«, gebe ich zu, während meine Augen zu

brennen beginnen.

»Ich weiß, und ich wünschte, ich könnte dir den Schmerz nehmen und dich wieder lächeln sehen. Du weißt ja nicht, was die Zukunft für euch beide bereithält. Vielleicht braucht Maverick nur etwas Zeit und eure Trennung war nur eine kleine Episode auf eurem gemeinsamen Weg.«

»Das glaube nicht. Wenn ich im Laufe der Jahre etwas gelernt habe, dann, dass Männer normalerweise keine Dinge sagen, die sie nicht meinen.«

»Du hast ihn mit Claire gesehen. Er betet sie an.«

»Ich weiß, und er liebt auch seine Neffen. Aber das ändert nichts daran, dass er keine eigene Familie will.«

»Männer sind manchmal Idioten.«

»Da werde ich dir nicht widersprechen.« Ich lächle, als sie lacht, und wische mir die Tränen von den Wangen.

»Was auch immer passiert, ich bin für dich da, genauso wie Tanner und alle anderen.«

»Ich weiß, und eines Tages, wenn es nicht mehr so weh tut, kann ich vielleicht mit Maverick befreundet sein. Dann ist es für alle einfacher, wenn wir beide zur gleichen Zeit an einem Ort sind.«

»Alle werden Rücksicht nehmen auf euch, und niemand wird euch verurteilen oder sich in eurer Gegenwart unwohl fühlen.« Sie schüttelt den Kopf »Na ja, Maverick vielleicht, wenn ich ihm die Meinung gesagt habe, weil er dir wehgetan hat. Vermutlich würde er sogar zustimmen, dass er es verdient hat.«

»Du könntest keiner Fliege etwas zuleide tun.« Ich nehme Claire auf den Arm. Meinen Namen kann sie noch nicht sprechen. Stattdessen brabbelt sie immer *Jada*, wenn sie mich sieht.

»Vor einiger Zeit habe ich einen erwachsenen Mann in einer Kneipenschlägerei umgehauen«, bemerkt sie grinsend und bringt mich zum Lachen. »Wirklich. Ich meine es ernst.«

»Ich weiß, ich war dabei.« Als die Türglocke ertönt, schauen wir beide auf. Niemand anderes als Donna, die Frau von Ken, dem Polizisten, betritt den Laden. Als sie näher kommt, weiß ich sofort, dass sie ihn verlassen haben muss. Sie sieht so erholt aus, als wäre sie Dauergast im Spa.

»Hey Donna«, begrüße ich sie, und sie schaut mich überrascht an, weil ich mich an ihren Namen erinnere. Wie könnte ich je den Abend vergessen, an dem wir uns zum ersten Mal begegnet sind?

»Hey, ich ...« Sie schaut zwischen Cybil und mir hin und her. »Ist jetzt ein guter Zeitpunkt zum Reden?«

»Klar.« Lieber spreche ich über Ken, als noch mehr Zeit mit den Grübeleien über Maverick zu verbringen.

»Als wir uns das letzte Mal gesehen haben, hast du mir einen Job angeboten. Vermutlich wolltest du nur nett sein. Aber ich dachte, dass ich mich vielleicht bei euch bewerben kann.«

»Ich wollte nicht nur nett sein«, entgegne ich und stelle ihr Cybil vor. »Das ist meine beste Freundin Cybil. Der Laden gehört uns beiden«, erkläre ich ihr. »Wenn du willst, können wir zusammen überlegen, ob dich die Arbeit hier interessiert und was deine Aufgaben wären.« Cybil und ich waren uns von Anfang an einig, dass wir noch jemanden für den Laden einstellen müssen, der mich unterstützt. Cybil und die anderen drei Frauen werden die meiste Zeit nicht hier sein können. Und dauerhaft sechs Tage in der Woche zu arbeiten, wäre für mich eine zu große Belastung.

»Werde ich Geld verdienen?«, fragt sie, und ich nicke. »Dann ist das der Job, den ich will.«

»Hast du schon mal im Einzelhandel gearbeitet?«, fragt Cybil, und sie zuckt mit den Schultern.

»In war in ein paar Bekleidungsgeschäften und in einem Fast-Food-Laden angestellt. Zählt das auch?«

»Das zählt.« Cybil lächelt freundlich, und ich bemerke, dass mich Donna genau beobachtet.

»Ich will mich nicht einmischen und ich weiß, dass es mir nicht zusteht, aber es sieht so aus, als hättest du geweint.«

»Männerprobleme«, gebe ich zu, und ihre Miene wird sanfter.

»Tut mir leid.«

»Das kommt vor, oder?«, entgegne ich, und sie zuckt mit einer Schulter.

»Das ist mir früher ständig passiert. Dann habe ich Ken beim Abendessen mit dir erwischt und ihn rausgeschmissen. Damit hat der Ärger mit den Männern ein Ende, und ich fühle mich so glücklich wie seit Jahren nicht mehr.«

»Warte, du bist die Frau des Polizisten?«, fragt Cybil, und Donna schaut sie an.

»Baldige Ex-Frau, ja.«

»Du bist eingestellt.« Cybil grinst sie an, und Donna lacht. »Nein, ich meine es ernst«, fügt Cybil hinzu und schaut zu mir. »Stimmt's?«

»Wenn du den Job willst, gehört er dir.«

»Ich bin dabei«, entgegnet Donna erfreut. »Wann kann ich anfangen?«

In der nächsten halben Stunde ist es im Laden recht ruhig, sodass wir Zeit haben, alles Wichtige mit ihr zu besprechen. Ihre Aufgabe besteht vor allem darin, die Leute zu beraten, für Ordnung in den Regalen zu sorgen und zu kassieren. Donna erklärt uns, dass sie mit unserem Computersystem vertraut ist und sich auf unsere Zusammenarbeit freut.

Als sie geht, frage ich mich, ob sich Ken darüber im Klaren ist, dass er eine wunderbare Frau verloren hat. Ich hoffe es für ihn und würde mich freuen, wenn er abends im Bett liegt und sich wünscht, er hätte alles getan, um sie zu behalten. Und wenn ich ehrlich bin, hoffe ich, dass Maverick jeden Abend mit dem gleichen Wunsch ins Bett geht.

21. Kapitel

Maverick

»Wach auf, kleiner Bruder«, ruft jemand über ein lautes Klopfen hinweg. Ich schrecke auf, knipse die Nachttischlampe an und sehe meine Schwester in meinem Zimmer stehen. Sie schlägt mit einem Holzlöffel gegen einen der Metalltöpfe aus meiner Küche.

»Lizzy, was soll der Scheiß?« Ich reibe mir über das Gesicht und setze mich im Bett auf.

»Komm mir nicht mit *Was soll der Scheiß*.« Sie wirft den Holzlöffel in meine Richtung, und ich kann ihn gerade noch abfangen, bevor er mich am Kopf trifft. »Tanner hat mich angerufen.«

Fuck. Ich hätte es wissen müssen. Er und Blake haben mir in den letzten Tagen gehörig die Meinung gegeigt, dass ich meinen Scheiß klären soll. Ich weiß, dass sie sich Sorgen um mich machen.

»Lizzy ...«

»Er hat mir erzählt, dass du mit der ersten Frau Schluss gemacht hast, in die du dich je verliebt hast.«

»Das habe ich nie behauptet.« Ich werfe die Decke zurück und steige aus dem Bett.

»Sie war hier in deinem Haus. Außerdem wolltest du sie uns zu Thanksgiving vorstellen. Das war Beweis genug. Da musst du mir nicht gestehen, dass du in sie verliebt bist, du Idiot. «

»Tja, die Dinge ändern sich«, murmle ich, schnappe mir ein Sweatshirt und ziehe es an.

»Warum das?«

»Weil sie und ich nicht die gleichen Dinge vom Leben erwarten.«

»Was soll das denn bedeuten?«

»Ich will weder Frau noch Kinder.« Ich gehe in einem großen Bogen um sie herum in die Küche, um eine Kanne Kaffee zu kochen. Wenn Lizzy in so einer Stimmung ist, brauche ich an Schlaf nicht zu denken. Zum Glück habe ich nach den letzten fast schlaflosen Nächten ein wenig Ruhe gefunden. Trotzdem brauche ich dringend eine Portion Koffein.

»Das ewige Beziehungschaos unserer Eltern hat echt Spuren hinterlassen.« Sie knallt den Topf auf die Kücheninsel. »Weißt du eigentlich, wie dumm du dich gerade anhörst?«

»Es gibt viele Leute, die keine Familie gründen wollen.«

»Stimmt, aber ich weiß, dass du nicht zu diesen Leuten gehörst, Mav.«

»Vielleicht kennst du mich nicht gut genug.«

»Oh, ich kenne dich und ich weiß, dass du auf all diese Dinge verzichten willst, weil unsere Eltern so eine kaputte Beziehung hatten und unsere Mutter dich verlassen hat, als du noch ein kleines Kind warst. Und ich sage bewusst *verzichten*, weil du dir insgeheim eine eigene Familie wünschst. Du wolltest mit deiner Frau und deinen Kindern alles besser machen.«

»Du weißt gar nichts.«

»Glaubst du, dass es nur dir so geht?« Sie schiebt mich aus dem Weg und füllt die Kaffeemaschine. »Landon hat ewig gebraucht, mich davon zu überzeugen, dass er mich wirklich liebt, und noch länger, um mir zu beweisen, dass er nicht einfach eines Tages aufsteht und verschwindet.« Sie sieht zu mir auf. »Es gibt immer wieder Tage, an denen ich mir einrede, dass ich von der Arbeit nach Hause komme und er nicht mehr da ist.«

»Landon betet dich wie eine Göttin an. Er würde sich eher

seinen eigenen Arm abhacken, als dir weh zu tun.«

»Nach dem, was Tanner mir erzählt hat, empfindet Jade genauso für dich«, bemerkt sie trocken. Mein Magen krampft sich zusammen, weil ich weiß, dass sie recht hat. »Ich wünschte, ich hätte dich besser beschützen können, als wir Kinder waren, aber ich hatte keine Kontrolle darüber.« Sie schüttelt den Kopf und sieht traurig aus.

»Das liegt nicht an dir.«

»Ich weiß, aber du solltest endlich einsehen, wie wichtig eine Beziehung ist. Und erzähl mir jetzt nicht, dass du Jade nicht verdienst.«

»Es spielt keine Rolle, was ich denke. Dafür ist es zu spät.« Ich lehne mich gegen die Insel und wische mir mit den Händen über das Gesicht. »Jades Vertrauen muss man sich erarbeiten. Wenn ich jetzt angekrochen komme, wird sie mir auf keinen Fall glauben.«

Die Wahrheit ist, seit sie mir ihren Finger hingehalten hat, muss ich jede Minute daran denken, wie ich ihr sage, dass ich ein Idiot bin. Ich bin einfach zu feige und will nicht riskieren, von ihr zurückgewiesen zu werden.

Seit ich erwachsen bin, habe ich mir eingeredet, dass ich weder eine Frau noch ein Kind will, bis ich anfing, meiner eigenen Lüge zu glauben. Dann gründeten zuerst Tanner und bald darauf auch Blake ihre eigenen Familien. Das war der Punkt, an dem ich begriff, dass das auch mein Lebensplan war. Deshalb habe ich mich eine Weile von ihnen zurückgezogen – nicht, weil sie hatten, was ich auch wollte, sondern weil ich dachte, dass ich nie eine Frau finden würde, der ich vertrauen könnte. Mit Jade änderte sich alles. Sie ging mir unter die Haut und bewies mir jeden Tag, dass sie eine tolle Frau ist – treu, liebevoll und eine Kämpferin. Trotzdem stieß ich sie weg, weil ich dummerweise geglaubt habe, dass sie mich wieder verlassen wird. Wenn man keine Beziehung eingeht, wird es nie zu einer Trennung kommen, also kann man nicht verletzt werden. Ich bin in solchen Dingen mein schlimmster Feind und stehe meinem Glück selbst im Weg. Das ist mir in den letzten Tagen klar geworden.

»Liebst du sie?«, fragt Lizzy und schenkt mir einen Becher Kaffee ein. Darüber muss ich nicht einmal nachdenken.

»Ja.«

»Und sie will heiraten und Kinder haben?«, hakt sie nach, und ich nicke.

»Wie fühlst du dich bei der Vorstellung, dass sie mit einem anderen Mann eine Familie gründet?«

»Mordlustig«, antworte ich ehrlich und mit schmerzender Brust, und Lizzy grinst mich an.

»Dann, kleiner Bruder, musst du um sie kämpfen und ihr beweisen, dass du der Richtige für sie bist. Und in diesem Punkt bin ich mir ganz sicher. Also reiß dich zusammen und geh zu ihr. Gestehe ihr deine Liebe und sag ihr, was sie dir bedeutet. Und in ein paar Wochen feiern wir zusammen Thanksgiving.«

»Am liebsten würde ich dir in die Eier treten«, brummt Margret, als wir zusammen zur Eröffnungsparty des Ladens gehen. »Der einzige Grund, warum ich das noch nicht getan habe, ist der, dass du vor lauter Liebeskummer so verdammt mies aussiehst«.

»Danke.« Ich reibe mir mit der Hand über die bärtige Wange und frage mich, ob ich mich nicht hätte rasieren sollen, bevor ich bei Jade auftauche.

»Gern geschehen.« Sie holt tief Luft. »Was ist also dein

großer Plan, um Jade zurückzugewinnen?«

»Ich habe keinen Plan. Ich werde nach Gefühl entscheiden.«

»Also spontan?« Sie packt mich am Arm. »Bist du verrückt? Du hast ihr das Herz gebrochen.« Verdammt, da ist wieder dieser Schmerz. Wer hätte gedacht, dass Liebe auch bedeutet, die Schmerzen des anderen zu teilen.

»Ich werde wissen, was ich tun muss, wenn ich sie sehe.«

»Das ist keine gute Idee. Aber sie liebt dich, also wird sie dir deine mangelnde Vorbereitung vielleicht eher verzeihen als ich.«

Ich lächle zum ersten Mal seit einer gefühlten Ewigkeit. Sobald wir das Café erreichen, beginnt mein Herz stärker zu klopfen. Tief durchatmend, öffne ich die Tür und lasse Margret vor mir eintreten. Sofort kommen mir Zweifel, ob sie vielleicht doch recht haben könnte und ich mir einen Plan überlegen sollte, bevor ich Jade treffe. Der Laden ist voll, und was auch immer zwischen Jade und mir passiert, wird von Dutzenden von Menschen beobachtet werden, von denen sie einige jeden Tag sehen muss.

»Jetzt ist es zu spät, deine Meinung zu ändern.« Margret zieht mich weiter nach drinnen.

»Ich bleibe dabei«, entgegne ich und erstarre, als ich Jade weiter hinten mit einem Mann reden sehe, den ich nicht kenne. Sie schenkt ihm ein Lächeln, das nicht so strahlend ist wie das, das ich von ihr kenne. Unter den Augen hat sie dunkle Ringe. Ich versuche, den Schmerz zu verdrängen, den ich bei ihrem Anblick empfinde, weil ich weiß, dass ich dafür verantwortlich bin.

»Was machst du denn hier?« Ich drehe mich um und entdecke Cybil, die mit einem mörderischen Blick auf mich zukommt.

»Er erobert seine Frau zurück.« Margret stellt sich zwischen uns und verwickelt Cybil in ein Gespräch. Ich dränge mich an den beiden vorbei und mache mich auf den Weg durch den Laden. Als könnte sie spüren, dass ich hier bin, findet mich Jades Blick, und ein leicht panischer Ausdruck ersetzt ihr Lächeln. Wegen der Musik und der Gespräche der Gäste kann ich nicht hören, was sie zu dem Mann sagt, bei dem sie steht, aber ich bin mir sicher, dass sie sich entschuldigt. Denn einen Moment später dreht sie sich um und geht. Wie ein Raubtier, das seine Beute im Visier hat, folge ich ihr durch den Raum und durch die Vordertür auf den Gehweg.

»Jade.« Ich greife nach ihrem Arm, und sie dreht sich mit Tränen in den Augen zu mir um.

»Bitte tu das nicht.« Sie hält ihre Hände zwischen uns. »Nicht heute Abend.«

»Ich kann nicht länger warten.« Ich halte sie fest, weil ich Angst habe, sie zu verlieren, wenn ich sie loslasse. »Ich war nicht ehrlich zu dir.« Ich halte ihren Blick fest, während mein Puls rast. »Ich kann nicht mit dir befreundet sein.«

»Gut zu wissen.« Sie lacht bitter und versucht, sich loszureißen.

»Das geht nicht, weil ich dich liebe, Jade«, gestehe ich ihr. Sie sieht mich stumm und mit großen Augen an. »Ich will alles, was du willst, heiraten und Kinder haben, aber nur mit dir.«

»Maverick.«

»Ich weiß, dass ich Mist gebaut und dir wehgetan habe. Das tut mir so verdammt leid, Babe.«

»Du kannst nicht plötzlich anders über solche wichtigen Dinge denken, Maverick.«

»Du bist die erste Frau, der ich je vertraut habe, abgesehen von meiner Schwester. Und du bist die einzige Frau, die ich je geliebt habe. Es tut mir leid, dass ich nicht offen zu dir war. Vielleicht glaubst du mir nicht, aber ich verspreche dir, dass ich dir für den Rest meines Lebens jeden einzelnen Tag beweisen werde, dass du dir auf dem Steg unter dem Sternenhimmel die gleichen Dinge gewünscht hast, die ich mir mit dir wünsche.«

»Ich habe nie gesagt, dass ich morgen heiraten und Kinder bekommen will.«

»Dann haben wir noch Zeit, bevor wir diesen Schritt machen.« Ich lasse meine Stirn an ihre sinken. »Bitte sag mir, dass du mir verzeihst.«

»Du hast mich verletzt.« Der Schmerz in ihrer Stimme zwingt mich fast in die Knie, weil ich es war, der ihn verursacht hat.

»Es tut mir so leid, Jade.« Sie schließt ihre Augen und scheint sich etwas zu entspannen. »Ich würde alles für dich tun, was dich glücklich macht, und dich nie wieder verletzen. Gib uns noch eine Chance.«

»Du hast mich, alles von mir. Ich hatte nicht vor, mich in dich zu verlieben, aber irgendwie hast du mein Herz gestohlen«, sagt sie leise, und meine Brust schmerzt aus einem anderen Grund. Verdammt, es fühlt sich gut an, zu wissen, dass mir ein Teil von ihr gehört.

»Und wenn ich es dir nie wieder zurückgebe?«

»Dann habe ich wohl keine andere Wahl, als dir zu vertrauen, dass du dich gut darum kümmerst«, antwortet sie, und meine Kehle wird eng.

»Ich werde gut darauf aufpassen«, verspreche ich ihr. Sie stellt sich auf die Zehenspitzen, neigt ihren Kopf zurück und berührt mit ihrem Mund den meinen. Als wir uns küssen, ertönt ein lautes Gebrüll um uns herum, und mir wird klar, dass alle Partygäste vor der Tür stehen, um diesen Moment mitzuerleben.

»Das schreit nach Champagner«, ruft Cybil, und ich lächle, als ich höre, wie Jade lacht. »Geht alle wieder rein. Gönnen wir den beiden ein paar Minuten Zweisamkeit.« Ich sehe Margret, die zu zögern scheint, ob sie zurück zur Party gehen will oder zu uns. Schließlich entscheidet sie sich für Letzteres.

»Weißt du«, sagt Margret zu mir, »ich hätte nicht gedacht, dass dein *intuitiver Plan* funktionieren würde. Für einen Moment war ich mir sicher, dass du heute allein nach Hause fährst. Aber diese *niemals dein Herz zurückgeben*-Sache hat dich irgendwie gerettet.« Sie grinst uns beide an. Dann wird ihr Gesichtsausdruck sanfter. »Ich freue mich für euch beide.«

»Danke«, sagt Jade leise, und Margret lächelt, bevor sie sich bei Mason einhakt und mit ihm in den Laden verschwindet.

Ich richte meine gesamte Aufmerksamkeit wieder auf Jade, die mich prüfend ansieht. »Du liebst mich?«, fragt sie leise.

»Mehr als alles andere«, antworte ich und gebe ihr einen zärtlichen Kuss. »Es macht mich glücklich, dass du mich auch liebst.«

»Du bist der tollste Mann, den ich kenne. Und ich bin mindestens genauso glücklich, dass du mich liebst.« Sie holt tief Luft. »Von jetzt an müssen wir mehr über alles reden. Ich weiß, dass ist nicht dein Ding, aber ich kann deine Gedanken nicht lesen. Wenn das mit uns funktionieren soll, müssen wir miteinander kommunizieren.«

Ich spüre, dass sie Angst davor hat, nicht zu wissen, was in mir vorgeht. »Wir haben viel zu besprechen. Und ich muss dir eine Menge erklären.«

»Wenn du bereit bist, bin ich da.«

»Ich stand mir selbst im Weg, Babe. Das klingt wie eine Ausrede, ich weiß, aber es ist die Wahrheit. Für mich war es leichter, dir nicht zu gestehen, dass ich dich angelogen habe, was meine Wünsche für die Zukunft betrifft. Dass du dir das Gleiche wünschst wie ich mir. Und dann habe ich mir eingeredet, dass du mir ohnehin keine zweite Chance geben würdest und ich dich einfach vergessen sollte. Ich dachte, das wäre auch für dich besser.«

»Da hast du dich geirrt. Ich glaube, ich hätte dich nie

vergessen können.« Sie streicht mir über die Wange und beugt sich vor, um ihren Mund auf meinen zu drücken. »Und so wie du mir versprochen hast, dass du dich um mein Herz kümmern wirst, verspreche ich dir, dass ich das Gleiche mit deinem tun werde.«

»Ich liebe dich, Jade«, flüstere ich ihr ins Ohr, ehe ich erneut ihren Blick suche. Ich kann es kaum fassen, dass sie wieder in meinen Armen liegt. »Wir sollten reingehen. Es ist kalt, und es ist deine Party.«

»Du hast recht, obwohl ich lieber unsere Versöhnung mit dir im Bett feiern würde.«

»Das werden wir auf jeden Fall nachholen, sobald wir nach Hause kommen.« Hand in Hand gehen wir zurück in den Laden. Doch statt der üblichen Partygeräusche herrscht absolute Stille. Die Blicke der Gäste sind auf Margret gerichtet, die mit Tränen in den Augen neben Mason steht und offensichtlich seinen Arm nicht loslassen kann.

»Was ist passiert?«, frage ich, und Margret dreht sich zu uns um.

»Ich werde heiraten!« Sie hält ihre linke Hand hoch, und der Ring an ihrem Finger glitzert im Licht.

»Oh mein Gott, herzlichen Glückwunsch«, sagt Jade und hört sich an, als würde sie gleich weinen.

»Danke.« Margret strahlt übers ganze Gesicht, bevor Mason sie theatralisch nach hinten beugt und so küsst, wie man es in alten Filmen oft sieht.

Die ganze Runde lacht, und ich spüre, dass ich bei ihrem Anblick Vorfreude empfinde, weil ich Jade auch bald einen Antrag machen werde.

Ich schaue zu meinen Freunden, die alle mit ihren Frauen im Arm das frisch verlobte Paar beobachten. Jetzt habe ich das, was sie haben. Mit Jade an meiner Seite bin ich der glücklichste Mann auf der Welt.

Epilog

Maverick

Sechs Monate später ...

Jade liegt im Wohnzimmer auf der Couch und liest in einem Buch. Ich betrachte sie einen Moment und schüttle den Kopf. Nie hätte ich gedacht, dass Caz Menschen und andere Tiere mögen könnte. Offensichtlich habe ich mich geirrt. Sowohl Caz als auch Pebbles hängen an Jade und teilen sich ihre Zuwendung. Die beiden stürzen zur Tür, wenn sie ihr Auto hören, und wenn sich Jade irgendwo hinsetzt oder hinlegt, kuscheln sich die beiden an sie. So wie jetzt gerade, wo sich Caz links und Pebbles rechts an ihre Taille schmiegen. Ich verstehe ihre Anhänglichkeit. Auch ich bin geradezu süchtig nach Jade. Obwohl wir viel Zeit miteinander verbringen, kann ich nie genug von ihr bekommen.

Ich hätte nie gedacht, mich jemals so zu verlieben und einfach nur glücklich zu sein. Unsere Liebe macht mich stark und hat mir gezeigt, dass ich zu so viel mehr fähig bin, als ich dachte. Mit Jade sehe ich meine Zukunft ganz klar vor mir. Mit ihr möchte ich mein ganzes Leben verbringen. Eines Tages werden unsere Kinder um uns herumlaufen und uns beide verrückt machen. Darauf freue ich mich nicht nur, sondern beginne sogar, mich danach zu sehnen. Als Jade vor knapp sechs Monaten bei mir eingezogen ist, dachte ich, dass unser Glück für den Moment komplett ist. Jetzt muss ich mir eingestehen, wie sehr ich mir ein Kind mit ihr wünsche.

»Ich spüre, wie du mich anstarrst.« Ihre Worte holen mich aus meinen Gedanken in die Gegenwart zurück, und ich konzentriere mich auf sie.

»Ich würde gern sehen, wie weit die Arbeiter gekommen sind. Möchtest du mit zur Baustelle kommen?«, frage ich mit heftig klopfendem Herzen, und die kleine Schachtel in meiner Tasche fühlt sich eine Million Mal schwerer an, als sie tatsächlich ist.

»Natürlich komme ich mit.« Sie steigt vorsichtig von der Couch und lässt Caz und Pebbles aneinander gekuschelt zurück. Vor zwei Monaten haben die Bauarbeiter die Wände hochgezogen, und gestern wurde die Badewanne im großen Bad eingebaut. Das ist ein Geschenk für Jade, von dem sie noch nichts weiß. »Lass mich nur etwas Wärmeres anziehen.«

»Ich fahre inzwischen das Quad aus der Garage«, schlage ich vor und lege meine Hand um ihre Hüften, als sie sich auf die Zehenspitzen stellt, um mich zu küssen.

»Wir treffen uns draußen«, sagt sie grinsend, bevor sie mit wehenden Haaren und nur mit meinem T-Shirt bekleidet im Schlafzimmer verschwindet.

Leicht nervös schnappe ich mir meine Schlüssel und gehe nach draußen. Ein paar Minuten später ist Jade fertig und lässt sich kommentarlos von mir den Helm aufsetzen. Nachdem ich mich vergewissert habe, dass sie sicher hinter mir sitzt, starte ich den Motor und fahre die Straße hinauf, die zu unserem zukünftigen Haus führt. Sobald ich das dunkle Holz der Fassade sehen kann, erfüllt mich ein Gefühl von Stolz. Schon als Kind wollte ich ein eigenes Haus, aus dem ich nie mehr wegziehen muss, ein richtiges Zuhause. Damals schien das nur ein Traum zu sein, doch jetzt geht er in Erfüllung. Und nicht nur das. Auch Jade ist mein Zuhause geworden. In ihrer Nähe fühle ich mich sicher, gewollt und geliebt.

»Sie haben die Fenster eingebaut«, sagt Jade, als ich den

Motor abstelle, und drückt sich noch fester an mich. »Es ist schon so schön.«

»Das finde ich auch. Ich hoffe nur, dass das Wetter hält und sich die Bauarbeiten nicht verzögern.« Ich drücke ihre Hände, bevor ich ihr beim Absteigen helfe und ihr den Helm abnehme. Meinen eigenen lege ich zu ihrem auf das Quad.

Im letzten Sommer wurde das Fundament gegossen. Ein paar Wochen später stand bereits die Grundkonstruktion und die Verkleidung wurde angebracht. Doch dann machte uns der einbrechende Winter einen Strich durch die Rechnung, sodass die Arbeiten erst wieder im Frühjahr aufgenommen werden konnten. Jetzt, zwei Monate später, wurden endlich die Fenster eingebaut und mit dem Innenausbau begonnen. Wir hoffen, im Spätsommer endlich einziehen zu können.

»Falls es regnet, können sie ja drinnen arbeiten«, sagt Jade, während wir Hand in Hand durch die Dreiergarage in die zukünftige Küche mit angrenzendem Wohnzimmer gehen. Es ist schöner geworden, als ich mir vorgestellt hatte. Die Decken sind hoch, und es gibt ein dreieckiges Fenster im Wohnzimmer, von dem aus man ins Tal blicken kann, ein Fenster über der Spüle sowie Glasschiebetüren, durch die man auf die spätere Terrasse gelangt.

»Lass uns die Zimmer in der ersten Etage ansehen«, schlage ich vor und führe sie zur provisorischen Treppe. Als wir das Schlafzimmer erreichen, lächle ich über ihren erstaunten Blick. Die Aussicht von unten ist schön, aber von hier oben können wir alles sehen, von den Bergen bis zur Stadt im Tal unter uns.

»Ich werde mich wie eine Prinzessin fühlen, wenn ich morgens aufwache.« Sie lacht und dreht sich zu mir um. »Gefällt es dir auch so gut?«

»Ja, die Aussicht ist toll.« Ich nehme ihre Hand und führe sie ins fertig gefliste Badezimmer zu der übergroßen Badewanne mit den Löwenfüßen, die heute geliefert wurde. Ich habe sie so aufstellen lassen, dass man aus dem großen achteckigen Fenster schauen kann, wenn man badet.

»Mav.« Jade dreht sich zu mir um und legt ihre Arme um meinen Hals. »Ich muss dir etwas beichten.« Sie neigt ihren Kopf zurück, um meinem Blick zu begegnen. »Ich wusste von der Wanne.« Sie schüttelt den Kopf. »Aber ich hatte keine Ahnung, dass sie so toll aussehen würde.«

»Du wusstest davon?«

»Ich habe mir die Baupläne angesehen.« Sie lächelt mich an. »Aber ich habe es ehrlich gesagt wieder vergessen.«

»Spionin.« Ich lächle und küsse sie auf die Nase, während sie lacht.

»Aber ich wusste nicht, dass es eine freistehende Badewanne ist. Und dass wir beide darin Platz haben werden.« Sie geht zur Wanne, und ich helfe ihr hinein. Ich beobachte sie einen Moment lang, bevor ich mich hinter sie setze. »Willst du mit mir baden?«, fragt sie leise und verschränkt ihre Finger mit meinen.

»Dich nass und nackt zu erleben, will ich nicht verpassen.« Ich lächle, als sie wieder lacht, und ziehe sie an mich.

»Das ist schön.« Sie schaut versonnen aus dem Fenster. Auch ich genieße den Moment der Ruhe mit ihr in unserem zukünftigen Zuhause.

»Nächstes Jahr um diese Zeit sollten wir uns wieder hier treffen«, sage ich leise. Vorsichtig greife ich in die Tasche meiner Jeans und ziehe die Schachtel mit dem Ring heraus, die ich bei mir trage, seit mir die Bauarbeiter gesagt haben, dass die Badewanne steht. Ich greife nach Jades linker Hand und streiche mit meinen Fingern über ihren Ringfinger, bevor ich die Schachtel öffne und ihr den Platinring mit dem großen Diamanten anstecke. Ihr Atem stockt, und die Stille, die den Raum erfüllt, wird fast ohrenbetäubend.

»Mav«, haucht sie, bevor sie sich zu mir umdreht und ihre

Hände auf meine Brust legt. »Bist du dir sicher?«

»Dich zu heiraten?« Ich streichle über ihre Wange, und sie nickt. »Ich war mir noch nie in meinem Leben einer Sache so sicher«, antworte ich. Sie lehnt sich an mich und flüstert mir ein *Ja* auf die Lippen, bevor sie meinen Mund mit ihrem verschließt.

Jade

Neun Monate später ...

Mit einem sehr hübschen Strauß Wildblumen in der Hand, stehe ich in einem cremefarbenen schulterfreien Spitzenkleid neben Margret. Sie wirkt ziemlich nervös, also schenke ich ihr ein beruhigendes Lächeln. Vor zwei Tagen sind wir mit all unseren Freunden nach Las Vegas geflogen. Maverick, Tanner, Blake und Mason haben zusammengelegt und uns eine lächerlich große Villa mit fünfzehn Schlafzimmern, Pool, Spa, Fitnessraum, Spielzimmer, Theater und einem eigenen Koch etwas außerhalb der Stadt gemietet. Seit wir hier sind, hatten wir unglaublich viel Spaß. Wir sind in Shows gegangen, haben gezockt und einfach Zeit miteinander verbracht, mit den Kindern und ohne sie, denn Everlys Mom und Margrets Eltern begleiten uns, um uns mit den Kindern zu helfen. Der eigentliche Grund für diesen Kurzurlaub ist die Hochzeit von Margret und Mason.

Als mich Margret vor einigen Monaten gefragt hat, ob ich eine ihrer Brautjungfern sein möchte, habe ich natürlich sofort zugesagt. Immerhin war sie für mich da, als Maverick und ich uns für kurze Zeit getrennt haben. Seitdem betrachte ich sie neben Cybil und Everly als eine meiner engsten Freundinnen. Ich hätte nie gedacht, dass ich so glücklich sein könnte, und das verdanke ich nicht zuletzt unserer Freundschaft.

»Hör auf damit«, versuche ich, Margret davon abzuhalten, wieder und wieder an meinen Haaren rumzufummeln. »Der heutige Tag wird fantastisch werden. Entspann dich.«

Sie sieht wieder umwerfend aus. Ich hingegen fühle mich in meinem Kleid verdammt unwohl. Margret, Cybil und Everly tragen Kleider in Rottönen. Nur ich habe etwas annähernd Weißes an, weil mein Kleid, das ich extra für diesen Anlass gekauft habe, irgendwo zwischen Montana und Vegas im Flugzeug verloren gegangen ist.

Als wir in der Villa ankamen, bemerkte ich, dass mein Kleidersack mit dem Brautjungfernkleid fehlte. Margret versicherte mir, dass sie mir etwas zum Anziehen besorgen würde, und hängte einen Tag später einen Kleidersack in meinen Schrank. Anstatt nachzusehen, was sie für mich ausgesucht hatte, habe ich mich ablenken lassen und das Kleid komplett vergessen. Entsprechend entsetzt war ich, als ich entdeckte, dass es ein cremefarbenes Spitzenkleid ist. Es ist wunderschön, und ich hätte es mir selbst auch ausgesucht, allerdings als Brautkleid. Doch heute soll die Hochzeit von Margret und Mason stattfinden, nicht meine. Margret schien das überhaupt nicht zu stören, was nur zeigt, wie abgelenkt sie den ganzen Tag über war. Ich habe den Mädels vorgeschlagen, die Kleider zu tauschen. Doch sie meinten, dass ich bezaubernd aussehe und die Farbe kein Problem wäre. Trotzdem ist mir die Sache ziemlich peinlich. Ich werde mich für jedes Foto ganz nach hinten stellen oder mich hinter jemandem verstecken oder jeden Fototermin ganz meiden.

»Ich bin so nervös«, gibt Margret zu.

»Du brauchst nicht nervös zu sein.« Ich drücke ihr

beruhigend die Hand, und wir drehen uns beide um, als die Tür geöffnet wird.

»Es ist gleich so weit«, sagt eine Frau, die wie Marilyn Monroe aussieht.

»Danke«, sagt Margret und prüft den Inhalt ihrer Handtasche. Cybil nimmt meine Hände und schenkt mir ein Lächeln.

»Du weißt doch, dass ich dich lieb habe, oder?«, fragt sie und ich ziehe die Augenbrauen zusammen, als ich ihren besorgten Gesichtsausdruck bemerke.

»Ja, ich weiß.«

»Und du weißt, dass ich nie etwas tun würde, wenn ich mir nicht zu einhundert Prozent sicher wäre, dass du es willst, aber Angst davor hast, es zu tun.«

»Wovon redest du?«

»Versprich mir einfach, dass sich zwischen uns nichts ändert, egal, was in den nächsten Minuten passiert«, bittet sie mich und verwirrt mich noch mehr.

»Du weißt, dass ich dich auch lieb habe. Und nichts wird daran etwas ändern.« Ich schüttle den Kopf. Dann wird die Tür geöffnet, und mein Vater betritt den Raum. Ich runzle die Stirn. »Dad?«

»Mein Gott, Jade«, sagt er leise und kommt auf mich zu. Ich schaue fragend zu meinen Freundinnen, weil ich nicht verstehe, was das alles zu bedeuten hat. Doch sie stehen stumm um mich herum und beobachten jede meiner Regungen.

»Was machst du denn hier? Wo ist Mom?«

»Hier«, sagt meine Mutter und betritt das Zimmer. Ihre Augen füllen sich mit Tränen, während sie mich betrachtet.

»Was macht ihr denn hier?«, frage ich meine Eltern, nachdem wir uns begrüßt haben.

»Wir wollen deine Hochzeit nicht verpassen«, sagt Mom lachend und verwirrt mich damit noch mehr.

»Nicht ich werde heute heiraten, sondern Margret.«

»Überraschung«, ruft Margret und hebt ihre Arme in die Luft.

»Was?« Ich verstehe rein gar nichts mehr und schaue zu, wie Margret ein Stück Papier aus ihrem BH zieht und es mir reicht. Zögernd nehme ich es entgegen und falte es auseinander. Ich fühle, wie schnell mein Herz klopft. Die Zeilen sind von Maverick und ich beginne zu lesen.

Jade,

ich kann mir vorstellen, dass du dich fragst, was gerade los ist. Heute ist der Tag unserer Hochzeit – wenn du willst. Ich erwarte dich am Ende des Ganges und hoffe, dass du Ja *sagst und meine Frau wirst.*

Ich kann es nicht erwarten, dich zu heiraten, und das ist der einzige Weg, den ich mir vorstellen kann, um das zu erreichen. Seit wir uns verlobt haben, hast du es vermieden, über unsere Hochzeit oder Babys zu sprechen. Ich weiß, dass du mir damit Zeit geben wolltest. Doch in Wahrheit gibt es nichts, was mich glücklicher machen würde, als dich zu heiraten.

In den letzten anderthalb Jahren hast du so viel Freude in mein Leben gebracht. Ich bin für jeden Tag dankbar, an dem du an meiner Seite bist, und für jeden Moment, den ich mit dir verbringen darf. Aber vor allem freue ich mich auf unsere Zukunft. Ich hoffe, dass du dich von deinem Vater begleiten lässt und mir die Ehre erweist, meine Frau zu werden.

In unendlicher Liebe
Maverick

»Ich wusste, dass der Brief zu viel war. Jetzt weint sie gleich, und ihr Make-up wird ruiniert sein«, höre ich Margret grummeln, während ich zwischen Dad und Mom hin und her schaue.

»Ich werde heiraten.«

»Das wirst du.« Mom schlingt ihre Arme für einen langen Moment um mich, bevor Dad an der Reihe ist.

Ich schließe meine Augen und lehne meine Stirn an seine Brust. Tausend Gedanken gehen mir durch den Kopf, aber nur einer bleibt hängen: Die Erinnerung an den Tag, als Mav mich bat, seine Frau zu werden. Ich ahnte nichts und wollte ihn nur zur Baustelle begleiten. Umso erstaunter war ich, dass er mich ins Badezimmer lotste, wo meine Badewanne stand. Er half mir hinein und setzte sich sogar dazu, um mir einen Ring an den Finger zu stecken. Natürlich sagte ich *Ja*.

Trotzdem warnte mich die kleine Stimme in meinem Hinterkopf, dass es zu schön sei, um wahr zu sein. Ich zweifelte nie an seiner Liebe und an seinem Wunsch, mich heiraten zu wollen. Aber ich machte mir Sorgen, dass er es überstürzen und mich nur fragen würde, um mich glücklich zu machen. Ich wollte ihm die Gelegenheit zum Nachdenken geben, um sicher zu sein, dass er für diesen Schritt wirklich bereit ist. Deshalb bin ich den Gesprächen über Hochzeitsplanung und Babys immer ausgewichen. Offensichtlich war meine Sorge unbegründet. Er brauchte keine Bedenkzeit. Dass er mich mit unserer Hochzeit überrascht, zeigt mir das ganz deutlich. Wie auch seine Offenheit, was seine Bedürfnisse und Wünsche betrifft, seit wir wieder zusammen sind. Wir reden oft stundenlang, manchmal die ganze Nacht. Wenn ich so darüber nachdenke, bin ich von mir selbst überrascht, dass ich diesen Moment nicht habe kommen sehen. Ich kann es kaum erwarten, ihn zu heiraten. Und wenn ich ganz ehrlich bin, muss ich zugeben, dass ich unsere Hochzeit gedanklich schon seit Monaten plane und überlegt hatte, Margret eine Doppelhochzeit vorzuschlagen.

»Wenn du mir sagst, dass du das nicht willst, bringe ich dich hier raus«, flüstert mir mein Dad ins Ohr. Er drückt meinen Arm und schaut mich prüfend an. »Auch wenn ich denke, dass es ein Fehler wäre. Denn der Mann, der da draußen auf dich wartet, liebt dich über alles.«

»Ich werde nicht weglaufen.« Ich stelle mich auf die Zehenspitzen, um ihm einen Kuss auf die Wange zu geben, dann sehe mich nach Cybil um. Sie wirkt ein wenig unsicher. »Aber ich glaube, ich muss mein Make-up richten.«

»Nur ein wenig«, beruhigt sie mich mit einem sanften Lächeln, und ihre Augen füllen sich mit Tränen. »Ich freue mich so für dich. Es war wirklich schwer, dieses Geheimnis vor dir zu bewahren.«

»Darüber reden wir später.« Ich schlinge meine Arme um sie und drücke sie fest an mich. »Ich hab dich lieb.«

»Ich dich auch.« Sie lehnt sich zurück und betrachtet mich, dann schweift ihr Blick zu Margret, die meinen Arm ergreift.

»So sehr ich diesen Moment auch genieße, aber wir haben keine Zeit mehr. Du musst gleich rausgehen und deinen Mann heiraten, bevor er die Tür aufbricht und dich zum Altar schleppt.«

»Genau.« Ich lache, als Margret mich zu einem Stuhl führt und mich zwingt, mich zu setzen.

Während sie sich um mein Make-up kümmert, drehen sich meine Gedanken im Kreis. Nach dem ersten Schreck bin ich glücklich, auf diese Weise von Maverick und den anderen überrumpelt worden zu sein. Ich liebe ihn, und er liebt mich, das hat er mir immer wieder bewiesen. Er hat oft genug betont, dass ich Freude in sein Leben gebracht habe und dass er mit mir glücklich ist. Seit ich ihn kenne, geht es mir gut. Bei ihm fühle ich mich sicher, geliebt, akzeptiert und geschätzt. Ich weiß nicht, was ich ohne ihn tun würde. Zumindest ginge es mir nicht so gut. Nach meinem Umzug aus Oregon hatte ich mir fest vorgenommen, in jeder Hinsicht vorsichtiger zu sein, nicht mehr so leichtsinnig und blauäugig. Durch ihn habe ich wieder gelernt, dass es in Ordnung ist, einen Sprung ins

Ungewisse zu wagen, weil ich weiß, dass er mich auffangen wird. Egal, was passiert, er steht zu mir und ich zu ihm. In guten wie in schlechten Zeiten gehört er zu mir, und ich gehöre zu ihm.

»So, fertig«, sagt Margret, tritt einen Schritt von mir zurück und zieht mich auf die Füße. »Du siehst wunderschön aus.«

»Danke.« Ich spüre, wie sich meine Augen mit Tränen füllen. »Und weil ich weiß, dass Maverick dich in all das reingezogen hat, danke ich dir auch dafür.«

»Wozu sind Freundinnen da?«, fragt sie lächelnd »Aber ich hoffe, dass du zu deinem Wort stehst und eine meiner Brautjungfern sein wirst, wenn Mason und ich nächsten Monat heiraten.«

»Natürlich.« Ich umarme sie fest und lächle Everly an, als sie mir signalisiert, dass alles perfekt ist.

Ich richte mein Kleid und gehe zu meinem Vater. Er lächelt mich stolz an, nimmt meine Hand und legt sie in seine Armbeuge. »Bist du bereit?«, fragt er.

»Ja.« Ich drücke seinen Arm und bekomme noch einen Kuss auf die Wange von Mom, während Everly und Cybil die Tür öffnen.

Wir treten in den Gang, und die Musik beginnt zu spielen. Mein Herz schlägt mir bis zum Hals. Dad und ich warten, bis sich Cybil, Everly und Margret vor uns aufgestellt haben. Mom bleibt vorerst hinter uns. Auf ein kleines Zeichen von Dad setze ich mich in Bewegung. Als wir den Gang hinuntergehen, brennen mir die Tränen im Hals. Nicht nur unsere engsten Freunde und meine Eltern sind hier, sondern auch Mavericks Schwester, sein Schwager und seine Neffen. Vier Menschen, die ich in den letzten Monaten in mein Herz geschlossen habe. Ich lächle Lizzy zu, als ich an ihr vorbeigehe. Wir erreichen eine kleine Bühne. Die Mädels stellen sich auf, und ein Mann, der wie Elvis aussieht, tritt einen Schritt zur Seite, sodass ich den Mann sehen kann, der auf mich wartet. Maverick ist immer attraktiv. Aber heute, mit seinem längeren Haar, der von der Sonne Nevadas gebräunten Haut und seinem sanften Blick, raubt er mir den Atem. Außerdem sieht er in seinem maßgeschneiderten Smoking umwerfend aus.

Maverick wechselt ein paar Worte mit Dad, die ich wegen des Rauschens in meinen Ohren nicht hören kann. Dann gibt Dad mir einen Kuss auf die Wange und legt meine Hand auf Mavericks.

»Dachtest du, ich würde nicht kommen?«, frage ich, gerade laut genug, dass er es hören kann, und er schüttelt den Kopf.

»Ich hätte dich überall aufgespürt«, antwortet er ebenso leise, und ich weiß, dass er die Wahrheit sagt. Wenn ich nicht aufgetaucht wäre, hätte er mich gefunden, ein Gedanke, der mein Herz zum Flattern bringt. »Bist du bereit, mich zu heiraten?«

»Auf jeden Fall.« Ich lächle, als er mir die zwei Stufen zur Bühne hinauf hilft, und habe das Gefühl zu träumen.

»Du siehst wunderschön aus, Babe.« Mit seiner Hand, die meine hält, drückt er immer fester, als hätte er Angst, dass ich ihm direkt vor dem Altar davonlaufen könnte.

»Du auch.« Ich lächle, und er grinst mich an.

»Seid ihr beide bereit, die Show zu starten?«, fragt der falsche Elvis. Wir nicken gleichzeitig und konzentrieren uns auf ihn. Er erzählt etwas über die Bedeutung der Liebe und das gemeinsame Leben. Obwohl uns ein falscher Elvis verheiratet, kann ich nicht anders, als daran zu denken, wie perfekt das alles ist und dass ich nichts anders gemacht hätte. Und als das Elvis-Double Maverick auffordert, die Braut zu küssen, versinken wir in einem tiefen Kuss. Ich fühle mich so glücklich wie nie zuvor und freue mich auf unser gemeinsames Leben.

Maverick

Drei Jahre später ...

Tanner, Blake, Mason und ich haben uns gemeinsam ein Footballspiel angeschaut. Auf der Suche nach meiner Frau gehe ich ins Haus und halte inne, als sich kleine Arme um mein Bein schlingen.

»Dada.« Mein Sohn Oliver, der die perfekte Mischung aus seiner Mom und mir ist, streckt seine Arme aus, damit ich ihn aufheben kann. Er hat meine dunklen Haare, ihre haselnussbraunen Augen und den Teint von uns beiden.

»Hey Kumpel.« Ich küsse seine weiche Wange, während er seine Arme um meinen Hals schlingt. »Wo ist Mommy?«, frage ich ihn, als Tanner, Blake und Mason hinter mir hereinkommen.

»Ich bin hier«, ruft Jade, kommt auf mich zu und legt ihre Hände auf ihren großen runden Bauch.

»Bist du okay?« Ich küsse sie auf die Seite ihres Kopfes, als sie sich an mich und unseren Sohn lehnt.

»Ja, wir waren alle im Schlafzimmer und haben das Ultraschallgerät benutzt, das Cybil mitgebracht hat, um nach dem Baby zu sehen«, erzählt sie mir, als sich Everly, Margret und Cybil zu uns gesellen.

»Wie geht es dem Baby?« Ich streichle ihren Bauch, und sie bedeckt meine Hand mit ihrer.

»Gut, aber Cybil will, dass ich einen langen Spaziergang mache, um die Wehen einzuleiten.« Sie rollt mit den Augen, und ich lächle.

»Mach dir keine Sorgen, Mav«, sagt Margret und kommt neben uns zum Stehen. Ihr Bauch ist halb so groß wie der von Jade. »Ich habe Cybil daran erinnert, dass es zwar ihr Baby ist, das in Jades Bauch heranwächst, sie deshalb aber nicht das Recht hat, den Zeitpunkt der Geburt frei zu bestimmen.«

»Danke, das weiß ich sehr zu schätzen«, entgegne ich und schüttle den Kopf.

Ungefähr zu der Zeit, als Jade mit Oliver schwanger war, erzählten uns Cybil und Tanner, dass sie kein zweites Kind bekommen können und sie deshalb über eine Leihmutterschaft nachgedacht haben. Doch sie würden niemanden genug vertrauen, und daher würde Claire wohl ihr einziges Kind bleiben.

Später in der Nacht fand ich meine Frau weinend auf der Terrasse unseres Schlafzimmers. Nachdem ich sie beruhigt hatte, erklärte sie mir, dass sie das Kind für Cybil austragen wolle, aber nicht sicher war, ob ich damit einverstanden wäre.

Die folgenden zwei Wochen haben wir beide damit verbracht, uns zu informieren. Wieder und wieder habe ich mich gefragt, ob ich damit umgehen könne. In einem der vielen Gespräche haben wir schließlich gemeinsam beschlossen, dass Jade die Leihmutterschaft übernimmt.

Nach weiteren Gesprächen mit Cybil und Tanner waren wir uns einig, Jade Zeit zu geben, sich von Olivers Geburt zu erholen und sich an die Mutterschaft zu gewöhnen. Dann brauchte es zwei IVF-Behandlungen, bis sie schwanger wurde. Jetzt könnten jeden Moment die Wehen einsetzen, und Jade wird Cybils und Tanners Sohn zur Welt bringen. Ich weiß, dass sich die beiden sehr darauf freuen.

»Ich bin schon ganz gespannt darauf, ihn kennenzulernen.« Cybil streichelt über Jades Bauch.

»Und ich will endlich mal wieder eine Nacht durchschlafen, ohne dass jemand meine Blase als Boxsack verwendet«, bemerkt Jade und nimmt mir Oliver ab, als er nach ihr greift.

»Ich habe ganz vergessen, wie das ist«, sagt Everly und seufzt.

Margret legt ihren Arm um ihre Schultern. »Wann schenkst du mir noch eine Nichte oder einen Neffen?«

»In ein paar Monaten«, antwortet Blake, bevor Everly den Mund aufmachen kann, und wir alle lachen. »Ich meine es ernst.« Er zuckt mit den Schultern.

»Warte, du bist schwanger?«, fragt Margret und schaut zwischen ihrem Bruder und seiner Frau hin und her.

»Ich dachte, wir wollten noch eine Woche warten, bevor wir es allen sagen.« Everly seufzt, als Blake seinen Arm um ihre Taille legt.

»Wir wussten es längst«, sagt Tanner, und Everly wirft ihrem Mann einen bösen Blick zu.

»Dir sollte inzwischen klein sein, dass Blake und die Jungs wie ein Haufen Schulmädchen tratschen«, erklärt Jade und neigt ihren Kopf zurück, um mich anzugrinsen. Ich gebe ihr einen Kuss, ohne mir die Mühe zu machen, sie als Lügnerin zu bezeichnen, weil es stimmt, was sie sagt.

»Ich schätze, du hast recht.« Everly atmet tief durch. »Vielleicht sollten wir nicht zulassen, dass unsere Männer so viel Zeit miteinander verbringen.«

»Das wirst du nie schaffen«, wendet Cybil ein und schaut zwischen uns hin und her. Blake, Tanner und sogar Mason sind wie Brüder für mich, und ich weiß, dass sie unser Verhältnis genauso sehen. Wir haben im Laufe der Jahre viel zusammen durchgemacht, und jetzt, wo wir alle verheiratet sind und Kinder haben, sind wir noch enger zusammengewachsen. Und das Beste ist, dass unsere Kinder zusammen aufwachsen und immer Menschen um sich haben werden, die sie lieben. Ich weiß, dass es nichts Besseres gibt. Familie bedeutet Liebe, Akzeptanz und füreinander da zu sein. Dieses Gefühl gab mir schon meine Schwester. Und irgendwie hatte ich das Glück, es auch bei meiner Frau und all den Menschen zu finden, die mich jetzt umgeben.

Über die Autorin

Die Schreibkarriere von Aurora Rose Reynolds hat mit dem Versuch begonnen, zu viele sündhaft heiße Alphatypen aus dem Kopf zu bekommen, und hat sich zu einer Möglichkeit entwickelt, ihre Geschichten mit Leserinnen und Lesern auf der ganzen Welt zu teilen.

Für mehr Informationen zu Reynolds neusten Büchern oder um sich mit ihr in Verbindung zu setzen, kontaktiert sie auf Facebook unter www.facebook.com/AuthorAuroraRoseReynolds, auf Twitter (@Auroraroser) oder via E-Mail unter Auroraroser@gmail.com. Um signierte Bücher zu bestellen und die neuesten Neuigkeiten zu erfahren, besucht sie auf ihrer Webseite www.AuroraRoseReynolds.com oder htts://www.goodreads.com/Auroraroser.

Weitere Titel der Autorin:

Until Love Reihe:
Until Love: Asher
Until Love: Trevor
Until Love: Cash
Until Love: Nico

Underground Kings Reihe:
Underground Kings: Kenton
Underground Kings: Kai
Underground Kings: Sven
Underground Kings: Justin

Until You Reihe:
Until You: July
Until You: Jax
Until You: June
Until You: Ashlyn
Until You: Sage
Until You: Harmony
Until You: Cobi
Until You: December
Until You: Talon
Until You: April
Until You: May
Until You: Willow (erscheint im Juni 2023)

Until Us Reihe:
Until Us: Gavin
Until Us: Noah (erscheint im März 2023)